SAS

LE BEAU DANUBE ROUGE

Photo : Christophe Mourthé
Modèle : Oksana Markham
Maquillage et coiffure : Steffy
Arme prêtée par Europsurplus
2, bd Voltaire, 75011 Paris
www.europsurplus.com
Robe : Patrice Catanzaro
Bijoux : Alternatif Market

ISBN 978-2-360-5329-71

GÉRARD DE VILLIERS

SAS

LE BEAU DANUBE ROUGE

Éditions Gérard de Villiers

DU MÊME AUTEUR

Nº 1. S.A.S. A ISTANBUL
Nº 2. S.A.S. CONTRE C.I.A.
Nº 3. S.A.S. OPÉRATION APOCALYPSE
Nº 4. SAMBA POUR S.A.S.
Nº 5. S.A.S. RENDEZ-VOUS A SAN FRANCISCO
Nº 6. S.A.S. DOSSIER KENNEDY
Nº 7. S.A.S. BROIE DU NOIR
Nº 8. S.A.S. AUX CARAÏBES
Nº 9. S.A.S. A L'OUEST DE JERUSALEM
Nº 10. S.A.S. L'OR DE LA RIVIERE KWAI
Nº 11. S.A.S. MAGIE NOIRE A NEW YORK
Nº 12. S.A.S. LES TROIS VEUVES DE HONG KONG
Nº 13. S.A.S. L'ABOMINABLE SIRÈNE
Nº 14. S.A.S. LES PENDUS DE BAGDAD
Nº 15. S.A.S. LA PANTHÈRE D'HOLLYWOOD
Nº 16. S.A.S. ESCALE A PAGO-PAGO
Nº 17. S.A.S. AMOK A BALI
Nº 18. S.A.S. QUE VIVA GUEVARA
Nº 19. S.A.S. CYCLONE A L'ONU
Nº 20. S.A.S. MISSION A SAÏGON
Nº 21. S.A.S. LE BAL DE LA COMTESSE ADLER
Nº 22. S.A.S. LES PARIAS DE CEYLAN
Nº 23. S.A.S. MASSACRE A AMMAN
Nº 24. S.A.S. REQUIEM POUR TONTONS MACOUTES
Nº 25. S.A.S. L'HOMME DE KABUL
Nº 26. S.A.S. MORT A BEYROUTH
Nº 27. S.A.S. SAFARI A LA PAZ
Nº 28. S.A.S.L'HEROÏNE DE VIENTIANE
Nº 29. S.A.S. BERLIN CHECK POINT CHARLIE
Nº 30. S.A.S. MOURIR POUR ZANZIBAR
Nº 31. S.A.S. L'ANGE DE MONTEVIDEO
Nº 32. S.A.S. MURDER INC. LAS VEGAS
Nº 33. S.A.S. RENDEZ-VOUS A BORIS GLEB
Nº 34. S.A.S. KILL HENRY KISSINGER !
Nº 35. S.A.S. ROULETTE CAMBODGIENNE
Nº 36. S.A.S. FURIE A BELFAST
Nº 37. S.A.S. GUÊPIER EN ANGOLA
Nº 38. S.A.S. LES OTAGES DE TOKYO
Nº 39. S.A.S. L'ORDRE RÈGNE A SANTIAGO
Nº 40. S.A.S. LES SORCIERS DU TAGE
Nº 41. S.A.S. EMBARGO
Nº 42. S.A.S. LE DISPARU DE SINGAPOUR
Nº 43. S.A.S. COMPTE A REBOURS EN RHODESIE
Nº 44. S.A.S. MEURTRE A ATHENES
Nº 45. S.A.S. LE TRÉSOR DU NEGUS
Nº 46. S.A.S. PROTECTION POUR TEDDY BEAR
Nº 47. S.A.S. MISSION IMPOSSIBLE EN SOMALIE
Nº 48. S.A.S. MARATHON A SPANISH HARLEM
Nº 49. S.A.S. NAUFRAGE AUX SEYCHELLES
Nº 50. S.A.S. LE PRINTEMPS DE VARSOVIE
Nº 51. S.A.S. LE GARDIEN D'ISRAËL
Nº 52. S.A.S. PANIQUE AU ZAÏRE
Nº 53. S.A.S. CROISADE A MANAGUA
Nº 54. S.A.S. VOIR MALTE ET MOURIR
Nº 55. S.A.S. SHANGHAÏ EXPRESS
Nº 56. S.A.S. OPÉRATION MATADOR
Nº 57. S.A.S. DUEL A BARRANQUILLA
Nº 58. S.A.S. PIEGE A BUDAPEST
Nº 59. S.A.S. CARNAGE A ABU DHABI
Nº 60. S.A.S. TERREUR AU SAN SALVADOR
Nº 61. S.A.S. LE COMPLOT DU CAIRE
Nº 62. S.A.S. VENGEANDE ROMAINE
Nº 63. S.A.S. DES ARMES POUR KHARTOUM
Nº 64. S.A.S. TORNADE SUR MANILLE
Nº 65. S.A.S. LE FUGITIF DE HAMBOURG
Nº 66. S.A.S. OBJECTIF REAGAN
Nº 67. S.A.S. ROUGE GRENADE
Nº 68. S.A.S. COMMANDO SUR TUNIS
Nº 69. S.A.S. LE TUEUR DE MIAMI
Nº 70. S.A.S. LA FILIERE BULGARE
Nº 71. S.A.S. AVENTURE AU SURINAM
Nº 72. S.A.S. EMBUSCADE A LA KHYBER PASS
Nº 73. S.A.S. LE VOL 007 NE RÉPOND PLUS
Nº 74. S.A.S. LES FOUS DE BAALBEK
Nº 75. S.A.S. LES ENRAGÉS D'AMSTERDAM
Nº 76. S.A.S. PUTSCH A OUAGADOUGOU
Nº 77. S.A.S. LA BLONDE DE PRÉTORIA
Nº 78. S.A.S. LA VEUVE DE L'AYATOLLAH
Nº 79. S.A.S. CHASSE A L'HOMME AU PEROU
Nº 80. S.A.S. L'AFFAIRE KIRSANOV
Nº 81. S.A.S. MORT A GANDHI
Nº 82. S.A.S. DANSE MACABRE A BELGRADE
Nº 83. S.A.S. COUP D'ÉTAT AU YEMEN
Nº 84. S.A.S. LE PLAN NASSER
Nº 85. S.A.S. EMBROUILLES A PANAMA
Nº 86. S.A.S. LA MADONNE DE STOCKHOLM
Nº 87. S.A.S. L'OTAGE D'OMAN
Nº 88. S.A.S. ESCALE A GIBRALTAR
Nº 89. S.A.S. AVENTURE EN SIERRA LEONE
Nº 90. S.A.S. LA TAUPE DE LANGLEY
Nº 91. S.A.S. LES AMAZONES DE PYONGYANG
Nº 92. S.A.S. LES TUEURS DE BRUXELLES
Nº 93. S.A.S. VISA POUR CUBA
Nº 94. S.A.S. ARNAQUE A BRUNEI
Nº 95. S.A.S. LOI MARTIALE A KABOUL
Nº 96. S.A.S. L'INCONNU DE LENINGRAD
Nº 97. S.A.S. CAUCHEMAR EN COLOMBIE
Nº 98. S.A.S. CROISADE EN BIRMANIE
Nº 99. S.A.S. MISSION A MOSCOU
Nº 100. S.A.S. LES CANONS DE BAGDAD
Nº 101. S.A.S. LA PISTE DE BRAZZAVILLE
Nº 102. S.A.S. LA SOLUTION ROUGE
Nº 103. S.A.S. LA VENGEANCE DE SADDAM HUSSEIN
Nº 104. S.A.S. MANIP A ZAGREB
Nº 105. S.A.S. KGB CONTRE KGB
Nº 106. S.A.S. LE DISPARU DES CANARIES
Nº 107. S.A.S. ALERTE AU PLUTONIUM
Nº 108. S.A.S. COUP D'ETAT A TRIPOLI
Nº 109. S.A.S. MISSION SARAJEVO
Nº 110. S.A.S. TUEZ RIGOBERTA MENCHU
Nº 111. S.A.S. AU NOM D'ALLAH
Nº 112. S.A.S. VENGEANCE A BEYROUTH
Nº 113. S.A.S. LES TROMPETTES DE JÉRICHO
Nº 114. S.A.S. L'OR DE MOSCOU
Nº 115. S.A.S. LES CROISÉS DE L'APARTHEID

Nº 116. S.A.S. LA TRAQUE CARLOS
Nº 117. S.A.S. TUERIE A MARRAKECH
Nº 118. S.A.S. L'OTAGE DU TRIANGLE D'OR
Nº 119. S.A.S. LE CARTEL DE SEBASTOPOL
Nº 120. S.A.S. RAMENEZ-MOI LA TÊTE D'EL COYOTE
Nº 121. S.A.S. LA RÉSOLUTION 687
Nº 122. S.A.S. OPÉRATION LUCIFER
Nº 123. S.A.S. VENGEANCE TCHÉTCHÈNE
Nº 124. S.A.S. TU TUERAS TON PROCHAIN
Nº 125. S.A.S. VENGEZ LE VOL 800
Nº 126. S.A.S. UNE LETTRE POUR LA MAISON BLANCHE
Nº 127. S.A.S. HONG KONG EXPRESS
Nº 128. S.A.S. ZAIRE ADIEU

AUX EDITIONS GERARD DE VILLIERS

Nº 129. S.A.S. LA MANIPULATION YGGDRASIL
Nº 130. S.A.S. MORTELLE JAMAIQUE
Nº 131. S.A.S. LA PESTE NOIRE DE BAGDAD
Nº 132. S.A.S. L'ESPION DU VATICAN
Nº 133. S.A.S. ALBANIE MISSION IMPOSSIBLE
Nº 134. S.A.S. LA SOURCE YAHALOM
Nº 135. S.A.S. CONTRE P.K.K.
Nº 136. S.A.S. BOMBES SUR BELGRADE
Nº 137. S.A.S. LA PISTE DU KREMLIN
Nº 138. S.A.S. L'AMOUR FOU DU COLONEL CHANG
Nº 139. S.A.S. DJIHAD
Nº 140. S.A.S. ENQUÊTES SUR UN GÉNOCIDE
Nº 141. S.A.S. L'OTAGE DE JOLO
Nº 142. S.A.S. TUEZ LE PAPE
Nº 143. S.A.S. ARMAGEDDON
Nº 144. S.A.S. LI SHA-TIN DOIT MOURIR
Nº 145. S.A.S. LE ROI FOU DU NEPAL
Nº 146. S.A.S. LE SABRE DE BIN LADEN
Nº 147. S.A.S. LA MANIP DU « KARIN A »
Nº 148. S.A.S. BIN LADEN : LA TRAQUE
Nº 149. S.A.S. LE PARRAIN DU « 17-NOVEMBRE »
Nº 150. S.A.S. BAGDAD EXPRESS
Nº 151. S.A.S. L'OR D'AL-QAÏDA
Nº 152. S.A.S. PACTE AVEC LE DIABLE
Nº 153. S.A.S. RAMENEZ-LES VIVANTS
Nº 154. S.A.S. LE RESEAU ISTANBUL
Nº 155. S.A.S. LE JOUR DE LA TCHEKA
Nº 156. S.A.S. LA CONNEXION SAOUDIENNE
Nº 157. S.A.S. OTAGE EN IRAK
Nº 158. S.A.S. TUEZ IOUCHTCHENKO
Nº 159. S.A.S. MISSION : CUBA
Nº 160. S.A.S. AURORE NOIRE
Nº 161. S.A.S. LE PROGRAMME 111
Nº 162. S.A.S. QUE LA BÊTE MEURE
Nº 163. S.A.S. LE TRÉSOR DE SADDAM Tome I
Nº 164. S.A.S. LE TRÉSOR DE SADDAM Tome II
Nº 165. S.A.S. LE DOSSIER K.
Nº 166. S.A.S. ROUGE LIBAN
Nº 167. S.A.S. POLONIUM 210
Nº 168. S.A.S. LE DÉFECTEUR DE PYONGYANG Tome I
Nº 169. S.A.S. LE DÉFECTEUR DE PYONGYANG Tome II
Nº 170. S.A.S. OTAGE DES TALIBAN
Nº 171. S.A.S. L'AGENDA KOSOVO
Nº 172. S.A.S. RETOUR A SHANGRI-LA
Nº 173. S.A.S. AL-QAÏDA ATTAQUE Tome I
Nº 174. S.A.S. AL-QAÏDA ATTAQUE Tome II
Nº 175. S.A.S. TUEZ LE DALAI-LAMA
Nº 176. S.A.S. LE PRINTEMPS DE TBILISSI
Nº 177. S.A.S. PIRATES
Nº 178. S.A.S. LA BATAILLE DES S 300 Tome I
Nº 179. S.A.S. LA BATAILLE DES S 300 Tome II
Nº 180. S.A.S. LE PIÈGE DE BANGKOK
Nº 181. S.A.S. LA LISTE HARIRI
Nº 182. S.A.S. LA FILIÈRE SUISSE
Nº 183. S.A.S. RENEGADE Tome I
Nº 184. S.A.S. RENEGADE Tome II
Nº 185. S.A.S. FÉROCE GUINEE
Nº 186. S.A.S. LE MAÎTRE DES HIRONDELLES
Nº 187. BIENVENUE A NOUAKCHOTT
Nº 188. DRAGON ROUGE Tome I
Nº 189. DRAGON ROUGE Tome II
Nº 190. CIUDAD JUAREZ
Nº 191. LES FOUS DE BENGHAZI
Nº 192. IGA S
Nº 193. LE CHEMIN DE DAMAS vol. I
Nº 194. LE CHEMIN DE DAMAS vol. II
Nº 195. PANIQUE À BAMAKO
Nº 196. LE BEAU DANUBE ROUGE

CHAPITRE PREMIER

– Je te hais, dit Maryam Nassiri. Elle ajouta aussitôt d'un ton gourmand : je vais t'envoyer en enfer.

Ses mots mirent quelques secondes à imprégner le cerveau d'Oswald Fisk. Il faut dire qu'il était dans un trip très éloigné de ce que la jeune femme évoquait. Allongé sur son grand lit bas de deux mètres sur deux au couvre-lit en fausse panthère, les chevilles et les poignets attachés solidement aux montants de cuivre du lit, maintenant ses jambes et ses bras écartés, entièrement nu, le sexe en érection, il savourait chaque seconde de ce jeu sado-maso imposé par sa maîtresse.

Celle-ci, maquillée soigneusement, était inclinée vers lui, son visage proche du sien. Parfois, elle se penchait un peu plus, leurs lèvres se touchaient et, à deux ou trois reprises, elle avait brièvement glissé une langue audacieuse dans sa bouche, sans jamais s'attarder, même lorsqu'Oswald Fisk soulevait la tête de toutes ses forces, pour prolonger le baiser.

Délicieuse frustration.

Maryam Nassiri était vêtue d'un ensemble blanc. Une veste blanche cintrée dont elle avait défait les boutons, révélant un soutien-gorge assorti qui dévoilait presque entièrement sa poitrine pleine. Depuis le début de leur séance, Oswald Fisk avait dû se contenter de s'user les yeux sur ces globes magnifiques. Immobilisé totalement, il était esclave du bon vouloir de Maryam.

Celle-ci, au début de leur « séance », avant qu'il ne soit attaché par ses soins, lui avait laissé promener ses mains sur les courbes de ses fesses, lui permettant même de glisser quelques doigts dans la fente verticale du dos de sa jupe ajustée qui remontait si haut qu'il pouvait effleurer sa culotte sans effort.

Il adorait qu'elle s'habille de cette façon : extraordinairement provocante et inaccessible, sauf si elle y mettait du sien.

Lors de leurs séances précédentes, lorsqu'elle avait poussé son excitation au rouge écarlate, Maryam Nassiri montait sur le lit, remontait sa jupe étroite sur ses hanches, juste assez pour pouvoir se placer à califourchon sur lui et enfouissait le sexe de son amant dans son ventre.

C'était elle qui se faisait l'amour, en se balançant doucement jusqu'à ce que son amant éjacule au fond d'elle.

Les derniers mots prononcés par Maryam Nassiri atteignirent enfin le cortex d'Oswald Fisk. Il la fixa.

Il ne vit qu'un regard un peu trop brillant, montrant, qu'une fois de plus, elle avait abusé de la cocaïne avant de le retrouver. Le sourire, certes, était un peu crispé, mais toujours éblouissant.

Comme si elle n'avait pas menacé Oswald Fisk, Maryam Nassiri continuait à caresser son amant, sa main montait et descendait le long de son sexe dressé vers le plafond, pour une masturbation régulière et exquise, ce qui n'avait rien d'inhabituel. Parfois, lorsqu'elle était d'humeur taquine, elle continuait jusqu'à ce que la sève jaillisse, en dépit des supplications d'Oswald Fisk réclamant sa bouche ou son sexe.

D'autres fois, elle lui faisait l'offrande de sa bouche, mais si rapidement qu'il avait à peine le temps d'éprouver quelques spasmes avant de s'y répandre.

Plus surpris qu'effrayé, Oswald Fisk fixa sa maîtresse avec plus d'attention, surprenant dans son regard une lueur sombre qu'il ne connaissait pas, glaciale et intense à la fois.

Il s'ébroua mentalement, encore plongé dans son jeu et demanda, voulant encore croire à un jeu de rôle.

– Qu'est-ce que tu veux dire, *honey* ?

– Que je vais te tuer, répliqua calmement Maryam Nassiri.

– Comment ? insista Oswald Fisk, presque sur le ton de la plaisanterie.

– Avec ça, répliqua du même ton calme la jeune femme.

Sa main droite, qui pendait le long du lit, invisible pour Oswald Fisk, remonta et l'Américain découvrit un rasoir ouvert, tenu fermement dans la longue main aux ongles rouges. Sadiquement, Maryam Nassiri remua doucement le poignet pour faire étinceler l'acier de la lame effilée.

Alors, seulement, Oswald Fisk comprit, dépassé, que ce n'était plus un jeu.

Instinctivement, il tenta de se libérer, mais les cordelières qui immobilisaient ses quatre membres étaient trop serrées pour qu'il puisse se dégager.

Ce qui l'alerta encore plus fut la main gauche de Maryam Nassiri. Ses doigts venaient d'abandonner son sexe. Celui-ci était encore dur et gonflé mais l'Américain sentait déjà le sang qui s'était rué dans sa verge refluer dans son ventre.

– Qu'est-ce qui te prend ? demanda-t-il. Si tu ne veux plus jouer, détache-moi.

Il ne comprenait pas. Maryam Nassiri avait toujours été douce et amoureuse, même si elle était un peu givrée.

La jeune femme, immobile, penchée sur lui, le rasoir toujours serré dans sa main droite :

– Est-ce que tu te souviens du vol Iran Air 655 ? demanda-t-elle soudain de la même voix douce.

Oswald Fisk fit un effort de mémoire intense, mais ne parvint pas à répondre à sa question. Devant son silence, Maryam Nassiri enchaîna :

– C'était il y a longtemps. Le 3 juillet 1988. J'avais neuf ans. Le vol 655 reliait Bandar Abbas à Dubaï. Il a décollé de Bandar Abbas avec vingt-sept minutes de retard. Presque son temps de vol. D'ailleurs, en raison de son court trajet, il ne volait qu'à 14 000 pieds.

« Seulement, il n'a jamais atteint Dubaï.

Elle récitait son texte comme une leçon bien apprise, d'une voix égale et précise. Soudain, Oswald Fisk se souvint.

– My God ! fit-il d'une voix étranglée. C'est le vol Iran Air qui a été abattu par erreur par le croiseur Vincennes.

À cette époque, la situation était très instable dans le Golfe persique et la guerre Irak-Iran s'éternisait depuis 1980. Il y avait eu plusieurs incidents entre les navires américains et les belligérants. La flotte US était chargée d'assurer la protection des pétroliers dans le détroit d'Ormouz. Le jour de l'accident, la frégate US *Elmer Montgomerry* se trouvait face à treize vedettes iraniennes et le croiseur Vincennes venait l'assister.

C'est alors que le radar du Vincennes détecta un avion en approche, potentiellement ennemi, à cause de son code de reconnaissance. Les Américains pensaient avoir affaire à un appareil militaire de combat iranien F.14.

En réalité, il s'agissait d'un Airbus A 300 civil, qui avait décollé en même temps que le F.14. Il se trouvait alors à 20 miles du Vincennes. Or, deux ans plus tôt, en 1987, deux missiles Exocet tirés par un avion irakien avaient failli couler une frégate américaine, faisant 37 morts et 21 blessés.

Persuadé d'avoir affaire à une attaque similaire, le commandant de l'USS Vincennes avait alors décidé de tirer deux missiles surface-Air Rim-66.

– C'était une erreur, répéta Oswald Fisk, une terrible erreur…

– Dont vous ne vous êtes jamais excusés, vous les Américains, continua Maryam Nassiri. Il y a eu 290 morts, dont 60 enfants…

– Je sais, désolé, bredouilla Oswald Fisk. Mais pourquoi me parles-tu de cela ?

Elle esquissa un sourire teinté d'ironie.

– Tu ne sais pas qui était le commandant du Vincennes ? Celui qui a donné l'ordre de tirer sur cet avion civil iranien ?

Oswald Fisk comprit d'un coup.

– Si, dit-il, c'était mon père. Georges B. Fisk. Il est mort il y a trois ans.

Maryam Nassiri ne changea pas d'expression.

– Ma mère était à bord, dit-elle. Le retard à Bandar Abbas lui a accordé vingt-sept minutes supplémentaires de vie, mais je ne l'ai jamais revue.

Ici, dans cet intérieur cossu d'un quartier chic de Vienne, cela semblait complètement incongru d'évoquer ce drame lointain, dans l'espace et le temps. Oswald Fisk essaya de ne pas paniquer. Sans fuir le regard de sa maîtresse, il dit le plus calmement possible :

– C'est atroce et je comprends ton chagrin, mais pourquoi me parles-tu de cela maintenant ?

Comme si elle ne l'avait pas entendu, Maryam Nassiri continua.

– Remarque, c'est à cause du Vincennes que nous nous sommes rencontrés. La Cour Internationale de Justice a condamné ton pays en 1996 à verser à l'Iran une compensation de 131 millions de dollars. En tant qu'héritière de ma mère, j'ai reçu assez d'argent pour venir faire des études en Europe. Toute petite, je voulais déjà être décoratrice. Depuis, je suis restée à Vienne. Et je t'ai rencontré…

Elle corrigea aussitôt :

– J'ai reçu l'*ordre* de te rencontrer…

Oswald Fisk sentit son sang se glacer.

– De qui ? réussit-il à demander.

Le sourire de Maryam Nassiri s'accentua imperceptiblement.

– De gens que tu connais bien. L'*Etta'alat*.

Les Services de Renseignement de la République Islamique d'Iran. Ceux contre qui Oswald Fisk et ses amis de la CIA luttaient avec acharnement… Comme si elle avait lu dans ses pensées, la jeune Iranienne continua :

– Quand tu m'as connue, tu as sûrement fait procéder à des vérifications sur moi. Les autorités autrichiennes t'ont assuré que je n'avais jamais eu d'activité politique à Vienne. Que j'étais une simple émigrée économique… Elles ne sont pas très regardantes et, d'ailleurs, c'est vrai, avant de te connaître, je ne m'occupais que de mon métier. « Ils » m'ont dit qui tu étais : un agent de la CIA *et* le fils du commandant du Vincennes… Dès cet instant, je n'ai eu qu'une idée : venger ma mère. J'y avais souvent pensé, mais je ne savais pas comment faire.

« Seulement, grâce à « eux », tu as eu un sursis. Je devais d'abord te séduire, afin d'obtenir des informations sur la CIA, sur tes activités. Après seulement, je pourrai exercer ma vengeance.

Oswald Fisk écoutait cette diatribe débitée d'un ton monocorde. Stupéfait.

– Tu travailles pour les Ayatollahs ! s'exclama-t-il. Des rétrogrades, des fanatiques religieux ! Tu n'es pas comme ça, quand même !

Maryam Nassiri secoua la tête.

– Non, je ne suis pas religieuse. En te tuant, je me mets seulement en paix avec ma conscience. Et tant mieux si cela leur rend service. J'ai besoin d'eux pour retourner en Iran quand j'en ai envie.

Désormais, Oswald Fisk avait totalement oublié son jeu érotique. En même temps, en dépit du rasoir toujours dans la main de Maryam Nassiri, il n'arrivait pas à avoir peur.

– Je comprends ta douleur pour ta mère, dit-il, mais je n'ai aucun lien avec cette tragédie. J'étais au collège à l'époque.

– C'est vrai, reconnut la jeune Iranienne. Mais c'est ton père qui est responsable de la mort de ma mère. C'est une espèce de vendetta.

Oswald Fisk essaya de se redresser, mais ses liens le ramenèrent à la réalité.

– Écoute, dit-il, détache-moi, nous allons discuter.

Le regard de Maryam Nassiri se posa sur lui, avec toujours cette lueur glaciale.

– Non, dit-elle posément. Je vais te tuer. Sans te faire souffrir, parce que je pense que ma mère n'a pas souffert. Elle a seulement eu très peur. Est-ce que tu as peur ?

Oswald Fisk se dit que cette conversation était surréaliste. Il n'arrivait pas à croire la jeune femme.

Désespérément, il chercha un moyen de gagner un peu de temps, de ne pas mourir.

– Pourquoi maintenant ? demanda-t-il.

Maryam Nassiri eut un sourire désarmant.

– Parce qu'ils m'ont demandé de le faire ce soir. Ils ne m'ont pas dit pourquoi, mais quelle importance ? Je t'aurais tué un jour ou l'autre.

– Tu es folle ! murmura l'Américain. Je suis innocent.

– Ma mère aussi était innocente, répliqua d'un ton implacable Maryam Nassiri. Vous êtes tous les deux ce qu'on appelle des dommages collatéraux.

Elle se pencha encore plus et Oswald Fisk ne put retenir un cri de terreur. Désormais conscient du danger.

– Je t'en prie, ne me tue pas ! lâcha-t-il. Je ne t'ai rien fait. Je ne suis pas un méchant homme.

Maryam Nassiri répéta :

– On m'a dit que tu devais mourir avant demain matin. J'obéis aux ordres.

Elle se pencha et plaça le tranchant du rasoir sur la gorge de l'Américain. Il sentit le picotement d'une coupure légère et cria.

Le regard de Maryam Nassiri glissa brièvement jusqu'à son ventre où le sexe de son amant s'était recroquevillé jusqu'à n'être plus qu'une petite chose ridicule.

– Tu es déjà mort, remarqua-t-elle d'un ton détaché.

Avant de lui trancher la gorge d'un geste décidé. Surprise de voir la lame pénétrer si facilement dans la chair de sa victime. Le hurlement d'Oswald Fisk se termina en gargouillis. Le sang jaillit à l'horizontale, des deux carotides. Maryam Nassiri l'avait prévu et s'était reculée. Ce qui ne lui évita pas de se faire éclabousser. Sur sa belle veste blanche, cela se voyait particulièrement bien.

Les gargouillis cessèrent très vite. La bouche ouverte, Oswald Fisk fixait désormais le plafond sans le voir.

Les jets des carotides s'étaient ralentis mais le couvre-lit s'imbibait rapidement de sang.

Maryam Nassiri se leva, laissant le rasoir posé sur le lit. Rapidement, elle défit la cordelière liant le bras droit d'Oswald Fisk au montant de cuivre du lit.

Aussitôt, le bras retomba sur le couvre-lit en panthère.

L'Iranienne se pencha et saisit le rasoir. Prenant un mouchoir glissé dans son soutien-gorge, elle en essuya soigneusement le manche, puis, délicatement, le glissa entre les doigts de la main droite d'Oswald Fisk, les repliant ensuite autour de l'ébonite.

Ensuite, elle replaça la main, qui désormais serrait le manche du rasoir, sur le couvre-lit.

Elle fit le tour du lit, ramassa son sac et sortit en claquant la porte sans un regard en arrière.

Quand elle ressortit dans Cottage Strasse, elle fut frappée par la douceur de l'air. En septembre, à Vienne, c'était l'été indien.

Les rues d'Oberdöbling, banlieue résidentielle, étaient désertes et elle mit à peine un quart d'heure pour descendre Peter Jordan Strasse, passer le Gürtelbrücke et se retrouver de l'autre côté du Donaukanal, non loin de chez elle, dans l'ancien quartier juif, reconquis désormais par les bobos.

Elle se gara devant chez elle, dans Costellez Gasse, et monta. À peine dans son appartement, elle ôta sa veste blanche et prit une paire de ciseaux dans la cuisine.

Il lui fallut moins d'un quart d'heure pour découper sa belle veste blanche, dont elle plaça les morceaux dans plusieurs petits sacs-poubelle. Ensuite, elle redescendit et reprit sa voiture jusqu'à Taborgasse, déposant ses précieux sacs dans différentes poubelles.

Lorsqu'elle remit sa Mini-Austin sur sa place « Resident », elle n'avait croisé personne.

Remontée chez elle, elle s'assit à son bureau, alluma son ordinateur et contempla longuement la photo de sa mère, imprimée sur sa page d'accueil.

CHAPITRE II

Fereydoun Davani trépignait, coincé dans l'allée centrale du Boeing 737 de la Turkish Airlines qui l'avait amené d'Ankara. L'unique vol quotidien était bondé et l'appareil semblait avoir parcouru des kilomètres depuis qu'il s'était posé, pour gagner son aire de stationnement de l'aéroport de Schwechat. Le désembarquement avait enfin commencé, à une lenteur d'escargot.

Un soleil brûlant et un ciel bleu l'accueillaient. C'était bien le premier signe du destin positif depuis son départ de Téhéran, l'avant-veille.

Alors qu'il se trouvait dans un taxi en route pour Mehrabad, l'aéroport de Téhéran, il avait reçu un SMS lui conseillant de faire demi-tour, des agents de l'*Etta'alat*[1] l'attendant à l'aéroport pour l'arrêter et l'emmener immédiatement à la prison d'Evin.

Expliquant au chauffeur qu'il venait d'apprendre une très mauvaise nouvelle, Fereydoun

1. Ministère du Renseignement.

Davani avait tourné les talons et s'était fait déposer en ville.

Ensuite, il avait pris un second taxi pour se faire conduire à la gare des bus. Il devait absolument gagner la frontière turque où les contrôles étaient plus légers. De toute façon, au poste frontière, il connaissait des gens qui pourraient lui organiser un passage clandestin.

Fereydoun Davani avait l'habitude des galères. Membre du Toudeh, le Parti Communiste iranien du temps du Shah, il avait ensuite rejoint les *Moudjahiddin Khalk*[1], au début de l'ère Khomeiny. Très vite, l'alliance avec les Ayatollahs avait explosé pour se transformer en un affrontement violent. Les membres de son mouvement qui n'avaient pas été pendus, avaient fui en Irak et formé une sorte de « brigade » combattant aux côtés des troupes irakiennes, lors du déclenchement de la guerre entre les deux pays, en 1980.

Bien entendu, les *Moudjahiddin Khalk* étaient envoyés aux endroits les plus exposés et tombaient comme des mouches. Se battant vaillamment et devenant la bête noire des Ayatollahs.

Lorsqu'ils étaient pris les armes à la main par les *Pasdaran*[2] ils ne terminaient jamais dans un camp de prisonniers. D'abord, méticuleusement torturés, ils étaient fusillés, ou même parfois attachés à la bouche d'un canon dont l'obus les déchiquetait...

1. Moudjahiddin du Peuple.
2. Troupes d'élite iraniennes.

Fereydoun Davani avait survécu à ces dix ans de combats féroces. La guerre terminée, les autorités irakiennes, ne sachant plus que faire de ces alliés encombrants, les avaient regroupés au camp Ashraf, en plein désert, où ils avaient croupis sous un soleil d'enfer jusqu'à ce que les Américains envahissent l'Irak en 2003.

Plus question pour eux de revenir dans leur pays d'origine où ils étaient aussi bien vus que des membres de la Milice, en France, en 1945.

Pourtant, les *Moudjahiddin Khalk* étaient parvenus à remonter une structure clandestine en Iran, réussissant à infiltrer plusieurs organismes « sensibles » dont les programmes militaires. Bien entendu, ils étaient en permanence pourchassés par la Vevak, l'organisme sécuritaire ayant succédé à la Savak du Shah, avec les mêmes méthodes féroces.

Rompus à la clandestinité, les *Moudjahiddin Khalk* réussissaient à survivre. Transmettant parfois leurs informations à la CIA qui les regardait pourtant avec méfiance.

Après 2003, tout avait changé car les Américains avaient réalisé qu'ils avaient là, sous la main, un vivier de gens qui haïssaient autant qu'eux leur nouvel ennemi héréditaire : le régime des Ayatollahs.

La CIA avait alors sélectionné parmi les Moudjahidin Khalk ceux qu'elle jugeait à même de leur rendre service… Depuis 1979, les Américains n'avaient plus aucune source d'information en Iran, car leurs alliés de la Savak avaient fini pendus ou fusillés. Ces nouveaux « amis » représentaient une merveilleuse occasion de reconstituer un réseau d'information et d'action dans ce pays avec lequel ils étaient en guerre larvée.

Fereydoun Davani avait été sélectionné par la CIA pour rejoindre un camp d'entraînement dans le Nevada, où on formait des ex-*Moudjahidin Khalk*.

Pour des actions de pénétration, comme de faux touristes se promenant sac au dos, sous différentes identités pour des actions ponctuelles mais très utiles. Depuis 2006, la lutte de la CIA était axée sur la recherche et le sabotage de programme nucléaire iranien.

Par exemple, certains espions de la CIA changeaient des plaques de rues attenantes aux sites nucléaires pour les substituer par de fausses plaques qui enregistraient la radioactivité et la transmettaient par satellite. On remplaçait les briques d'un mur par d'autres briques creuses, comportant un compteur Geiger. Tous ces agents agissaient sous différentes nationalités, avec des passeports fournis par la *Technical Division* de la CIA.

Fereydoun Davani, après deux missions en Iran sous fausse identité, avait été versé dans une section hyper-secrète, supervisée par le *Joint Special Operations Command*.

Il s'agissait de gérer un réseau d'espions au sein du programme nucléaire iranien.

Un travail de fourmis, avec des risques considérables. Les membres de cette section savaient qu'en cas de prise, ils ne seraient ni échangés, ni libérés.

Les Iraniens de la *Vevak* ou d'*Etta'alat* les voulaient morts. Et, de préférence, de la façon la plus désagréable possible. Grâce à sa formation d'ingénieur, Fereydoun Davani avait été affecté à un poste particulièrement sensible.

En 2008, la CIA avait créé une « superstructure » destinée à saboter légalement le programme nucléaire iranien. L'Agence avait racheté en sous-main une petite usine métallurgique autrichienne qui fournissait des pièces détachées pour les centrales nucléaires civiles.

Utilisables, *aussi*, pour les centres travaillant au programme militaire.

Bien entendu, l'Iran était friand de son matériel. La société « Allgemeine Metal Werhk » avait engagé un représentant qui se rendait fréquemment en Iran voir ses clients.

Fereydoun Davani, à qui la *Technical Division* de la CIA avait fabriqué un passeport autrichien au nom d'un iranien immigré en Autriche, mort dans un accident de voiture, Massoud Rejainejad. C'est sous ce nom que Fereydoun Davani se rendait en Iran voir ses clients, servant également d'agent de liaison avec le réseau des *Moudjahiddin Khalk* à Téhéran.

Sa couverture lui permettait d'entrer et sortir du pays à sa guise.

Seulement, le réseau dont il transmettait les renseignements avait été infiltré par le Ministère de la Sécurité. Juste après avoir transmis à Fereydoun Davani une information cruciale qui avait évidemment atterri à la Station de la CIA à Vienne. C'était un mois plus tôt.

Cette fois encore, quatre jours auparavant, il ne se doutait pas que son réseau était touché. Il avait quand même recueilli une nouvelle information particulièrement « hot » qu'il devait absolument transmettre aux Américains.

Comme les autres, il allait la faire transiter par son O.T. [1] Oswald Fisk.

Obligé de rater le vol pour Vienne, il avait prévenu Oswald Fisk de son retard, dès qu'il avait été à Ankara, lui donnant l'heure de son arrivée à Vienne, 13 heures.

À peine hors de l'avion des Turkish Airlines, il se lança dans les interminables couloirs de l'aérogare de Schwechat transformés en galerie marchande, au sol tellement brillant qu'il faisait mal aux yeux. Les Autrichiens étaient des maniaques de la propreté…

Il fallait contourner tout l'endroit pour arriver à la sortie.

1. Officier Traitant.

Après avoir donné son passeport à un officier de la *Grenze Polizei*[1] nonchalant, il émergea enfin dans le petit hall d'arrivée où des Autrichiens se pressaient, brandissant des pancartes au nom de certains arrivants.

Fereydoun Davani fonça vers la sortie des taxis. Il s'arrêta un moment, regardant autour de lui, cherchant si quelqu'un l'attendait. Étonné de ne voir personne, il appela le portable d'Oswald Fisk.

Tombant sur la messagerie.

L'Iranien laissa un message, donnant rendez-vous à cinq heures au Café Landtman.

Ensuite, il prit place dans la queue des gens qui attendaient un taxi.

Soudain, une Mercedes grise déboucha sur la voie courant le long de l'aérogare. Elle ralentit puis s'arrêta en double file à côté des taxis. La portière arrière s'ouvrit et un homme en émergea, adressant un signe joyeux à Fereydoun Davani et lui faisant signe de le rejoindre.

L'Iranien hésita : cet homme était un inconnu pour lui. Soudain, il fut pris en sandwich entre deux balèzes qui venaient de surgir de nulle part.

Il sentit la pointe d'un poignard s'enfoncer dans son flanc et une voix murmura en farsi à son oreille :

– Si tu cries, je te saigne.

Les deux hommes l'avaient pris chacun sous un coude. Ils le portèrent littéralement jusqu'à la

1. Police des Frontières.

Mercedes. L'homme qui attendait dehors lui ouvrit alors largement ses bras et l'étreignit comme s'il retrouvait un vieil ami. Puis, glissant ses mains sous la veste de Fereydoun Davani, il le souleva du sol et le fit pivoter, de façon à pouvoir le jeter dans la voiture.

Lorsqu'il atterrit sur la banquette arrière, Fereydoun Davani voulut se relever et ressortir, mais un des deux hommes qui l'avaient encadré jusque là, avait fait le tour de la Mercedes et venait de se glisser derrière lui.

Celui-ci passa le bras autour du cou de Fereydoun Davani, l'étranglant aux trois quarts. L'autre, qui lui avait adressé des signes joyeux, rentra à son tour dans la voiture, coinçant Fereydoun Davani de l'autre côté. Le second balèze était, lui, parti à pied dans la foule.

Étouffé par la masse musculeuse du bras qui l'étranglait, Fereydoun Davani arriva à pousser un faible cri lorsqu'ils passèrent un peu plus tard devant un policier en bleu, chargé de régler le trafic. Ce dernier ne l'entendit pas et ne le vit pas.

Personne n'avait rien vu, d'ailleurs…. Et puis, les Autrichiens n'aimaient pas s'occuper des affaires des autres.

Le bras qui l'étranglait relâcha son étreinte, mais Fereydoun Davani n'eut pas beaucoup de répit. L'homme qui lui avait souri enfonçait dans son ventre le canon prolongé d'un silencieux d'un pistolet automatique.

– Si tu veux mourir tout de suite, lâcha-t-il, tu fais l'imbécile !

À ce moment, l'homme qui se trouvait à côté du conducteur se retourna.

Il souriait.

– *Haroye*[1] Fereydoun Davani ! dit-il en farsi. Je m'appelle Darius Farmayan. Vous avez probablement entendu parler de moi ?

Fereydoun Davani sentit son sang se retirer de son visage.

D'abord, l'homme l'avait appelé par son véritable nom... Ensuite, Darius Farmayan était le patron du *Daftari Vigie* en Autriche, chargé de toutes les actions clandestines commandées par *Etta'alat*, le Ministère de Renseignement iranien. Ses ennemis mortels.

Comme il ne répondait pas, Darius Farmayan continua :

– C'est votre ami, Majib Moghadam, qui nous a aimablement révélé votre véritable identité. Il a été arrêté et se trouve en ce moment à Evin, à la section 311.

Celle d'où on ne ressortait jamais. Le chef du *Daftari Vigie* continua.

– Nous avons eu du mal à reconstituer votre itinéraire de sortie, mais nous y sommes arrivés.

Fereydoun Davani ferma les yeux. Pensant à l'adjectif « aimablement ». Se demandant quelles tortures abominables il recouvrait.

1. Monsieur.

Darius Farmayan continua d'un air gourmand :

– Je suis certain que nous allons avoir une conversation très intéressante ! Car vous connaissez sûrement des gens que nous aimerions retrouver.

Le *Daftari Vigie* était installé dans les locaux de l'ambassade d'Iran, au 22e étage de la tour Mishek, Leopold Bernstein Strasse, le long de l'International City de Vienne, regroupant les agences onusiennes. Fereydoun Davani serait peut-être transféré à l'annexe de Zagreb où étaient regroupés tous les agents chargés des actions clandestines sanglantes. La Croatie était encore plus laxiste que l'Autriche et personne ne causait jamais de problème aux Iraniens. Il était facile de mettre le prisonnier dans le coffre d'une voiture en plaques diplomatiques, qui franchirait les frontières de la Slovénie et de la Croatie sans encombre.

Ils étaient sortis de l'aéroport et roulaient désormais sur l'autoroute allant jusqu'au centre de Vienne, longeant une ancienne raffinerie. Fereydoun Davani croisa le regard de l'homme qui lui enfonçait le canon d'un pistolet dans le ventre. Froid, rond et inexpressif comme le canon de son arme.

Sa décision fut prise instantanément. Il prit une profonde respiration et lança ses mains en avant, les refermant sur le cou de son voisin.

Celui-ci poussa un grognement étouffé. Fereydoun Davani serrait de toutes ses forces. Avec l'énergie du désespoir. La lutte silencieuse dura quelques secondes puis, l'homme étranglé, sentant l'oxygène lui manquer, appuya sur la détente de son arme. Il y eut trois « plouf » étouffés. Coincé entre les deux hommes, Fereydoun Davani ne put bouger. Il ressentit une violente brûlure au creux du ventre, puis plus rien.

Il avait préféré mourir tout de suite, plutôt que d'être torturé des jours durant.

***

– Cela ressemble à un suicide, laissa tomber d'une voix grave le lieutenant de la *Kripo*.

Un homme austère, bien rasé, habillé d'un costume mal coupé, aux yeux bleus délavés.

Brett Dakin, le Chef de Station de la CIA à Vienne, réprima un sursaut incrédule.

– Un suicide ! protesta-t-il, contenant sa fureur. Vous croyez qu'un homme s'attache tout nu sur son lit pour se suicider et qu'ensuite, il se coupe la gorge. S'il voulait se suicider, Oswald Fisk possédait un pistolet déclaré auprès de vos services, qui doit se trouver quelque part ici.

La chambre de l'Américain était pleine de policiers et deux infirmiers attendaient dehors avec une civière pour emmener son corps. C'est Brett Dakin qui avait donné l'alerte à la police autrichienne. Ne voyant pas Oswald Fisk arriver à son bureau où il avait rendez-vous pour un meeting, et n'arrivant pas à le joindre sur son portable, il avait envoyé un de ses *deputees* avec le double de la clef de l'appartement de l'Officier Traitant de la CIA.

Bien entendu, après s'être assuré qu'aucun papier compromettant ne traînait dans l'appartement, le jeune agent de la CIA avait appelé la *Kripo* [1]. Rejoint sur les lieux par le Chef de Station. Celui-ci avait d'abord été stupéfait de découvrir son collaborateur attaché nu sur son lit, avec des cordelières de différentes couleurs. Cela n'évoquait pas une scène de crime… Il avait pensé immédiatement à la maîtresse d'Oswald Fisk, Maryam Nassiri. Leur liaison était connue de la Station et Brett Dakin avait eu connaissance de certains éléments de la vie de Maryam Nassiri, l'ayant faite « cribler » par la police autrichienne. Il ne se souvenait pas de référence à des jeux sado-maso…

Pourtant, cela semblait être le cas.

– Vous pensez qu'il s'est suicidé avec les mains attachées ? insista Brett Dakin, outré.

– Il s'en est détaché une, remarqua calmement le policier autrichien. Cela suffisait.

– Il ne se s'est pas attaché tout seul ! rétorqua le chef de Station de la CIA, au bord de l'apoplexie.

– Sûrement pas ! reconnut le lieutenant de la Kripo. Bien entendu, nous allons enquêter sur ses activités avant sa mort.

1. Kriminal Polizei : Police Judiciaire.

Brett Dakin bouillait intérieurement. Il allait pivoter pour s'en aller lorsqu'il se heurta presque à un homme de haute taille à l'air sévère, dont le visage s'éclaira en le voyant.

– *Herr* Dakin ! lança le nouveau venu, je m'attendais à vous trouver ici !

Les deux hommes échangèrent une poignée de mains. Arnold Haslinger était le patron du *Verfassungshutz*, le service de la Protection de la Constitution, équivalent du FBI américain. Bien entendu, il rencontrait régulièrement Brett Dakin et connaissait parfaitement l'activité réelle d'Oswald Fisk, enregistré comme Second secrétaire de l'ambassade avec le statut de diplomate. C'était la raison de sa présence. Il échangea quelques mots en allemand avec l'homme de la *Kripo* et prit Brett Dakin par le bras.

– Venez, les techniciens vont procéder à des constatations factuelles pour l'enquête.

Les deux hommes se retrouvèrent dans le living et prirent place sur un canapé jaune tout neuf.

Brett Dakin explosa et dit à mi-voix.

– Cet âne de la Kripo prétend qu'Oswald s'est suicidé ! Cela ne tient pas debout.

– Vous avez une autre hypothèse ? demanda calmement le chef du *Verfassungshutz* ?

Bien sûr, on pouvait écarter l'accident.

– Il a été assassiné, laissa tomber Brett Dakin. C'est évident.

– Par qui ?

L'Américain avoua, à regret :

– Je sais seulement qu'Oswald avait une maîtresse, une certaine Maryam Nassiri.

– Dans ce cas, le Kripo va surement l'interroger, assura David Haslinger. Appelez-moi, conseilla-t-il. Je me tiendrai informé de l'enquête de la Kripo. De votre côté, si vous avez des informations, communiquez-les à la Kripo.

Il se leva et serra vigoureusement la main de son « homologue » avant de s'esquiver.

Brett Dakin n'insista pas. Dans la plupart des cas de mort suspecte d'un étranger, la police viennoise concluait immanquablement à un suicide… Même si le défunt avait été criblé de balles dans le dos.

Un quart de siècle après la chute du mur de Berlin, la ville la plus à l'est de l'Europe restait un nid d'espions Tous les Services y étaient représentés, de l'Est comme de l'Ouest et, même, quelques uns plus inattendus comme les Iraniens. Il faut dire qu'il y avait 16 000 personnes ayant le statut de diplomates à Vienne et de nombreuses organisations internationales, comme l'OPEP, l'OSCE ou l'AIEA. Chaque ambassade était une ruche d'espions, la plupart sous couverture diplomatique. Les Autrichiens ne discutaient jamais la liste des Seconds secrétaires ou conseillers.

Lorsqu'un de ces « diplomates » décédait de mort violente, la Kripo concluait régulièrement à un suicide, sachant parfaitement qu'il s'agissait d'un meurtre dont elle ne connaîtrait jamais les raisons.

Comme si l'Autriche avait voulu faciliter les tâches clandestines de tous ces espions, elle offrait un étonnant système de communications. Tous les opérateurs téléphoniques proposaient de surfer ou de téléphoner sans exiger de l'utilisateur la moindre preuve d'identité…

En 2010, le Mossad, pour planifier l'assassinat d'un dirigeant du Hamas, avait utilisé des portables autrichiens…

Le chef de Station de la CIA à Vienne quitta à son tour l'appartement et s'engouffra dans sa limousine en plaques diplos, garée en double file dans Cottage Strasse. Plusieurs voitures de police et une ambulance étaient garées devant l'hôtel particulier découpé en appartements. L'Américain lança au chauffeur :

– On retourne Boltzmann Strasse.

Siège de l'ambassade américaine. L'Américain alluma une cigarette et souffla nerveusement la fumée. Il était certain qu'Oswald Fisk avait été assassiné. Il fallait découvrir par qui et pourquoi, car il était au cœur d'une importante opération. Durant le trajet, il chercha qui il pourrait mettre sur le coup, sans trouver. Il disposait de peu d'O.T. efficaces, les autres membres de la Station étant des analystes incapables de mener une enquête.

Lorsqu'il se retrouva dans son bureau, il n'avait pas encore trouvé de réponse. À Vienne seulement depuis trois mois, ayant succédé à Bob Higgins, il n'était pas encore familier de l'Autriche.

Désespéré, il appela son assistante, qui était déjà celle de son prédécesseur et lui expliqua le problème. Il fallait quelqu'un capable de mener une enquête pointue et sûrement dangereuse, tout en gardant un secret absolu.

La jeune Autrichienne ne réfléchit pas longtemps :

– Je pense qu'il y a quelqu'un qui pourrait vous aider, conseilla-t-elle. Le prince Malko Linge.

CHAPITRE III

C'était la fête au château de Liezen. La grande cour d'honneur disparaissait sous une douzaine de stands où on servait de la charcuterie, de la bière et du vin blanc. Tous les producteurs de vin du Burgerland étaient là, endimanchés dans des costumes plus ou moins folkloriques. On célébrait la fin des vendanges.

Grâce à la qualité de vin produit par ce coin d'Autriche, jouxtant la Hongrie, les gens vivaient bien, ajoutant à leurs revenus de vignerons, la location de leurs terres pour y planter des dizaines de gigantesques éoliennes dont les pales hachaient les corbeaux et provoquaient un sifflement si désagréable que le fidèle Elko Krisantem avait proposé à Malko de dynamiter les plus proches avec discrétion. Ce dernier avait refusé afin de ne pas amputer les revenus de ses voisins paysans. Un peu ses « sujets ».

Son Altesse Sérénissime le prince Malko Linge était le dernier représentant d'une lignée de dix-sept générations remontant à l'époque féodale.

Margrave de basse Lasace, Chevalier de l'Ordre des Séraphins, Chevalier de la Toison d'Or, voïvode héréditaire de la Voïvodie de Serbie, Chevalier d'honneur et de dévotion de l'Ordre Souverain de Malte, Malko Linge était respecté dans toute la région. On appréciait le fait qu'il n'ait pas abandonné son vieux château pour aller vivre à Vienne.

Même si deux ailes étaient entièrement vides et non chauffées et si, seules, quelques pièces possédaient le confort moderne. D'ailleurs, sans les dollars de la CIA, cette auguste demeure serait tombée en ruines depuis longtemps.

Les vieilles poutres, les tuiles usées jusqu'à la corde, les pierres descellées réclamaient un entretien constant et la rapacité des artisans locaux n'avait plus de limite… Dans le Burgerland, on savait que « *Eure Hoheit* [1] » ne roulait pas sur l'or mais tenait son rang. Il ne se passait pas de semaine sans que la vieille Ilse, la cuisinière, ne reçoive un jambon, des œufs, une caisse de vin ou un porcelet prêt à rôtir. Sans parler des bouteilles de schnaps local qui auraient réveillé un mort.

Bien entendu, les voisins de Malko ignoraient ses véritables activités et mettaient sur le compte d'obscures transactions financières l'aisance dont il semblait profiter. Dans le Burgerland, c'étaient des taiseux. On ne parlait jamais d'argent, sauf devant un tonneau de vin blanc.

1. Son Altesse.

Malko s'arrêta devant un stand installé en face du grand escalier de pierre menant à l'entrée du schloss et, aussitôt, la paysanne aux joues rondes qui le tenait, lui tendit une « wurstel » craquante, avec un verre de Steinhegger ?

– *Bitte schön*, *Eure Hoheit*, proposa-t-elle, avec un sourire éblouissant fendant ses joues rondes.

Malko avait presque terminé de mâcher sa « wurstel » lorsqu'il aperçut Alexandra qui fendait la foule, un téléphone à la main. En « paysanne ». Un cachemire gris moulant ses seins magnifiques, une longue jupe de même couleur, fendue sur des bottes de cavalière. Presque pas maquillée, mais toujours splendide.

Elle aussi possédait un vignoble et tous ceux qui étaient là la considéraient comme une des leurs.

La fiancée de Malko lui tendit le téléphone, sans l'esquisse d'un sourire.

– C'est pour toi ! annonça-t-elle. Probablement un de tes *spooks* [1].

Alexandra détestait les gens de la CIA pour d'obscures raisons. D'abord, parce qu'ils étaient américains et qu'elle vomissait les Américains, rejetant leur culture et leurs manières. Enfin, parce qu'elle se disait au fond d'elle-même, qu'un jour, une de ces voix anonymes l'appellerait pour lui annoncer une mauvaise nouvelle. Dans le métier

1. Affreux.

exercé par Malko, l'espérance de vie n'était pas illimitée…

Malko prit l'appareil et demanda :

– *Wohin ist*[1] ?

– *Herr* Linge ?

C'était la voix de la secrétaire de Mark Hopkins, l'ancien chef de Station de la CIA à Vienne, que Malko connaissait depuis des années.

– Anne ! s'exclama-t-il, quel bon vent vous amène ? Monsieur Hopkins est revenu ?

– Non, répondit la secrétaire, avec un petit rire. Je vais vous passer celui qui lui a succédé, Brett Dakin. Je crois que vous ne l'avez encore jamais rencontré.

Sans attendre sa réponse, elle bascula la communication.

Malko s'éloigna du stand de saucisses pour avoir un peu de calme. Une voix lente et posée éclata dans le récepteur.

– Malko Linge ?

– Lui-même, confirma Malko.

– Nous n'avons pas encore eu le plaisir de nous rencontrer, fit l'Américain. Que diriez-vous d'un déjeuner demain au restaurant Anna Sacher ? Je réserve. Une heure et demie ?

Sa voix était calme mais le ton presque pressant. Il y avait au moins deux mois que Malko n'avait pas été en contact avec la Central Intelligence

1. Qui est-ce ?

Agency. Ce n'était sûrement pas pour acheter du vin nouveau que le chef de Station de la CIA voulait le voir.

– Avec plaisir, accepta Malko. *Bis morgen*[1].

Il zigzagua entre les stands pour regagner le hall du château, où Alexandra bavardait avec des vignerons.

– *Schatzi*, annonça-t-il, je dois aller à Vienne demain, veux-tu m'accompagner ?

Alexandra retrouva instantanément son sourire.

– Avec joie ! dit-elle. " *Seven Sins*[2] " a ouvert une nouvelle boutique dans Maria Hilfe. Je suis sûre que je vais y trouver mon bonheur.

Autrement dit, elle voulait ajouter quelques pièces à sa collection de lingerie.

***

Maryam Nassiri trouva miraculeusement une place pour sa Mini rouge, juste avant le Café Central, dans Herren Gasse, rue étroite du centre de Vienne, bordée d'immeubles majestueux et impeccablement entretenus, puis se dirigea vers le n°7 de la rue, un superbe bâtiment blanc de deux étages qui abritait le Ministère de l'Intérieur, le *Verfassungshutz* et la Kripo.

1. À demain.
2. Les sept Péchés.

Une rafale de brise tiède plaqua sa robe de soie imprimée contre sa poitrine, tandis qu'elle laissait passer un fiacre impeccablement briqué, tiré par deux chevaux, qui se dirigeait vers Michaeler Platz, abritant un couple de touristes ravis. Ces fiacres étaient partout, sur les ring et dans la vieille ville, ralentissant encore une circulation déjà chaotique, freinée par les cyclistes, les piétons et les sens uniques. On aurait dit qu'un ordinateur fou avait décidé de couper les rues en petits tronçons ne s'emboîtant pas les uns dans les autres.

Le fiacre passé, la jeune femme gagna l'unique entrée du ministère, gardée par un seul policier débonnaire, à qui elle montra sa convocation de la Kripo.

Aussitôt, un autre policier l'accompagna jusqu'au bureau du lieutenant Zeller, dans le second bâtiment. On l'installa confortablement et le policier, après s'être assuré de son identité, commença son interrogatoire.

Se disant qu'il n'avait pas souvent la chance d'interroger une « suspecte » aussi ravissante. Maryam Nassiri ne pouvait empêcher sa poitrine de se dessiner avec précision sous la soie et croisait souvent les jambes, faisant glisser les pans de sa robe qui découvraient fugitivement une cuisse bronzée. La jeune femme ramenait alors le pan baladeur d'un geste indifférent.

Les premières questions portèrent sur sa relation avec Oswald Fisk et la jeune femme admit facilement qu'elle était sa maîtresse depuis quelques mois.

– Quand l'avez-vous vu pour la dernière fois ? demanda le lieutenant Zeller.

– La soirée précédent sa mort, précisa la jeune femme.

– Vous avez eu des rapports sexuels ? demanda le policier autrichien d'une voix égale.

– Bien sûr, confirma Maryam Nassiri.

Il y eut un petit silence. Le lieutenant Zeller se demandait si elle portait un soutien-gorge ou non. Il se décida enfin pour la question suivante, plus délicate.

– Herr Fisk, lorsqu'il a été découvert sans vie, était attaché par des cordelières liant ses membres aux coins du lit, précisa-t-il, en regardant le rapport d'enquête. C'était une pratique courante entre vous ?

Maryam Nassiri esquissa un sourire.

– Absolument, confirma-t-elle. Nous aimions bien nous attacher, tantôt moi, tantôt lui… Parfois même, nous nous flagellions…

Le regard fixé sur l'écran de son ordinateur, le lieutenant Zeller se demanda s'il n'était pas en train de rougir. Bien sûr, des scènes semblables se trouvaient facilement sur Internet. Et, il lui était même arrivé d'en regarder, mais c'était la première fois qu'il avait en face de lui une pratiquante. Qui n'était même pas une professionnelle.

Comme pour le mettre à l'aise, Maryam Nassiri lui précisa spontanément qu'elle pratiquait aussi l'équitation. Le policier le nota dans sa déclaration, sans savoir si c'était vraiment utile.

Il fut heureux d'arriver à la partie « dure » de son interrogatoire.

– Comment était Herr Fisk quand vous l'avez quitté ? Quelle heure était-il ?

– Environ deux heures du matin, précisa Maryam Nassiri.

– Il était vivant ?

Elle sourit.

– Bien sûr ! Tout à fait vivant ! Comme il insistait pour que je fasse certaines choses qui me déplaisaient, pour le « punir », je l'ai laissé attaché au lit, sans le satisfaire, et je suis partie.

– Il avait les quatre membres attachés ?

– Bien sûr.

Le lieutenant Zeller marqua une pause avant de demander :

– Lorsqu'il a été retrouvé mort, sa main droite qui tenait encore un rasoir avec lequel il pourrait s'être égorgé, était détachée. Qu'a-t-il pu se passer ?

Maryam Nassiri ne se troubla pas.

– Ce n'était qu'un jeu. Il pouvait facilement se dégager. Sinon, je ne l'aurais pas laissé ainsi.

– Comment pensez-vous qu'il est mort ? demanda le lieutenant Zeller.

La jeune femme lui jeta un regard surpris.

– Apparemment, il s'est suicidé… Je n'ai pas d'autre explication.

– Il avait des raisons de se suicider ?

– Je n'en sais rien, avoua Maryam Nassiri. Je ne le connaissais pas vraiment bien Il s'agissait surtout entre nous d'une relation sexuelle.

Elle semblait lassée de ses questions et commençait à manifester un peu de nervosité. Le lieutenant Zeller en profita pour demander d'un ton détaché.

– Vous estimez n'avoir aucun lien avec sa mort ?

Maryam Nassiri le regarda avec de grands yeux.

– Quel lien pourrais-je avoir ? Il était vivant lorsque je l'ai quitté. J'ai appris sa mort par la radio.

– Et le rasoir ? insista le policier. Comment a-t-il pu se le procurer ? Il n'avait pas quitté le lit.

La jeune femme haussa les épaules.

– Je ne sais pas. Peut-être était-il dissimulé entre le matelas et le sommier. Avez-vous d'autres questions à me poser ? J'ai un rendez-vous important dans une demi-heure.

Le lieutenant Zeller hésita quelques secondes avant de répondre.

– Non, fit-il enfin. Je vais imprimer votre déposition pour que vous puissiez la signer.

***

Brett Dakin referma le dossier que venait de lui déposer à l'ambassade un messager de David Haslinger, le patron du *Verfassungshutz*.

Le dossier de la Kripo de l'affaire Oswald Fisk.

L'enquête était close, l'enquête ayant conclu à son suicide dans une crise de dépression.

Après tout, rien n'allait à l'encontre de cette théorie. Une note de la Kripo soulignait que Maryam Nassiri, si elle avait été coupable, aurait pu facilement s'enfuir en Iran. De son propre aveu, elle y allait régulièrement pour ses chantiers. Le fait qu'elle n'ait pas bougé de Vienne semblait l'innocenter.

Le chef de Station de la CIA se dit simplement qu'elle devait connaître les réactions de la police viennoise : même si on avait découvert Oswald Fisk les quatre membres encore attachés au lit, la Kripo aurait été capable de conclure au suicide. Dans ce genre d'affaire, les Autrichiens regardaient obstinément de l'autre côté…

De plus, pourquoi Maryam Nassiri aurait-elle assassiné son amant ? Ni la CIA ni le *Verfassungshutz* n'avait trouvé aucun lien entre la jeune iranienne et les Services de Renseignement iraniens.

Pourtant, Brett Dakin était convaincu, pour plusieurs raisons, qu'Oswald Fisk ne s'était pas suicidé. Et que la belle Maryam Nassiri était responsable de sa mort.

Il restait à le prouver.

***

Malko était déjà installé dans un des fauteuils noirs et dorés de l'Anna Sacher restaurant, lorsqu'un homme de haute taille, au visage en lame de couteau, avec un nez extrêmement pointu, les épaules tombantes, débarqua dans le sillage d'un maître d'hôtel. À peine assis, il tendit la main à Malko.

– Brett Dakin. Je suis heureux de vous connaître. Dites-moi, c'est magnifique ici, je n'étais jamais venu.

Effectivement, le restaurant principal du Sacher, caché après un salon rococo un peu chargé, était une bonbonnière verte. De grands rideaux de velours vert damassé, une moquette verte, un très haut plafond, de magnifiques lustres, des tableaux XIXe aux murs. On se serait cru revenu en arrière d'un bon siècle. La salle était petite, en L, avec des tables de quatre, convenablement espacées.

Une des dernières niches luxueuses de Vienne. Les fenêtres donnaient sur Krüger Strasse, derrière le Sacher. Malko examina le nouveau chef de Station de la CIA. Très grand, massif, il débordait de son fauteuil. Presque chauve, ses yeux bleus pétillaient d'intelligence. Il ouvrit le menu gainé de noir apporté par le maître d'hôtel.

– Il n'y a pas de carte, précisa Malko, seulement trois menus. C'est de la nouvelle cuisine viennoise. *Ganz special*[1]….

Après avoir jeté un coup d'œil au menu, Brett Dakin fixa Malko.

– J'ai beaucoup entendu parler de vous, dit-il. Marc vous appréciait vraiment.

– C'était réciproque, assura Malko. Que fait-il maintenant ?

L'Américain eut un geste évasif.

– Oh, je crois qu'il va rejoindre Moscou en N°2. Pour l'instant, il est à Washington.

Ils choisirent tous deux le second menu, le plus simple. L'Américain laissa Malko choisir le vin, ce qui valait peut-être mieux. Ce dernier choisit un vin autrichien « *Das Phantom* », hors de prix. La CIA était riche.

Malko attendit d'avoir goûté « *Das Phantom* » et, rassuré, posa la question essentielle.

– Je suppose que vous avez un problème…

Brett Dakin rougit comme une rosière.

– Je tenais *absolument* à faire votre connaissance, assura-t-il. Mais, effectivement, nous *avons* un problème. Avez-vous lu quelque chose sur la mort d'un Américain nommé Oswald Fisk. Ou peut-être le connaissiez-vous ?

1. Très spécial.

– La réponse est négative dans les deux cas, répliqua Malko. Pourquoi ?

– Oswald Fisk était mon second. Un garçon brillant.

– Pourquoi « était » ?

– Il est mort. D'après la Kripo, il s'est suicidé.

L'Américain raconta à Malko les circonstances étranges du décès de l'agent de la CIA. Malko riait intérieurement : les Autrichiens étaient toujours aussi prudents. On ne se mêle pas des affaires des autres… Un peu caustique, il conclut :

– D'après ce que vous me dites, il y a en effet peu de chances que ce malheureux se soit suicidé… Vous avez un suspect ?

– *Une* suspecte, corrigea Brett Dakin.

Il enchaîna sur la vie sexuelle d'Oswald Fisk découverte à sa disparition, concluant :

– Je connaissais l'existence de cette jeune femme, Maryam Nassiri. Nous l'avions même criblée et fait cribler par le *Verfassungshutz*. Sans rien découvrir de suspect à son égard. Elle était arrivée en 1996 pour étudier la décoration d'intérieur à Vienne, avait obtenu un diplôme et s'était lancée dans le métier. Parvenant assez rapidement au succès. Elle travaillait en Autriche et à l'étranger, revenant même en Iran y faire des chantiers.

– Elle n'était pas réfugiée politique ?

– Non. Sa famille devait avoir de l'argent, car elle a pu s'assumer pendant cinq ou six ans.

« Le fait qu'elle revienne de temps en temps en Iran n'a rien d'étonnant, d'après les Autrichiens. Elle a toujours son passeport d'origine et beaucoup d'Iraniens font comme elle, retournant régulièrement en Iran, pour affaires ou pour rendre visite à leur famille.

« Les Ayatollahs sont des gens pragmatiques...

– Aucun contact avec les gens de l'*Etta'alat* ici ?

– D'après les Autrichiens, non. A Langley, ils n'ont rien trouvé sur elle non plus. D'ailleurs, son style n'est pas vraiment islamique...

Il plongea la main dans sa veste et tendit à Malko une série de photos, visiblement prises au téléobjectif. Une jolie femme, plutôt rousse, avec un visage énergique, une robe près du corps permettant de le découvrir, une très belle poitrine, une allure sportive.

Pas vraiment une adepte du tchador...

Sur un des clichés où elle montait dans une mini-Austin, elle découvrait ses cuisses d'une façon à donner un infarctus à un Vrai Croyant.

Elle sortait d'une boutique, suivie d'un homme portant une table ronde dont les pieds ressemblaient aux pattes d'un flamand rose, le plateau entouré de plumes roses en métal. Derrière, on apercevait la vitrine d'un magasin de décoration. Brett Dakin précisa.

– Maryam Nassiri crée des meubles et des objets et les met en dépôt à la galerie OTTO, dans

Seiler Gasse. Elle a une véritable activité, ce n'est pas une couverture.

– En effet, remarqua Malko, elle semble « claire » mais le fait qu'elle soit iranienne ne vous a pas amené à interdire à votre *deputee* de continuer cette liaison ? interrogea Malko au moment où des hors-d'œuvre improbables étaient amenés dans d'immenses assiettes vertes.

L'Américain fit la moue.

– C'était délicat. Il ne nous avait jamais rien dissimulé. Divorcé, on ne pouvait pas le condamner au célibat sexuel. Bien sûr, cette fille était iranienne, mais ce n'était pas suffisant pour lui interdire de la fréquenter.

« D'autant qu'elle avait été criblée et que son « profil » ne correspondait absolument pas à celui d'une islamiste.

– Tous les islamistes ne sont pas barbus ou ne portent pas de tchador, observa Malko. Je n'ai aucune idée préconçue, mais les « hirondelles » soviétiques, durant la Guerre Froide, se fondaient parfaitement dans le paysage.

– C'est vrai, reconnut à regret Brett Dakin en attaquant ses hors-d'œuvre.

Lorsqu'ils eurent fini, Malko remarqua :

– Oswald Fisk est mort, et cette jeune femme n'a plus aucun contact avec l'Agence. Donc, à part essayer de retrouver son assassin, que pouvez-vous faire ? Et surtout, que puis-je faire pour vous ?

Brett Dakin hocha gravement la tête.

– Vous savez bien que nous nous efforçons toujours de venger les membres de l'Agence qui tombent en mission…

Malko revit le « *wall of honor* » dans le hall du *Great Old Building* de la CIA, à Langley, et sa plaque de marbre noir où étaient piquées des étoiles d'or, représentant chacune un agent de l'Agence tombé dans l'exercice de ses fonctions. Ce qui ne semblait pas être, à ses yeux, le cas d'Oswald Fisk.

Il regarda Brett Dakin et demanda :

– Si nous acceptons l'hypothèse que cette Maryam Nassiri a assassiné Oswald Fisk, pourquoi l'aurait-elle fait ? Cela impliquerait-il une vengeance de l'*Etta'alat* contre vous ?

– Non, je n'y crois pas, rectifia le chef de Station de la CIA, mais il y a autre chose.

Il sortit de sa poche une coupure du *Kronen Zeitung* et la tendit à Malko. C'était un court entrefilet en page 3. Relatant la découverte dans un bois de la commune de Grinzig, une colline boisée du nord-ouest de Vienne, du cadavre d'un homme en partie dévoré par des sangliers, mais apparemment tué par balles.

Malko rendit la coupure et demanda.

– Il y a un rapport avec le meurtre de cet homme et le « suicide » d'Oswald Fisk ?

L'Américain inclina la tête.

– Oui. Le mort retrouvé à Grinzig s'appelle Fereydoun Davani. C'était un Iranien, membre des *Moudjahidin Khalk*, recruté et formé par nos soins. Il était « traité » par Oswald. Il revenait d'Iran et devait le rencontrer le lendemain du jour où il est mort. Pour moi, on a tout fait pour que les deux hommes ne se rencontrent pas…

Et « on » c'est l'*Etta'alat*. Qui aurait utilisé Maryam Nassiri pour arriver à ses fins.

Le « suicide » d'Oswald Fisk devenait beaucoup plus sujet à caution. Malko commençait à comprendre pourquoi Brett Dakin s'intéressait autant à la pulpeuse Iranienne.

CHAPITRE IV

Malko regarda autour de lui. Trois tables étaient occupées par des clients parlant presque à voix basse. C'était quasi incongru d'évoquer le monde violent où il vivait dans cette ambiance feutrée, dans cet îlot de luxe qu'était le Sacher.

Il fixa Brett Dakin.

– Quel serait le motif assez sérieux pour assassiner deux personnes ? demanda-t-il. Dont un agent de la CIA.

Brett Dakin baissa la voix :

– Il y a deux semaines, Fereydoun Davani, qui était basé en Autriche mais se rendait souvent à Téhéran pour recueillir des informations, a communiqué à Oswald une nouvelle de première importance.

– Laquelle ? demanda Malko.

Brett Dakin baissa encore plus la voix, comme s'il y avait des micros dans le velours des rideaux verts.

– Je pense que le nom d'Ardechir Nassanpour ne vous dit rien ?

– C'est un Iranien ?

– Oui. Un spécialiste de physique nucléaire âgé de 41 ans. Il dirige en Iran la production d'hexaflorure d'uranium, le gaz avec lequel on nourrit les centrifugeuses qui enrichissent l'uranium « civil » pour le transformer en uranium militaire à 26% puis 98%, le grade nécessaire pour construire une bombe nucléaire. Ardechir Nassanpour est un des types les plus brillants de sa génération. Il a reçu en 2009, le Grand Prix de la Recherche Militaire, en Iran.

« C'est un des seuls hommes qui *sait* exactement où en sont les Iraniens dans leur course à l'arme nucléaire.

« Depuis plusieurs années, les Iraniens enrichissaient plus ou moins clandestinement de l'uranium civil à l'aide de centrifugeuses, des petites bêtes de 1,80 m de haut, tournant à 1000 tours minute.

Fragiles mais efficaces.

– Je suppose que cet homme doit être gardé comme Fort-Knox, conclut Malko.

La voix de Brett Dakin ne fut plus qu'un souffle :

– Non, il est ici, à Vienne.

***

Cette fois, Malko tomba des nues.

– Il a fait défection ? demanda-t-il.

– Hélas, non. C'est l'information qu'a amenée Fereydoun Davani à Oswald il y a quelques jours. Ardechir Nassanpour aurait eu un AVC [1] et serait hospitalisé ici, à Vienne, à l'*Allgemeine Kranken Hospital*, dans le service du professeur Zepner. Sous un faux nom, évidemment.

– Évidemment, reconnut Malko, c'est une information de la plus haute importance. Comment comptez-vous l'exploiter ?

– Dès que je l'ai communiquée à Langley, expliqua l'Américain, ils ont demandé à la Maison Blanche un « executive order » pour enlever ce scientifique iranien.

« La demande a été aussitôt acceptée et Oswald Fisk devait coordonner l'opération.

– Vous savez quel genre d'information pouvait lui apporter Fereydoun Davani ?

– Non, avoua Brett Dakin. Peut-être le numéro de la chambre où il se trouve ou la durée de son séjour.

– Vous avez été voir sur place ?

– Oui. Nous avons repéré des Iraniens visiblement en planque, qui surveillaient le building où réside Ardechir Nassanpour.

– Il faudrait déjà savoir sous quel nom il est hospitalisé, conseilla Malko. Il a du arriver en civière sur un vol d'Iranair et gagner l'hôpital en ambulance.

1. Accident vasculaire cérébral.

– Sûrement, reconnut Brett Dakin, mais nous n'avons aucun moyen de le savoir.

– Moi, j'en ai peut-être un, avança Malko. Elko Krisantem a un copain turc qui travaille à l'aéroport de Schwechat, au fret. Parfois, il lui vend du caviar de contrebande en provenance d'Iran. Il pourrait peut-être savoir quand il est arrivé et sous quel nom…

– Formidable, approuva l'Américain, mais ce n'est pas suffisant. Je suis certain que Maryam Nassiri sait beaucoup de choses. Je voudrais que vous la « tamponniez ». Elle est sûrement liée à l'*Etta'alat*. Elle sait pourquoi elle a assassiné Oswald. Vous avez une « légende » formidable. Autrichien, propriétaire d'un schloss. Vous pouvez parfaitement draguer une décoratrice, de surplus, *très* jolie femme.

Un ange passa en se tordant de rire.

– Vous oubliez un simple détail, mon cher Brett, objecta Malko. Si, vraiment, Maryam Nassiri est liée à *Etta'alat*, *eux* connaissent tout mon pedigree… En plus, ils savent que je leur ai déjà nui. Ils avaient même enlevé Alexandra[1]. Vous m'envoyez au massacre. Je leur ai fait beaucoup de mal et ils meurent d'envie de se venger…

Dépité, Brett Dakin laissa tomber.

– Vous refusez ?

Malko secoua la tête en entamant son dessert, un « Burns-Strudel ».

1. Voir SAS 161 : *Le programme 111*.

– Non, mais je vous souligne simplement les difficultés de l'opération. D'abord, qu'attendez-vous de Maryam Nassiri ? Qu'elle m'avoue gentiment que, dans un moment d'énervement, elle a égorgé Oswald Fisk ?

– Non, bien sûr, fit Brett Dakin, mais si elle est vraiment mêlée à cette histoire, elle préviendra *Etta'alat* qui peut prendre peur et commettre une erreur.

– Ils auront surtout envie de me tuer, trancha Malko. C'est tout ce que vous avez ?

– Non. Je sais qu'un remplaçant de Fereydoun Davani va débarquer en ville. Il faudrait aussi que vous le traitiez. Et puis, il faudrait aller à l'AKU [1]. Un enlèvement, cela se prépare.

– Cela, c'est plus facile, reconnut Malko.

Brett Dakin était sympathique mais il ne paraissait pas avoir beaucoup d'idées. Malko comprenait pourquoi il faisait appel à lui.

– Nous allons voir tout cela, conclut-il. Je vais rester à Vienne quelques jours et voir par quel bout je peux prendre cette affaire.

– La galerie où Maryam Nassiri expose ses meubles se trouve au 2 Seiler Gasse, près de Stephan's Platz, ajouta Brett Dakin en demandant l'addition.

Les deux hommes sortirent ensemble du restaurant et se séparèrent devant la réception.

1. *Allgemeine Kranken Hospital.*

– Je vous tiens au courant, promis Malko.

Ensuite, il appela sa chambre. Alexandra n'était pas encore revenue de son shopping.

Malko gagna Philarmonic Strasse et s'éloigna vers Kürtner Gasse, la zone piétonnière. Seiler Gasse se trouvait un peu plus loin. Avant de tourner le coin du Sacher, il se retourna et aperçut sa Jaguar, Elko Krisantem au volant, qui s'arrêtait devant le Sacher. Le Turc fit le tour de la voiture pour ouvrir la portière à Alexandra. Malko, avant d'entrer dans Kürtner strasse eut le temps d'apercevoir les longues jambes gainées de noir d'Alexandra émerger de la voiture…

Elle ne l'avait pas vu.

Cela valait peut-être mieux ; il était délicat pour Malko d'emmener Alexandra à la recherche de Maryam Nassiri.

***

Le bandeau noir, au-dessus de la vitrine en verre dépoli, portait en lettres rouges, la mention « Excentric fetish shop ». C'était une des boutiques les plus « in » de Vienne, au début de Lindengasse, dans le 7e arrondissement, juste à l'ouest du Burg Ring, au cœur du quartier de Neubau.

Maryam Nassiri poussa d'une main ferme la poignée de la porte de « Tiberius » et pénétra dans la Mecque de la culture SM. À peine eut-elle ôté ses lunettes que le garçon à la caisse la salua d'un discret « Grussgot[1] » ;

Elle était honorablement connue dans ce magasin un peu spécial, où elle se procurait les différents accessoires destinés à assouvir son péché mignon : des tenues en latex noir, des masques, des menottes, des cordelières et toutes sortes d'accessoires dont les Ayatollahs n'avaient même pas idée…

Il n'y avait que deux ou trois personnes dans la petite boutique toute en longueur. Elle parcourut l'allée centrale, regardant distraitement les objets exposés. Au fond, un jeune homme contemplait des attirails permettant d'agrandir le pénis.

Grand, le cheveu court, l'air d'un étudiant un peu prolongé, mince. Il se retourna et adressa un léger sourire à Maryam Nassiri. Celle-ci ne perdit pas de temps.

– Vous vouliez me voir ? demanda-t-elle.

Elle connaissait juste le prénom du garçon, qui était probablement faux, Iradj. C'était son lien habituel avec l'*Etta'alat* à Vienne. Ils se voyaient le moins possible. Lorsque les Iraniens souhaitaient un contact, ils laissaient un message à la galerie OTTO où Maryam exposait, demandant à la jeune femme de passer au chantier de la Bauerstrasse.

– Oui, ma sœur, souffla en farsi Iradj Lak. Nos chefs s'inquiètent pour toi. Il serait prudent que tu

1. Que Dieu nous bénisse.

ne restes pas à Vienne. Tu es en danger. Les Américains ne croient pas qu'Oswald Fisk se soit suicidé.

Maryam Nassiri ne se troubla pas.

– La police autrichienne a déclaré que j'étais innocente. Cela me suffit.

– Les Américains pourraient te kidnapper, t'emmener aux États-Unis, insista le jeune homme. Ce serait mieux si tu partais vite en Iran. Nous pouvons t'obtenir une place sur n'importe quel vol. Nous ne voudrions pas qu'il t'arrive quelque chose.

– Impossible !

La voix de Maryam Nassiri claqua comme un coup de fouet.

– Pourquoi ?

– Je dois finir un chantier important, le plus gros que j'ai fait à Vienne. J'en ai encore pour quinze jours. Après, si vous voulez, je partirai.

– *Baleh. Baleh*[1] ! murmura Iradj. Je vais transmettre à mon chef.

Maryam Nassiri s'était déjà éloignée, raflant au passage une paire de gants de latex enrichie de piquants en métal, dont elle n'avait pas un usage immédiat, mais cela justifiait son passage chez Tiberius. Mentalement, elle était éloignée des gens de l'*Etta'alat*. Elle ne leur avait même pas demandé pourquoi ils avaient réclamé la mort

1. Bien, bien !

d'Oswald Fisk aussi rapidement. Ce dont elle se moquait : elle avait simplement exercé une vengeance personnelle.

Désormais, elle pourrait contempler la photo de sa mère sur la page d'accueil de son ordinateur avec plus de sérénité.

Comme il faisait beau et qu'elle avait trouvé une place pour sa Mini, elle gagna la petite terrasse du Gasthaus Andreas Blocher, au bout de la rue et commanda un « mélange[1] ». Son prochain client attendrait bien un peu.

***

Malko s'arrêta devant la galerie OTTO, au 2 Seiler Gasse, dont l'entrée était entourée d'une arche en cuivre qui brillait au soleil.

Dans la vitrine, c'était un fatras d'objets bizarres. Derrière une table ronde aux fins pieds métalliques roses, qui la faisaient ressembler à un flamand rose, une garniture de fourrure assortie, entourait le plateau. Au-dessus, pendait un étrange coléoptère en papier mâché qui semblait être né à Tchernobyl, étant donné sa taille…

On était à la limite du quartier piétonnier : la rue se terminait là. De l'autre côté, c'était Stephan's Platz.

1. Café au lait.

Il poussa la porte de la galerie OTTO et une grassouillette jeune femme aux joues roses surgit aussitôt et lui lança joyeusement :

– *Grussgot* ! Quelque chose vous intéresse, Mein Herr ?

– Je regarde seulement, affirma Malko. J'ai plusieurs pièces à meubler dans une grande demeure et je cherche des objets originaux.

– Vous êtes bien tombé ! assura la vendeuse. Il y en a beaucoup ici, comme la table qui est en vitrine.

Elle désignait la table « flamand rose » et enchaîna aussitôt.

– C'est une décoratrice qui la crée, ainsi que beaucoup d'autres objets. Maryam Nassiri. Elle a beaucoup de talent.

– Elle est là ? demanda Malko.

La vendeuse se rembrunit.

– Non, hélas ! On ne sait jamais quand elle passe. Je pourrais prendre votre téléphone pour un rendez-vous.

Malko hésitait lorsqu'une mini rouge décapotable stoppa en face de la boutique, derrière le kiosque séparant la rue de Stephan's Platz. Il en émergea une jeune femme aux cheveux courts, un énorme dossier dans les bras, des lunettes de soleil dans les cheveux, moulée dans une robe imprimée verte qui dessinait des seins magnifiques.

La vendeuse s'exclama :

– *Ach!* Vous avez de la chance, voilà *Frau* Nassiri.

Elle se précipita pour lui ouvrir la porte. Maryam Nassiri pénétra dans la boutique comme une tornade, trébucha, fit tomber ses dossiers et jura comme un charretier.

Malko s'empressa de l'aider à les ramasser et leurs regards se croisèrent.

Celle que la CIA considérait comme la meurtrière d'Oswald Fisk avait de magnifiques yeux verts.

CHAPITRE V

Tournée vers la nouvelle arrivante, la vendeuse lança d'une voix respectueuse :

– Monsieur s'intéresse beaucoup à vos créations, Frau Nassiri.

Un sourire éblouissant éclaira aussitôt le visage de l'Iranienne, qui posa ses dossiers et toisa Malko, avec un regard presque tendre.

– Vous ne pouvez pas savoir le plaisir que vous me faites ! dit-elle d'un ton chaleureux. Qu'est-ce qui vous intéresse en particulier ?

– Ce pouf est amusant, remarqua Malko, désignant une sorte de table carrée recouverte de velours rouge.

– Vous avez bon goût ! affirma aussitôt Maryam Nassiri. Je l'ai ramené d'Iran. C'est un « korsi », un objet traditionnel persan, sur lequel on peut jouer aux cartes ou même manger ; normalement, il est recouvert de tapis.

Son visage s'était animé : elle était visiblement sincère. Et extrêmement séduisante avec ses seins lourds et pointus moulés par la robe imprimée.

En plus de son sourire commercial, Malko repéra autre chose dans ses yeux verts : elle le jaugeait comme une femme examine l'homme qu'elle a envie de mettre dans son lit. C'était une prédatrice. Il se dit qu'il ne fallait pas en faire trop.

– Je n'ai pas beaucoup de temps, dit-il, je reviendrai à l'occasion.

– Vous habitez Vienne ? demanda aussitôt Maryam Nassiri.

– Pour l'instant, je suis au Sacher, dit Malko.

– Vous *vivez* au Sacher ?

Il sourit.

– Non, non, j'ai un *schloss* dans le Burgerland, à une centaine de kilomètres, mais je viens souvent à Vienne.

Maryam Nassiri fondait. Elle était tombée sur le client idéal : forcément riche, avec un château à meubler et au charme certain. Vivant un peu comme un homme, elle s'enflammait très vite. L'activité sexuelle était sa seule détente, en dehors de ses chantiers.

Sur le ton de la plaisanterie, elle demanda :

– Vous devriez m'emmener dans votre *schloss*. Je vous dirai lesquels de mes objets s'y plairaient ; bien entendu, c'est vous qui décidez…

C'est Alexandra qui risquait d'être contente. À la vue d'une créature comme Maryam Nassiri, elle aiguiserait sa hache de guerre. Malko avait de plus en plus l'impression que la chaleur de l'Iranienne n'était pas entièrement commerciale. Il y avait quelques atomes crochus entre eux... Il avait du mal à imaginer cette très jolie femme sophistiquée égorgeant froidement son amant. De toute façon, même si elle était totalement innocente du meurtre d'Oswald Fisk, elle gagnait sûrement à être connue...

– Bien ! conclut-il, je vais me sauver, mais, je vous promets, je reviendrai.

– Je serai là demain, en fin de matinée, précisa aussitôt Maryam Nassiri. Je vais vous préparer des photos de différents intérieurs que j'ai déjà réalisés. J'espère qu'ils vous plairont.

Malko lui tendit la main, elle la prit puis, spontanément, se pencha vers lui et l'embrassa.

Sur la joue, mais très près de la bouche.

– *Bis morgen frue*[1].

Lorsque Malko se retrouva dans Sacher Gasse, il était plutôt satisfait. Si son vieil instinct de chasseur ne le trompait pas, la pulpeuse Iranienne était prête à jouer un peu avec lui.

Le tout était de ne pas terminer comme Oswald Fisk.

***

Youri Brodski débarqua du vol de Londres à 16 h 45. L'officier d'immigration autrichien jeta

1. À demain matin.

un coup d'œil discret à son passeport allemand et Youri Brodski gagna la salle des bagages pour récupérer une grosse Samsonite. Sur le même vol, se trouvait également un certain John Dearlove, muni d'un passeport britannique, qui débarqua quelques minutes plus tard. Les deux hommes quittèrent l'aéroport de Schwechat par des taxis différents qui les conduisirent tous les deux à l'hôtel Ibis, sur le Maria Hilfer Gürtel. Un établissement modeste, tout près de Maria Hilfer strasse, la grande artère commerçante. Les deux hommes s'enregistrèrent dans des chambres différentes et ne se parlèrent pas.

Presque à la même heure, une femme porteuse d'un passeport irlandais au nom de Gal Folliard débarqua du vol Irish Airways et alla s'installer à l'Ambassador Neuemarkt, un hôtel merveilleusement bien placé, avec un magnifique escalier monumental en marbre.

Répartis sur différents vols en provenance d'Europe ou d'Australie, vingt-trois personnes débarquèrent dans la journée, s'installant dans différents hôtels, allant du plus luxueux au plus modeste. En tout, il y avait douze Britanniques, six Irlandais, un Allemand, deux Australiens et deux Italiens. L'Autriche étant une destination touristique appréciée, aucune de ces arrivées n'éveilla l'attention de qui que ce soit.

Pourtant, à l'exception d'un, tous les passeports de ces voyageurs étaient faux. Certains avaient été achetés au marché noir, les autres avaient été fabriqués par les services techniques du Mossad, d'après des photocopies d'authentiques passeports présentés à l'aéroport de Tel Aviv par des voyageurs innocents, qui ne s'en étaient pas douté.

Une puissante « task force » du Departement « Cesarée » du Mossad, connue aussi comme l'équipe des assassins. Ceux qui étaient chargés par le premier ministre, Benjamin Netanyahou, de mettre fin à la vie des ennemis les plus puissants d'Israël. On les appelait en hébreu les *kidons*. Personne ne connaissait leur véritable identité. Ils s'entraînaient secrètement et pouvaient frapper dans n'importe quelle partie du monde. Leur dernier exploit était l'exécution à Dubaï de Mahmoud Ali Mabouh, ex-Chef de l'Unité 101 du Hamas, qui avait tué de ses mains deux Israéliens, et qui ensuite était devenu l'armurier du Hamas, collectant des fonds dans le Golfe ou en Iran. Achetant ensuite des armes au marché noir pour les acheminer via le Soudan.

Avant, ils avaient frappé un peu partout dans le monde, disparaissaient ensuite comme des fantômes.

L'homme qu'ils avaient reçu l'ordre d'assassiner s'appelait Ardechir Nassanpour. Le scientifique iranien venu se faire soigner à Vienne. La nouvelle de sa présence à l'hôpital AKH, leur avait été communiquée par la C.I.A. qui partageait toujours ce genre d'information. Non par la Station de Vienne, mais par celle de Tel Aviv. C'était évidemment une information capitale qui avait aussitôt déclenché une réunion du Cabinet de Sécurité israélien.

Ardechir Nassanpour se trouvait tout en haut de la liste des scientifiques iraniens à éliminer, pour ralentir les projets nucléaires militaires iraniens.

En Iran, il était très difficile à frapper, car il ne se trouvait pas à Téhéran, mais dans le centre de Fordow, extrêmement protégé. C'était une occasion inespérée de le voir quitter le pays. Tout ce que les Américains leur avaient dit c'était que, d'après leurs sources, il avait été frappé par un AVC et se trouvait au Service de Neurologie de l'Allgemeine *Kranken Hospital* de Vienne, dirigé par le Professeur Zepner.

La discussion, à Tel Aviv, n'avait pas été longue. Jamais on ne retrouverait une occasion pareille.

C'est le Premier ministre, Benyamin Netanyahou, qui avait signé l'ordre d'opération. Dans l'urgence. Généralement, ce genre d'événement se préparait des semaines à l'avance. Là, ils avaient peu de temps, ignorant la durée du séjour de l'Iranien à Vienne.

Ce projet avait reçu l'appui enthousiaste du nouveau patron du Mossad, Tamir Pardo. Son nouveau dirigeant croyait, comme ses prédécesseurs à la tête de « L'Institut », que bombarder les installations nucléaires iraniennes serait une folie aux conséquences incalculables. Il fallait donc tout faire pour retarder au maximum le programme iranien par d'autres moyens.

La liquidation d'Ardechir Nassanpour, l'homme qui nourrissait les centrifugeuses, serait une perte importante pour le programme nucléaire de Téhéran.

Et ne risquerait pas de déclencher des représailles politiques. Ce n'était qu'une opération clandestine de plus, semblable à celles qui avaient mené à l'assassinat en Iran de plusieurs scientifiques. Assassinats où les membres des *Moudjahidin Khalk* avaient joué un rôle vital. Eux vivaient en Iran. C'étaient des militants blanchis sous le harnais, qui haïssaient les Mollahs et n'hésitaient pas à risquer leur vie.

Cette fois, cela serait, à part l'info donnée par les Américains, une opération Mossad à 100%. Étant donné le laxisme des Autrichiens, les risques étaient limités. Il ne restait plus qu'à frapper.

***

Malko était encore dans sa chambre du Sacher lorsque le téléphone sonna.

– Je ne vous réveille pas ? demanda la voix énergique de Maryam Nassiri.

Dieu merci, Alexandra était déjà partie faire son shopping. Sinon, cette voix féminine aurait déclenché sa fureur.

– Pas du tout ! assura Malko. Je me préparais à vous rendre visite.

– C'est pour cela que je vous appelle, expliqua la jeune décoratrice. Un rendez-vous de chantier m'est tombé sur le dos. A Kitzbuhl. Je suis obligée de partir tout de suite, jusqu'à ce soir.

– C'est fâcheux, reconnut Malko. Ce sera pour une autre fois.

– Je serai de retour pour la fin de la journée, conclut la jeune femme. On peut se voir à sept heures chez OTTO.

– Dans ce cas, c'est parfait, dit Malko. À ce soir.

***

Naham Admoni pénétra dans le parking dans l'ancien Palais-Hôtel Schwartzenberg, au volant de sa voiture de location, et se gara tout près du palais aux fenêtres closes.

Quelques années plus tôt, le Palais Hôtel Schwartzenberg était encore un des endroits les plus agréables de Vienne. À deux pas de l'Opern-ring, au bout de la Schwartzenberg Platz, il comportait un restaurant et un petit hôtel donnant sur un parc de plusieurs hectares, entre Prinz Eugen Strasse et Renn Weg.

Hélas, la famille Schwartzenberg, qui habitait toujours une partie du palais, avait décidé de le fermer aux visiteurs et aujourd'hui, il ne restait que le grand parking donnant sur Prinz Eugen Strasse, utilisé par les habitants du quartier. Le grand bâtiment était laissé à l'abandon et le parking, en été, servait parfois de refuge aux amoureux.

Quelques instants plus tard, une Opel de location pénétra à son tour dans le parking et vint se garer derrière la voiture de Naham Admoni.

Une femme d'une quarantaine d'années, vêtue d'un tailleur mal coupé, en sortit et rejoignit le véhicule de Naham Admoni. À peine installée, elle tourna la tête vers l'homme au volant et demanda en hébreu :

– Tout va bien ?

– Jusqu'ici, répondit Naham Admoni. Et toi ?

– Oui. J'ai commencé le repérage. Ce n'est pas facile, l'*Allgemeine Kranken Hospital* est immense. En dehors du bâtiment principal, il y a au moins une quinzaine de buildings. La signalisation est très mauvaise.

« En plus, c'est très difficile de se garer. Il n'y a qu'une seule entrée sur le Währinger Gürtel et une sortie également sur le Gürtel.

– Tu as repéré le Service de Neurologie ?

– Oui. Il se trouve tout de suite à droite de l'entrée, un bâtiment qu'il partage avec un service de neurologie pour enfants.

– Des signes des Iraniens ?

– Une voiture arrêtée devant, là où se garent les ambulances, avec des hommes. Nous n'avons pas encore pénétré à l'intérieur. Cela va être très difficile.

Nada Prouty était la responsable de l'équipe des *Nevioth*. Étude de l'environnement, fabrication de passes ou de fausses clefs si nécessaire, protection des *kidons* pendant et après l'action.

Tous les agents demeuraient en contact grâce à des portables autrichiens aux numéros intraçables, pouvant être achetés anonymement. On pouvait se procurer des puces un peu partout. Une mesure destinée à faciliter le tourisme…

En dehors des équipes opérationnelles, il y avait un team de deux médecins, pour venir en aide aux agents israéliens, au cas où il y aurait un accident.

À Tel Aviv, on avait décidé que le scientifique iranien serait liquidé avec une piqûre de *levrapentanyl* , qui provoquait une paralysie des muscles en moins d'une minute.

Afin d'éviter tout bruit indésirable, un des *kidons* appliquerait un oreiller sur le visage de l'homme qui allait mourir. Seul inconvénient : ce poison laissait des traces dans l'organisme, mais tous les agents israéliens seraient loin lorsqu'on procéderait à une autopsie, s'il y en avait une. L'Autriche était un pays ami et il ne fallait pas faire de vague. Pas de mitraillade, pas de violence ouverte : toute l'opération devait se dérouler en douceur…

C'était Nahum Admoni, le responsable des *kidons* dans le groupe d'agents israéliens, qui avait débarqué la veille à Vienne sous le nom de Youri Brodski pour assassiner Ardechir Nassanpour.

Ils étaient cinq, ceux qui devaient porter le coup fatal au scientifique iranien. Quatre hommes et une femme. Tous rompus aux assassinats « ciblés ».

Jusqu'au dernier moment, ils ne bougeraient pas de leur hôtel, se comportant comme des touristes normaux.

L'équipe des *Nevioth* était chargée de découvrir où se trouvait exactement l'homme qu'ils voulaient éliminer. Les moyens d'accès, le parcours, les déguisements éventuels à utiliser et, surtout, le numéro de la chambre et son environnement. L'idéal était d'agir avec la rapidité de l'éclair et sans bruit.

Des fantômes mortels.

L'équipe *Nevioth*, spécialiste des ouvertures de portes, était capable de forcer n'importe quelle serrure électronique.

– Il faudrait bien hospitaliser un des nôtres dans ce service ou un service voisin, afin d'avoir une base arrière, au moment de l'action, suggéra Nahum Admoni. Cela faciliterait les déplacements à l'intérieur de l'hôpital.

– Je m'en suis chargée, assura Nadia Prouty. J'ai contacté un de nos *katzas* local. Il s'en occupe.

Il contrôle un réseau de *sayanim*. L'un d'eux va se dévouer pour se faire hospitaliser, avec la complicité d'un médecin ami.

Les *sayanim* étaient de simples juifs, sans lien direct avec le Mossad, mais qui acceptaient de rendre des services. Ils n'étaient jamais payés de leurs frais ou remboursés chichement, n'agissant que par patriotisme. Il y en avait dans le monde, dans toutes les professions imaginables.

Les *katzas* étudiaient leur environnement puis, un jour, les contactaient avec la phrase fatidique :

« Nous avons besoin d'un service. C'est pour la sécurité d'Israël. »

– Et les Américains ? demanda Nahum Davani, ils ne risquent pas de tenter quelque chose ?

Nadia Prouty eut un sourire froid.

– Tu sais bien qu'ils ne sont pas à l'aise avec ce genre d'opération, surtout dans un pays comme l'Autriche. Ici, ils ne font que du « *soft* ».

– C'est bon. On refait le point demain, conclut Nahum Admoni.

La responsable des *Nevioth* sortit de sa voiture et regagna la sienne. Nahum Admoni attendit plusieurs minutes pour sortir à son tour Il se dit qu'il allait mettre à profit ses loisirs forcés pour aller visiter l'exposition Klimt. Pourtant, il n'aimait pas beaucoup les Autrichiens. Avant la guerre, il y avait 200 000 juifs à Vienne, aujourd'hui, ils n'étaient plus que quelques milliers.

L'Autriche avait été un des pays les plus féroces à leur égard.

Aujourd'hui, dans cette ville d'une propreté maniaque, avec ses trams rouges silencieux, ses immeubles peints de couleurs gaies, il était difficile d'imaginer ce passé.

CHAPITRE VI

Malko arriva au bout de Seiler Gasse presque en courant. Alexandra l'avait retenu pour lui montrer ses derniers achats.

Il ne lui avait pas précisé avec qui il avait rendez-vous. La jeune femme savait que la seule raison de sa présence à Vienne était ses « spooks », comme elle les appelait. Or, cela ne l'intéressait pas.

Il arriva essoufflé à la galerie OTTO. Maryam Nassiri lui ouvrit elle-même bien que la vendeuse blonde soit présente. Vêtue d'un pull vert et d'un jean, elle semblait épuisée. Malgré tout, son sourire fut éblouissant.

– J'arrive juste, dit-elle et vous allez être déçu.

– Pourquoi ? demanda Malko.

– Je n'ai pas eu le temps de passer chez moi prendre mes photos, explique la jeune femme. Cela vous ennuierait de m'accompagner et de les regarder avec moi ? Ma voiture est là.

Malko hésita.

– On peut se voir demain ? suggéra-t-il.

– Impossible. Cela me ferait tellement plaisir de vous montrer ce que je fais, et puis, cela vous donnerait peut-être des idées pour votre *schloss.*

– OK, conclut Malko.

L'Austin rouge était garée juste en face de la galerie, évidemment dans un endroit interdit. Maryam Nassiri fit demi-tour et fonça dans Seiler Gasse. Zigzaguant entre les innombrables sens uniques qui semblaient avoir été conçus pour rendre les automobilistes fous.

La circulation, à Vienne, était une horreur, surtout dans le centre, à l'intérieur des rings.

Maryam Nassiri conduisait brutalement et habilement. Les rings étant en sens unique, ils durent emprunter un itinéraire haché pour gagner le Donaukanal.

– J'habite de l'autre côté du canal, expliqua l'Iranienne. Dans l'ancien quartier juif. Les apparts sont trop chers dans le centre.

Vingt minutes plus tard, après avoir franchi le canal, Maryam se gara dans une place « résident », dans une rue calme, bordée à gauche par un parc, Castellez Gasse. Le parking était un autre drame à Vienne : il n'y en avait pas. Disciplinés, les Viennois tournaient indéfiniment pour se garer. Leur esprit civique leur interdisait le stationnement interdit...

D'ailleurs, la moindre infraction était sévèrement réprimée par des policiers en bleu en service jour et nuit.

Maryam Nassiri entra la première dans une sorte de gros hôtel particulier à la façade blanche, qui avait été découpé en appartements.

– Je suis au premier, dit-elle en s'engageant dans un magnifique escalier.

Au rez-de-chaussée, il y avait un appartement en travaux. Elle mit la clef dans sa serrure et désigna à Malko une plaque en cuivre, de l'autre côté du palier.

– C'est un psychiatre…

Une table « flamand rose » trônait dans la petite entrée donnant sur un living très oriental, au sol recouvert de tapis, au décor chargé, avec de grands rideaux de velours noir. Des miniatures aux murs.

Maryam Nassiri posa son sac et ses dossiers et se tourna vers Malko.

– Qu'est-ce que vous buvez, pendant que je vais chercher mes photos ?

Ses yeux brillaient de plaisir. Elle était tout à son truc et Malko se dit que Brett Dakin faisait fausse route.

– Si vous avez de la vodka…

Elle disparut dans la cuisine et revint avec une bouteille de *Russki Standard* et deux verres.

– Pendant que vous buvez, dit-elle, je vais chercher mes photos.

À peine s'était-elle éclipsée que le portable de Malko sonna.

– Tu es toujours avec tes « spooks » ? demanda la voix légèrement acide d'Alexandra.

– Oui, avoua Malko.

– Tu en as encore pour longtemps ?

– Une heure environ.

– OK, essaie de dîner avec eux. J'ai rencontré des amis qui veulent m'emmener à l'Opéra. Tu détestes l'opéra, n'est-ce pas ?

– Absolument ! confirma Malko.

– Alors, amuse-toi bien avec tes *spooks*. A plus tard.

Elle raccrocha, sans lui laisser le temps de demander qui étaient ces amis qui l'emmenaient à l'Opéra. Maryam Nassiri réapparaissait déjà avec des albums de photos qu'elle laissa tomber sur le tapis.

– Voilà, dit-elle. Regardez.

Malko pouvait difficilement faire autrement.

***

Iradj Lak avait reçu pour instruction du *Daftari Vigié*[1] de veiller sur Maryam Nassiri. Les Iraniens n'étaient pas du tout satisfaits qu'elle soit restée à Vienne. Ils ne craignaient pas la police locale, mais les Américains. Ceux-ci n'avaient sûrement pas digéré le « suicide » d'Oswald Fisk. Ils risquaient de réagir. Éventuellement de la kidnapper. Quand un membre de la CIA était assassiné, tout devait être fait pour le venger. Et les procédures normales de prudence n'avaient plus cours…

1. Bureau spécial.

Assis au volant d'une nouvelle Golf, de l'autre côté de Casstellez Gasse, le jeune Iranien prenait son mal en patience. Embusqué à l'entrée de Seiler Gasse, il avait vu l'Iranienne repartir de la galerie OTTO en compagnie d'un inconnu.

Cela lui avait été facile de suivre la décoratrice jusqu'à chez elle.

Maintenant, il attendait. Il avait l'ordre de la surveiller jusqu'à ce qu'il soit certain qu'elle était rentrée définitivement. Bien entendu, il n'était pas armé ; ce n'était que du travail de reconnaissance, probablement inutile. Depuis qu'il la pistait, à part le compagnon de Maryam Nassiri, il n'avait rien constaté de suspect dans l'environnement de la jeune femme.

Malheureusement pour les Iraniens, la jeune femme était un électron libre, ne se soumettant pas à la discipline du *Daftari Vigié*. Elle faisait un peu ce qu'elle voulait et, si elle avait assassiné l'Américain, c'était beaucoup plus pour venger sa mère que pour leur faire plaisir.

Heureuse coïncidence, ce meurtre correspondait exactement à ce qu'ils souhaitaient.

Iradj Lak alluma une cigarette et prit son mal en patience en écoutant un CD de chants religieux. Il trouvait que ses chefs étaient trop bons. Maryam Nassiri n'était pas une véritable islamiste et vivait comme une infidèle.

Lui, ne l'aurait jamais utilisée…

***

– Alors ?

Un sourire de triomphe illuminait les traits de Maryam Nassiri. Malko jeta un coup d'œil sur sa montre : quarante-cinq minutes à contempler les photos des ses « œuvres ». Des intérieurs baroques, dont certains étaient charmants, d'autres carrément kitsch.

– Vous avez énormément de créativité, assura-t-il.

Assise par terre, le dos appuyé au canapé, les traits tirés, elle tourna la tête vers Malko.

– Le mieux serait que vous m'emmeniez dans votre *schloss* pour que cela me donne des idées.

Avec une armure, c'était jouable…

Soudain, Malko réalisa qu'il n'avait plus de projet pour la soirée. Après l'Opéra, qui se terminait vers 10 heures 30, Alexandra irait certainement souper avec ses amis.

– Je ne peux pas vous emmener ce soir dans mon *schloss*, expliqua-t-il, mais je peux vous inviter à dîner.

Maryam Nassiri émit un soupir bruyant.

– Je suis crevée ! Une autre fois.

C'était un comble.

– Cela vous détendrait, assura Malko, qui n'avait pas envie de dîner seul.

Le regard de la jeune femme croisa le sien et il comprit qu'elle allait dire « oui ».

– Bien ! soupira-t-elle, si vous avez la patience d'attendre que je prenne une douche et que je me change. Je ne peux pas sortir comme ça.

– J'ai la vodka pour me tenir compagnie, assura Malko.

Maryam Nassiri s'arracha du tapis avec une grimace de fatigue.

– C'est à vos risques et périls, assura-t-elle. Je ne tiens plus debout.

Elle disparut, laissant Malko seul avec les photos de ses œuvres.

***

Nadia Prouty était en train de débriefer un membre de l'équipe *Nevioth*, en faisant les cent pas au milieu d'autres touristes en face de l'imposant monument aux morts soviétiques de Schwartzenberg Platz, qui avait été traîner dans l'*Allgemeine Kranken Hospital*.

– Ils sont là, laissa tomber l'Israélien. Il y en a au moins deux dans une voiture qui tourne sans arrêt à l'intérieur de l'hôpital, et sûrement d'autres dans le service neurologique. Je vais envoyer quelqu'un cette nuit vérifier si c'est « around the clock ».

L'Israélienne s'attendait à cette surveillance, mais ce n'était pas une bonne nouvelle. Cependant, l'Institut n'accepterait jamais d'annuler l'opération. Simplement, il faudrait prévoir l'élimination des gens du *Daftari Vigie*.

En tous cas, cela confirmait l'information des Américains. Les Iraniens ne se trouvaient pas là par hasard.

Un chargement de pistolets automatiques, munis de silencieux venait d'arriver à l'ambassade d'Israël de Vienne.

Évidemment, cela changeait la nature de l'opération et risquait d'avoir des conséquences politiques. Il ne fallait surtout pas qu'il y ait de bavure. Les Autrichiens tolèreraient à la rigueur que des Israéliens et des Iraniens s'exterminent, mais il ne fallait pas faire couler de sang local.

En plus de ce qu'ils avaient déjà repéré, il y avait sûrement un garde dans la chambre du malade.

*
* *

Penchée sur la console de son lavabo, Maryam Nassiri posa une paille sur un « rail » de cocaïne disposé sur la tablette et aspira d'un coup. La cocaïne disparut dans sa narine et la jeune femme eut l'impression que son cerveau était illuminé.

Elle se redressa, aspira encore un peu et se regarda dans la glace. Ses yeux étaient déjà plus brillants et elle avait l'impression de planer.

Après une courte hésitation, elle prit encore un peu plus de cocaïne dans une boîte à pilule et s'administra un second « rail ».

C'était de mieux en mieux.

Nue, debout, elle se regarda devant la glace et ne se trouva pas trop moche. La cocaïne commençait à envahir son cerveau et la chaleur descendait jusqu'à son ventre. Décidément, son nouveau client lui plaisait beaucoup. Ravie, elle fonça jusqu'à sa penderie. Il restait à se faire la plus belle possible.

***

Malko leva la tête et eut le souffle coupé. Maryam Nassiri venait de surgir de sa chambre et lui adressait un sourire très allumé. La veste de son tailleur rouge était entr'ouverte, découvrant un soutien-gorge débordant de seins.

La jupe blanche très ajustée et au-dessus du genou, soulignait le ventre plat et les hanches en amphore.

Maryam Nassiri avait soigné son maquillage et ses yeux verts, ombrés de mascara, brillaient comme des phares. Juchée sur des escarpins de douze centimètres, elle était éblouissante.

– On y va ? dit-elle, je meurs de faim.

Elle précéda Malko et celui-ci eut un nouveau choc : l'arrière de sa jupe était fendu si haut qu'on aurait presque pu apercevoir sa culotte !

Dans l'ascenseur, il se dit qu'elle avait dû vider sur elle un flacon de parfum...

– Où allons-nous ? demanda-t-elle.

Problème : le « *Drei Husaren* », restaurant le plus chic de Vienne, avait disparu après un siècle et demi de bons et loyaux services et le restaurant du Schwartzenberg n'existait plus non plus. Dans la tenue qu'elle arborait, il ne pouvait pas emmener Maryam Nassiri dans un Gasthaus.

Il ne restait que le Sacher. Où Alexandra risquait de débarquer.

Heureusement, elle détestait le « grand » restaurant Anna Sacher, tout au fond de l'hôtel.

– Le Sacher, proposa-t-il.

– *Wunderbar*[1] ! approuva Maryam Nassiri.

Ils s'installèrent dans la Mini et gagnèrent le ring. À cette heure-là, ça roulait.

Le portier du Sacher, en haut de forme, s'inclina profondément devant Malko lorsqu'il émergea de la Mini.

– *Grüss Gott, Eure Hoheit.*

Malko guida l'Iranienne jusqu'au « Anna Sacher » traversant un petit salon, une véritable bonbonnière rouge. Le maître d'hôtel lui trouva immédiatement une table dans le restaurant aux tentures vertes. À peine assise, Maryam Nassiri se pencha vers Malko.

– Pourquoi a-t-il dit « *Eure Hoheit* » ?

1. Superbe.

En tous cas, elle parlait bien allemand.

– C'est mon titre, expliqua Malko. Ce n'est pas très important.

Maryam Nassiri secoua la tête ;

– Je m'en moque, mais vous semblez être passionnant. J'aime les hommes avec qui je peux parler.

Ils interrompirent la conversation pour commander, ce dont Malko se chargea, à la demande de la jeune femme.

– Champagne ? proposa-t-il.

– J'adore ! affirma Maryam Nassiri.

Il commanda une bouteille de Cristal Roederer. Penchée au-dessus de la table, la jeune femme le fixait d'un regard intense. Toute sa fatigue semblait s'être envolée. Comme si elle était fascinée par Malko.

– Parlez-moi de vous, dit-elle. Je sens une forte personnalité.

Malko esquiva.

– Il n'y a pas grand-chose à dire. Je suis un petit châtelain qui tire le diable par la queue…

En quelques phrases, il eut résumé le côté officiel de sa vie, glissant pudiquement sur Alexandra et, bien entendu, sur la CIA. On avait apporté les potages et ils s'interrompirent. Lorsqu'ils reprirent la conversation, Malko parvint à la faire glisser sur Maryam Nassiri. Sur son art, entre autres. Aussitôt, elle devint intarissable. Ne s'interrompant que pour vider une coupe de champagne.

Un vrai moulin à paroles. Tout y passait : ses clients, ses états d'âme, sa vie privée, le cheval, les mondanités. À la fin, elle soupira.

– J'aime les hommes, mais ceux que je croise m'ennuient très vite. J'ai l'impression qu'il n'y a plus de vrais hommes.

– C'est un jugement un peu négatif, objecta Malko.

Le regard de la jeune femme se fit encore plus intense et elle corrigea vivement.

– Je ne parlais pas pour vous, au contraire. Vous me semblez si viril, si…

Elle s'arrêta et se plongea dans le *Tafelspitz*[1], avec la même énergie. Elle paraissait complètement speedée et il se demanda si elle ne se droguait pas. Comprenant aussi pourquoi elle avait séduit Oswald Fisk.

– Vous n'avez pas d'homme dans votre vie ? demanda-t-il.

Maryam Nassiri releva la tête.

– Non, pas pour le moment. Cela me manque.

Ils étaient très loin de la décoration.

Tout en parlant, Maryam fixait Malko avec une expression presque gênante.

– Il faut absolument que vous m'emmeniez dans votre château ! affirma-t-elle. Je veux voir dans quel cadre vous vivez.

Le dîner avait passé comme un éclair et la bouteille de Cristal Roederer était vide. Malko se

1. Pot-au-feu.

dit qu'il valait mieux ne pas croiser Alexandra, et demanda l'addition. Maryam Nassiri s'était tue mais ne cessait de le dévisager. Dès qu'ils furent dans Philarmonic Gasse, le portier leur amena la Mini.

Avant même de démarrer, l'Iranienne se tourna vers Malko.

– Merci pour cette soirée.

Il n'eut pas le temps de répondre. Elle venait d'écraser sa bouche contre la sienne et d'y enfoncer une langue impérieuse.

Un bras posé sur sa nuque, elle l'embrassait furieusement, tout son corps penché vers lui. Quand elle se détacha, elle soupira.

– J'en avais envie depuis le début du dîner ! Vous êtes un homme très séduisant.

L'instant d'après, elle démarrait.

Semblant oublier que Malko lui avait dit demeurer au Sacher…

Elle franchit le Ring et fila vers le canal par Zollenstrasse. Un quart d'heure plus tard, ils étaient dans Castellez Gasse.

Maryam Nassiri précéda Malko dans le grand escalier. Là, devant sa porte, elle l'embrassa mais, cette fois, de tout son corps. Il n'y avait aucun doute : elle s'offrait sans ambages.

Étonné par cette fougue, Malko se demanda s'il ne plongeait pas vers un piège mortel. Il connaissait les Iraniens, capables d'une dissimulation admirable. Pendant que Maryam Nassiri, la bouche collée à la sienne, le ventre soudé au sien, l'embrassait de tout son cœur, il se dit que c'était trop beau : cette femme superbe qui se jetait à son cou, après seulement un dîner… Une femme que les Américains soupçonnaient d'avoir assassiné son dernier amant.

Qui, comme Malko, appartenait à la CIA.

Elle ne se détacha de lui que pour ouvrir la porte de son appartement. Il aperçut un rectangle noir et se demanda ce qui l'attendait à l'intérieur.

CHAPITRE VII

Iradj Lak avait faim. Il avait eu juste le temps de dévorer un « doner kebab » dans Kürtner Strasse pendant que le couple qu'il surveillait était au Sacher et il avait l'habitude d'une nourriture plus consistante.

Le baiser échangé dans la voiture, à la sortie du Sacher, ne lui avait pas échappé et il se dit que sa mission allait prendre fin rapidement. Encore plus après avoir vu le couple s'engouffrer dans l'immeuble de Maryam Nassiri. Ils rentraient faire l'amour, c'était évident. Normalement, il devait décrocher, sa mission ne consistant pas à espionner la vie privée de Maryam Nassiri, mais il préféra appeler son chef sur son portable sécurisé, et lui expliquer la situation.

– Tu ne bouges pas, intima Mahmoud Artesh, le responsable du *Daftari Vigie*. Je veux savoir qui est cet homme.

– C'est sûrement son amant, objecta Iradj Lak, plein de bon sens.

– Cela ne veut rien dire, trancha l'Iranien. Tu ne bouges pas. Il va bien ressortir. C'est lui que tu suivras jusqu'où il habite.

Il coupa la communication, afin d'éviter une discussion fastidieuse.

Iradj Lak inclina le dossier de son siège et se cala plus ou moins confortablement. La perspective de passer la nuit dans Castellez Gasse n'était pas vraiment enthousiasmante. Il aurait, de loin, préféré être à la place de l'homme qui était entré dans l'immeuble avec Maryam Nassiri.

***

Maryam Nassiri n'avait pas attendu d'être dans la chambre pour se frotter furieusement contre Malko, littéralement incrustée contre lui. Sa main droite était partie directement vers son entrecuisse et avait empoigné son sexe, avec la vigueur d'un homme, le massant, le malaxant, puis l'extrayant de son nid.

Ils n'avaient même pas allumé et oscillaient dans la pénombre du living-room. Malko, excité à son tour, jouait avec les seins de la jeune Iranienne, qui étaient aussi agréables au toucher qu'à la vue.

Peu à peu, le spectacle d'Oswald Fisk s'effaçait de la mémoire de Malko. Après tout, il n'était pas attaché sur un lit, impuissant. Soudain, la jeune femme se détacha de lui, après avoir fait tout ce qu'il fallait pour que le sexe de Malko se réveille.

– Viens ! souffla-t-elle, en le prenant par la main.

Ils gagnèrent une chambre aux murs tendus de velours bleu, avec des tapis assortis sur le sol et occupée principalement par un grand lit aux montants de cuivre.

Maryam Nassiri alluma une lumière douce, avant de défaire la ceinture de sa robe et de s'en débarrasser d'un coup d'épaules gracieux. Apparaissant en soutien-gorge et culotte noire. Passant la main sur son dos, elle défit son soutien-gorge et se laissa tomber à genoux sur le tapis. Engloutissant brutalement le sexe en érection. Tout en administrant une fellation parfaite, elle entreprit de déshabiller Malko, répandant autour de lui tout ce qu'il portait

Sa bouche était si habile qu'il faillit éjaculer aussitôt, mais Maryam Nassiri avait une autre idée en tête. S'arrachant à lui, elle se releva et fit glisser sa culotte le long de ses jambes, avant de s'allonger à plat dos sur le lit.

– Caresse-moi ! demanda-t-elle.

Il laissa ses mains courir sur elle, effleurant les pointes de ses seins, puis son sexe. À chaque contact, Maryam Nassiri sursautait comme si elle avait reçu une décharge électrique. Écartant la main qui la caressait avec une force extraordinaire. Elle se détendit lorsque Malko atteignit son sexe inondé et se mit à ronronner.

Puis, de nouveau, la jeune femme l'arracha d'elle, presque brutalement.

Agacé par ce qu'il pensait être un jeu, Malko bascula sur elle, lui ouvrant les cuisses avec la même brutalité. Il eut le temps de sentir son sexe effleurer celui de la jeune femme, puis Maryam Nassiri le repoussa, arquant son corps sous lui.

Dès qu'elle eut réussi à s'en débarrasser, elle vint se blottir contre lui, les jambes serrées et murmura.

– C'est trop intense, c'est plus fort que moi ! Je ne peux pas le supporter.

Dans cette position, le sexe dressé de Malko était collé à son ventre. Elle le prit dans sa main, le masturba un peu, puis, glissant vers le bas, le prit dans sa bouche.

Amenant très vite Malko à crier de plaisir lorsqu'il se vida entre ses lèvres.

Il revenait sur terre lorsqu'il entendit la voix de Maryam Nassiri.

– Pardonne-moi. Je ne peux pas me contrôler. La prochaine fois, tu m'attacheras. Comme ça, tu pourras me violer et me donner beaucoup de plaisir.

L'excitation de Malko tomba d'un coup. Pour Oswald Fisk, cela avait dû commencer ainsi. On commençait par l'attacher, elle, puis, on changeait de rôle.

C'était peut-être un réflexe authentique, mais, étant donné le contexte, plutôt un piège de velours mortel. Qui refuserait à une aussi jolie femme un jeu érotique un peu pervers ?

Finalement, contrairement à ce que Malko avait cru, Maryam Nassiri n'était peut-être pas seulement la décoratrice sensuelle un peu allumée qu'elle prétendait être.

***

Iradj Lak somnolait aux trois-quarts dans sa vieille Golf quand une lueur venue de sa droite l'arracha à sa torpeur. Le hall de l'immeuble de Maryam Nassiri venait de s'allumer.

Il se redressa et aperçut une silhouette en sortir puis s'immobiliser au bord du trottoir. Attendant visiblement un taxi.

À la lueur des réverbères, il reconnut l'amant de Maryam Nassiri.

Cinq minutes plus tard, un taxi arriva et Iradj Lak le prit en filature. Ce qui le conduisit au Sacher où l'homme disparut. C'est donc là qu'il habitait. Impossible d'en savoir plus. De toute façon, il avait son signalement. Il pouvait aller dormir. Après tout, il était tout juste minuit.

***

Alexandra n'était pas encore rentrée et Malko se rua sous la douche, encore imprégné du parfum de Maryam Nassiri. Lorsqu'il en sortit en peignoir, il s'allongea sur le lit et se mit à réfléchir. C'est *lui* qui avait dragué la jeune Iranienne, mais elle avait largement répondu à ses avances. À ce stade, rien ne pouvait indiquer qu'elle travaillait avec les Services iraniens. C'était simplement une femme qui vivait comme un homme et qui avait eu un coup de cœur pour Malko.

Ce qu'elle lui avait proposé confirmait simplement ses goûts pour la SM.

Ce qui n'était pas en soi un crime.

Désormais, il avait son portable et elle avait manifesté le désir de le revoir vite. Ce qui se ferait évidemment sous le contrôle de la CIA.

Il entendit la porte s'ouvrir et Alexandra apparut, éblouissante dans une robe Hervé Léger, qui la moulait comme un gant. Le regard brillant.

– C'était bien l'Opéra ? demanda Malko.

– Finalement, on n'y a pas été, dit-elle. Mes amis m'ont emmenée dîner et nous avons bavardé.

Lorsqu'elle ôta sa jupe, il découvrit qu'elle avait mis des bas et des porte-jarretelles. Pas vraiment une tenue pour l'opéra. Il eut une brusque flambée de désir et se releva pour venir se coller à elle. Leurs regards se croisèrent.

– Et tes *spooks* ? demanda-t-elle.

Malko était déjà en train de lui maltraiter les seins. Elle résista un peu, puis il la sentit fondre lorsqu'il avança la main vers son ventre. Il avait oublié Maryam Nassiri et voulait imprimer sa marque sur cette femelle qui venait vraisemblablement de le tromper.

Il poussa Alexandra sur le lit, étonné lui-même de sa vigueur, la fit mettre à genoux, releva la robe Hervé Léger jusqu'aux hanches, écarta son string puis s'enfonça dans son ventre avec une violence qui aurait plu à Maryam Nassiri.

***

L'Opel bleue pénétra lentement dans l'entrée de l'*Allgemeine Kranken Hospital*, continua tout droit, puis tourna à droite pour s'arrêter en face de l'entrée du bâtiment principal.

Après quelques minutes, la voiture repartit, passant devant l'entrée du service de Neurologie, avant de repartir vers la sortie du Währinger Gürtel, puis tourna dans Stolgasse. C'était une voiture de location immatriculée à Vienne, occupée par un couple et il était deux heures du matin.

Les deux Israéliens de l'équipe *Nevioth* qui l'occupaient avaient pu constater la présence d'une voiture arrêtée le long de la façade du service de la Neurologie, à l'emplacement des ambulances. Les Iraniens ne relâchaient pas leur surveillance : la preuve que l'homme que les Kidons avaient reçu l'ordre de tuer se trouvait bien en traitement là.

Il ne restait plus qu'à arriver jusqu'à lui.

***

Maryam Nassiri s'était endormie comme une masse, assommée par la cocaïne. Elle somnolait encore le lendemain matin lorsque son répondeur enregistra un message. Ce n'est qu'une heure plus tard qu'elle l'écouta.

« Il faut passer d'urgence au chantier de la Bauer Strasse. Entre midi et midi et demi. »

C'était un ordre de l'*Ettal'at*. Elle eut d'abord envie de ne pas en tenir compte, puis réalisa que les Iraniens pouvaient lui causer beaucoup de tort. Elle avait deux chantiers en Iran et tenait à les finir.

Or, c'étaient eux qui délivraient les visas Ils voulaient sûrement insister pour qu'elle quitte Vienne. Elle caserait ce rendez-vous entre deux chantiers. Depuis sa rencontre avec Malko Linge, elle se sentait nerveuse. Folle d'envie de sentir le sexe de cet homme, pour lequel elle avait eu une violente attirance sexuelle, s'enfoncer dans son ventre. Ce serait un moment magique.

Seulement, il faudrait qu'il la viole après l'avoir attachée.

***

Malko arriva à la grille barrant entièrement Boltzman Strasse, à l'exception d'un passage pour piétons sur le trottoir opposé à l'ambassade américaine. Celle-ci se trouvait très loin du quartier des ambassades, le long de Rennwag. Dans une petite rue parallèle à Währinger strasse, dans le quartier d'Alserground, au nord de la ville.

La circulation avait été carrément coupée, sauf pour les piétons !

Dès qu'il fut arrêté, un policier vint passer un miroir sous sa voiture, lui demanda d'ouvrir le capot et le coffre... On se serait cru à Bagdad, pourtant, personne n'avait jamais menacé les Américains à Vienne.

Même annoncé, Malko devait se plier à la procédure. Enfin, la grille coulissa et il put gagner le parking.

Alexandra allait repartir après le déjeuner pour le château de Liezen et devait lui renvoyer Elko Krisantem, car, sans chauffeur, circuler à Vienne était un cauchemar.

Brett Dakin l'accueillit avec gourmandise. C'est Malko qui l'avait appelé, dès neuf heures du matin.

– Il y a du nouveau ? demanda l'Américain.

– J'ai établi le contact avec Maryam Nassiri, annonça-t-il.

– *Well done* ! *Well done* ! approuva le chef de Station de la CIA, visiblement ravi.

Malko avait d'abord pensé à ne lui parler que du dîner, mais l'offre de la jeune Iranienne de l'attacher méritait quand même une mention.

L'Américain explosa littéralement lorsque Malko lui révéla la proposition de Maryam Nassiri.

– *God damn it* ! C'est cette salope qui a égorgé Oswald. Il va falloir que vous soyez *très* prudent. Quoi d'autre ?

– Elle me prend visiblement pour un client potentiel, dit Malko. C'est ce qui me trouble. Ou c'est la fille de Sarah Bernhardt ou elle ne soupçonne pas une seconde qui je suis réellement.

– Elle joue la comédie ! affirma Brett Dakin. On va arriver à la piéger, parce qu'elle va surement essayer de vous assassiner. *She is a « honey trap*[1]. »

Malko se dit que pour une manipulatrice, elle avait mis du cœur à l'ouvrage…

– Vous allez la revoir ?

– Je pense.

– Il faut continuer. Je suis certain de ne pas me tromper. Oswald Fisk ne s'est pas suicidé. D'autre part, j'attends des nouvelles de celui qui a remplacé Fereydoun Davani. Il va me contacter par l'intermédiaire d'une boîte aux lettres morte. Il faudra le rencontrer.

– Pas de nouvelles d'Ardechir Nassanpour ?

– Aucune.

– Elko Krisantem va aller à Schwechat, annonça Malko, contacter le type qui lui apporte le caviar. Il aura peut-être quelque chose.

1. Piège de velours.

– Vous êtes libre à déjeuner ? demanda le chef de Station.

– Je dois retourner au Sacher pour donner la voiture à Alexandra.

– Alors, allons déjeuner au Rote Bar, conclut l'Américain.

*
* *

Le « Tiberius » était vide et l'employé, à la caisse, leva à peine la tête lorsque Maryam Nassiri entra dans la boutique. Celle-ci était déserte, sans un client.

La jeune femme était étonnée.

Les gens de l'*Etta'alat* étaient toujours ponctuels. Après tout, c'est eux qui l'avaient convoquée.

Elle ressortit pour gagner son prochain rendez-vous. En plus, elle était mal garée. Elle allait démarrer lorsqu'un homme poussa la porte du Tiberius.

Iradj Lak.

Un coup de klaxon fit tourner la tête de Maryam Nassiri. Elle s'était arrêtée devant un garage et une voiture voulait sortir.

– Venez, dit-elle à l'Iranien.

Ils regagnèrent la Mini et se déplaça de quelques mètres.

– Pardonnez-moi dit l'Iranien, j'ai raté un tram.

– Qu'est-ce qu'il y a ? demanda Maryam Nassiri. Vous voulez que je quitte Vienne : c'est impossible pour le moment.

– Je sais, assura le jeune homme. C'est pour autre chose.

– Quoi ?

– Hier soir, vous êtes sortie avec quelqu'un ; ils veulent savoir avec qui.

Le sang de Maryam Nassiri ne fit qu'un tour.

– Cela ne vous regarde pas ! jappa-t-elle. C'est ma vie privée.

Onctueux, le jeune homme insista.

– C'est pour votre protection, *ghanomeh*[1]. Nous savons que les Américains vous soupçonnent. Ils risquent de…

L'Iranienne le coupa brutalement.

– Celui avec qui j'étais n'est certainement pas un de leurs agents. C'est un Autrichien. Un prince qui possède un château dans le Burgerland. Maintenant, foutez-moi la paix… Il faut que je m'en aille.

Elle passait déjà la première.

Le jeune homme se glissa à l'extérieur. Impossible d'affronter cette tigresse.

***

Elko Krisantem avait gagné le bâtiment du fret de l'aéroport de Schwechat où il avait rendez-vous

1. Madame.

avec celui qui lui fournissait le caviar d'Iran, un Turc d'origine comme lui.

Mehmet l'attendait, un paquet à la main.

– J'ai 500 grammes ! annonça-t-il Un cadeau. De l'oscìètre de la dernière pêche.

Elko Krisantem prit le paquet et compta les billets pour son copain, avant de lui dire.

– Je peux te faire gagner 1000 dollars. Je veux savoir si, récemment, un malade en civière est arrivé sur un vol de Téhéran. Pas Austrian Airlines, Iranair. Qui peut savoir cela ?

Mehmet réfléchit rapidement.

– Un des types de l'accueil, chargé des ambulances. Je peux me renseigner, reviens dans deux jours.

– Sois discret, recommanda Elko Krisantem, cela peut être sensible.

***

Iradj Lak émergea de l'ascenseur de la tour Mischek au 22e étage et se plaça devant la caméra de la porte gauche du palier. À droite, c'était la chancellerie, à gauche, les Services. *Etta'alat* et *Daftari Vigie*.

La porte s'ouvrit automatiquement et il se glissa à l'intérieur.

– Mahmoud est là ? demanda-t-il.

Mahmoud Artesh, le responsable du Daftari Vigie de Vienne. L'homme de qui il dépendait.

– Il est dans son bureau, répondit le planton.

– Dis-lui que je veux le voir.

L'autre décrocha son téléphone et quelques instants plus tard revint dans le couloir.

– Il t'attend, fit-il simplement…

Iradj Lak se glissa dans le bureau. Vêtu d'une veste et d'une chemise sans cravate, le chef du *Daftari Vigie* était en train de déguster un thé en grignotant des pistaches. Il adressa un sourire de bienvenue à son agent et lui fit signe de prendre place en face du bureau.

– *Tchai* ?

– *Baleh*, *baleh*, accepta le jeune homme.

C'était un honneur de prendre le thé avec quelqu'un d'aussi puissant que Mahmoud Artesh. D'un claquement de doigt, il pouvait vous expédier à la prison d'Evin d'où on ressortait rarement. Il laissa à son subordonné le temps de boire son thé avant de demander.

– Tu l'as vue ? Elle est venue au rendez-vous ?

– *Ghanomeh* Nassiri était là, confirma Iradj Lak. Je lui ai posé la question, mais elle n'a pas voulu répondre.

– C'est-à-dire ?

– Elle n'a pas voulu me dire qui était l'homme avec qui elle était hier soir. Je suis sûr qu'ils ont couché ensemble, car ils sont rentrés à dix heures et il est reparti à minuit.

Mahmoud Artesh se moquait de la vie sexuelle de Maryam Nassiri. À ses yeux, elle n'était qu'un pion.

– Elle ne t'a *rien* dit ? insista-t-il.

Iradj Lak secoua la tête.

– Simplement que ce n'était pas un espion américain, qu'elle en était sûre. C'est, d'après elle, un Autrichien, un Prince qui possède un château dans le Burgerland…

« Je suis désolé.

Mahmoud Artesh avait cessé d'éplucher une pistache, fixant le mur devant lui, occupé par une grande carte d'Iran et un portrait de l'Ayatollah Khomeiny. Devant son silence, Iradj Lak se dit qu'il allait se faire engueuler et proposa aussitôt :

– Je vais y retourner. Insister.

Mahmoud Artesh leva la tête et dit d'une voix douce.

– C'est inutile, tu as très bien travaillé, ce n'est pas de ta faute si cette femme n'a pas voulu te répondre. Va te reposer.

Il attendit qu'Iradj Lak soit sorti pour ouvrir son ordinateur, composer son code secret et passer sur la liste des agents américains en Autriche.

Il y en avait pas mal, d'abord tous ceux qui se trouvaient à l'ambassade américaine sous couverture diplomatique et même ceux qui n'y étaient plus.

Soudain, en remontant les noms, il s'arrêta brusquement devant la photo en couleur d'un homme blond. Le texte en dessous de la photo annonçait : « Agent extrêmement dangereux, Malko Linge habite un *schloss* dans la Burgerland et a déjà mené de nombreuses opérations contre la République Islamique d'Iran.

À éliminer si possible. »

CHAPITRE VIII

Un homme aux cheveux gris, la cinquantaine, vêtu d'un blouson de toile, d'un jean et de baskets, était installé dans le canapé du bureau de Brett Dakin lorsque Malko y pénétra. L'air d'un contremaître à la retraite.

L'inconnu se leva vivement et le chef de Station de la CIA fit les présentations.

– Voilà Fred Zimmerman. Il est envoyé par la D.O[1]. C'est lui qui est chargé de mener à bien, sous vos ordres, la récupération d'Ardechir Nassanpour. Il est venu avec son équipe. Ce sont d'anciens « *navyseals*[2] » qui savent tout faire, et n'ont pas froid aux yeux.

« Ils sont logés à l'ambassade et attendent vos instructions.

Voilà pourquoi le chef de Station l'avait convoqué à l'ambassade !

1. Division des Opérations.
2. Commandes de Marines.

Furieux d'être mis ainsi devant le fait accompli, Malko rétorqua aussitôt :

– Je suis certain que Fred Zimmerman et ses hommes sont d'excellents professionnels, mais il ne s'agit pas d'aller liquider un malfaisant sur une plage déserte, mais de kidnapper un patient soigné dans un hôpital de la ville. Qui, *en plus*, est certainement surveillé par les Iraniens.

« Je doute qu'Ardechir Nassanpour se laisse enlever sans résistance. En plus, nous ignorons son état. Avant d'envisager de passer à l'action, il faut une enquête d'environnement poussée afin de voir si l'opération est possible.

« Également, il serait bien de faire prendre conscience à Langley qu'il pourrait y avoir des dommages collatéraux chez les Iraniens, sûrement et, éventuellement, chez les Autrichiens.

« Ce qui serait extrêmement fâcheux.

Brett Dakin semblait avoir rapetissé. De toute évidence, ce n'était pas un homme d'action.

– Vous pensez qu'on ne peut rien faire, demanda-t-il piteusement.

– Je n'ai pas dit cela, rétorqua Malko mais si vous avez regardé le dossier des Iraniens à Vienne, vous verrez que nous avons *déjà* procédé ici à un kidnapping qui s'est soldé par la mort d'un agent iranien. À la suite de quoi, mon fidèle « babysitter » Chris Jones, a été expulsé et je doute qu'il puisse remettre les pieds en Autriche.

« Cependant, je vais étudier le problème.

Brett Dakin reprit un peu de couleurs.

– Si on pouvait l'amener ici, à l'ambassade, je pense que ce serait facile de le convaincre de demander l'asile politique, ce qui nous dédouanerait par rapport aux Autrichiens, affirma-t-il.

– Pourquoi ? interrogea Malko, sceptique.

– Il n'aura pas le choix, précisa l'Américain. Même si c'est un supporter fervent du régime des Ayatollahs, à la minute où les Iraniens sauront qu'il est entre nos mains, il sera « contaminé ». Il sera toujours considéré comme un traître. Il le sait. Même si on le laisse reprendre son travail, il finira pendu ou à Evin. Pour lui faire avouer ses crimes supposés.

– Vous vous lancez dans une opération très complexe, souligna Malko. Si vous voulez éliminer ce scientifique, il faudrait mieux le liquider sur place. Je suis certain que Fred fera ça très bien et sans état d'âme.

– J'obéis toujours aux ordres, confirma Fred avec simplicité.

Il ne faisait pas peur, à première vue, mais Fred Zimmerman était terrifiant. Lorsqu'il se baissa, le bas de son pantalon remonta et Malko aperçut un petit « anckle holster » GK accroché au-dessus de sa chaussure.

Il paraissait complétement dépassé par les évènements et Malko eut presque pitié de lui.

Quant à Brett Dakin, le conseil de Malko l'avait visiblement choqué.

– Nous ne faisons pas comme les Israéliens qui assassinent des scientifiques iraniens comme ils respirent, fit-il d'un ton sec. C'est contre-productif. Lorsque nous avons poussé le général des Pasdaran, Ali Reza Asgari, à faire défection, il est devenu un de nos meilleurs conseillers sur l'Iran. Si nous capturons Ardechir Nassanpour, nous en saurons plus que les Israéliens sur le programme nucléaire iranien. Avec un témoin de première main.

« N'oubliez pas que le nouveau président va réclamer un dossier à jour sur le nucléaire iranien, avec des informations précises.

Un ange traversa le bureau sur la pointe des pieds. Penaud. Ce n'était pas la peine de dépenser des centaines de millions de dollars en écoutes, en recherche d'informations.

– Elko va contacter son copain à Schwechat, conclut Malko. J'ai un espoir de ce côté-là. Cela pourrait nous donner éventuellement un début de piste.

« À propos, en parlant des Israéliens, vous les avez mis au courant de la présence d'Ardechir Nassanpour à Vienne ?

– Je ne leur ai rien dit, assura le chef de Station. Les rapports avec eux sont gérés de Langley.

« En tous cas, faites de votre mieux. Sinon, c'est moi qui vais trinquer, au cas où Ardechir Nassanpour repartirait en Iran sans être inquiété.

– Je ferai de mon mieux, promit Malko. (Tourné vers Fred Zimmerman, il ajouta :) pour l'instant, je crains que vous ne soyez réduit à l'inaction..

– Moi, je fais ce qu'on me dit, assura Fred Zimmerman.

– Mettez la pression sur Maryam Nassiri, insista Brett Dakin. Je suis sûr qu'elle sait beaucoup de choses.

– Vous pouvez compter sur moi, jura Malko.

Surtout que la pression était plutôt agréable.

– OK, conclut le chef de Station. Fred va vous donner un numéro de portable pour que vous puissiez le joindre directement.

– À propos, demanda Malko, lui et ses hommes parlent allemand ?

– Je parle bien l'espagnol, assura l'homme de la Division des Opérations.

À Vienne, ce n'était pas absolument indispensable.

Malko nota le numéro. Dès qu'il eut regagné sa Jaguar, il composa celui de Maryam Nassiri. Tombant sur un répondeur débitant un texte en trois langues, allemand, anglais et farsi, et donnant les coordonnées de la galerie OTTO. Il laissa un message, lui proposant de dîner avec lui.

Alexandra repartie pour Liezen, Maryam Nassiri pouvait s'avérer, en plus de son utilité pour l'Agence, une compagne agréable.

***

La réunion se tenait au 22e étage de la tour Mishek, dans une pièce sans fenêtre, protégée par des dispositifs électroniques, des écoutes extérieures. Il y avait là Darius Farmayan, le patron de l'*Etta'alat* à Vienne, qui parlait tous les jours au Ministère du Renseignement à Téhéran, deux de ses adjoints et le chef du *Daftari Vigie*, Mahmoud Artesh.

C'est lui qui avait réclamé cette réunion d'urgence.

– J'ai du nouveau, annonça-t-il. Maryam Nassiri a accroché un de nos ennemis.

– Volontairement ? demanda le patron d'*Etta' alat*.

Il n'appréciait guère la décoratrice qu'il trouvait trop peu islamique. Vivant comme une infidèle, pas fiable religieusement. Or, tout le système iranien était fondé sur l'appartenance religieuse.

– Non, dut reconnaître Mahmoud Artesh. À son insu. Vous avez entendu parler du prince Malko Linge.

– Bien sûr ! firent les trois hommes en chœur.

– Eh bien, il est devenu son amant ! Nous ignorons encore dans quelles circonstances, mais c'est un fait.

– Maryam Nassiri, même si elle le voulait, ne peut rien lui apprendre, objecta Darius Farmayan.

Elle ignore même la raison pour laquelle nous lui avons donné l'ordre d'exécuter ce chien d'Oswald Fisk.

Mahmoud Artesh lui expédia un regard dénué de gentillesse.

– Certes, mais elle n'ignore pas *qui* lui a donné cet ordre. Si elle parlait, cela remonterait jusqu'à nous et cela poserait des problèmes vis-à-vis des Américains qui auraient la preuve que nous sommes derrière la mort d'Oswald Fisk. Inutile de déterrer la hache de guerre.

– Très bien, conclut le responsable d'*Etta'alat*. Que suggérez-vous ? N'oubliez pas que nous avons en cours une opération qui mobilise toutes nos forces. Il ne faut pas faire d'imprudence durant les deux prochaines semaines.

– Nous n'en ferons pas, assura Mahmoud Artesh, mais nous avons l'occasion de faire d'une pierre deux coups.

– C'est-à-dire ?

– Régler à la fois le cas de Malko Linge et celui de Maryam Nassiri.

Le gros Iranien fronça les sourcils.

– Maryam Nassiri est des nôtres…

Mahmoud Artesh corrigea d'une voix douce.

– Elle était. Au début, lorsque nous l'avons recrutée à Téhéran, elle haïssait les Américains et ne jurait que par la République islamique. J'ai son enquête de voisinage. C'était un élément sûr.

Motivée par le désir de venger sa mère. Quelque chose de très fort.

« Elle l'avait toujours lorsqu'elle a égorgé Oswald Fisk. Seulement, déjà, elle nous avait échappé en partie. Je crains que maintenant qu'elle a assouvi sa vengeance, elle ne s'éloigne de nous.

– C'est-à-dire ?

– Déjà, lorsque nous lui avons donné l'ordre de rentrer en Iran, elle a refusé. Sans tenir compte des risques qu'elle pouvait faire courir à notre Service. Si on pouvait nous relier au meurtre d'Oswald Fisk, cela serait une catastrophe, même vis-à-vis des Autrichiens.

« Elle représente donc un risque de sécurité

Il y eut un lourd silence : tous savaient ce que signifiait cette expression. Que la personne devait être éliminée. Mahmoud Artesh reprit aussitôt la parole, sans laisser au patron de l'*Etta'alat* le temps de réagir.

– La solution la plus sage serait évidemment de la faire revenir en Iran, seulement, c'est pratiquement impossible dans la mesure où elle refuse. Certes, nous pouvons la kidnapper et la ramener chez nous, mais c'est compliqué et risqué. Surtout maintenant qu'elle est en contact avec la CIA. En plus, à son insu.

Le patron de l'*Etta'alat* reprit la parole :

– Vous avez un plan d'action ?

Mahmoud Artesh hocha la tête affirmativement.

– Oui. À mon avis, Maryam Nassiri est perdue pour le Service. Elle se consacre de plus en plus à son métier et, même si elle ne pouvait plus revenir en Iran, elle ne changerait pas sa vie. Or, elle est dépositaire d'un dangereux secret Il faut donc l'éliminer.

Il s'interrompit quelques secondes dans un silence à couper au couteau.

– L'éliminer, enchaîna-t-il, en se servant d'elle pour liquider aussi Malko Linge qui est notre ennemi de longue date… Leur proximité va faciliter notre tache. Je voulais avoir votre feu vert avant de vous soumettre mon plan.

Un ange traversa la pièce en se voilant la face. On arrivait dans le dur. Les Iraniens, qui ne pratiquaient pas le terrorisme aveugle, excellaient dans l'élimination de leurs ennemis « domestiques », comme les *Moudjahidin Khalk* ou les traîtres. Le silence fut rompu par la voix posée et grave du chef d'*Etta'alat*.

– Mahmoud, je vous écoute.

Donc, il approuvait.

Mahmoud Artesh prit son élan et se lança dans son exposé. Écouté sans être interrompu.

Darius Farmayan approuva de la tête.

– Cela me paraît parfait, à condition d'être exécuté correctement. Cependant, vous savez que nous avons encore besoin de Malko Linge.

– Oui, je sais, approuva Darius Farmayan. J'en tiendrai compte dans mon planning.

– Dans ce cas, conclut le patron d'*Etta'alat*, vous avez mon accord. Dès que j'aurai prévenu le Ministère à Téhéran. Je ne peux pas agir sans leur feu vert.

– D'accord, approuva le chef du *Daftari Vigie*. Vous n'avez pas de nouvelles du *Guignol's Band* ?

Il avait fait ses études à Paris et appréciait particulièrement Louis Ferdinand Céline pour son antisémitisme. C'est lui qui avait donné ce surnom aux tueurs du Mossad.

– Pas encore, reconnut le patron d'*Etta'alat*, mais ils ne vont sûrement pas tarder à bouger.

Il arborait un sourire gourmand. Rien ne lui plaisait plus que de tuer des Israéliens.

Il leva la séance et adressa un sourire chaleureux à Mahmoud Artesh.

– Si vous parvenez à nous débarrasser de Malko Linge, le Ministère en sera particulièrement heureux. Mais, attention, c'est un homme dangereux, intelligent et toujours sur ses gardes.

– Souvenez-vous de Dalila ! répliqua en souriant Mahmoud Artesh. L'homme le plus fort devient très faible avec une très belle femme. Envoyée par *Shatan* [1], qui est notre allié dans cette affaire.

– Ne blasphémez pas, fit sévèrement l'homme d'*Etta'alat*. Faites simplement votre travail.

Dans la république des Ayatollahs, on ne plaisantait pas avec la religion.

1. Le diable.

***

Nada Prouty et Naham Admoni étaient perdus sur l'immense terrasse de *Kark Kolarik's Schweizer Haas*, le plus grand restaurant du Parc d'attractions du Prater, dont la fameuse grande roue tournait lentement à quelques centaines de mètres avec ses nacelles ressemblant à de mini-wagons de tramway. Il faisait encore beau et la terrasse était bondée : ils avaient dû faire la queue pour obtenir une place. Il y avait des Autrichiens et surtout des touristes de toutes nationalités, déversés par des bus.

Tous les deux avaient poliment décliné la spécialité de la « Maison des Suisses », le *Stelzle*, du jarret de porc rôti pour des *Wiener schitzels*, plus cashères.

– Quelles sont les nouvelles ? interrogea Naham Admoni. Mes gars commencent à trouver le temps long.

– Ils sont venus trop tôt, laissa tomber Nada Prouty, patronne de l'équipe Newioth. Il s'agit d'une opération très difficile. Nous avons maintenant la conviction qu'on ne pourra la mener à bien qu'en faisant hospitaliser quelqu'un de sûr, qui nous procurera une base à l'intérieur de l'hôpital. C'est en cours.

Naham Admoni lui jeta un regard glacé.

– Je n'aime pas cette affaire, avoua-t-il. Cela représente des risques élevés pour mes *kidons*. Il aurait fallu frapper très vite.

– Je sais, reconnut Nada Prouty. Impossible d'improviser. Les Iraniens sont des professionnels et ils veillent comme la prunelle de leurs yeux sur ce type. Donc, nous ne pouvons pas nous permettre de rater l'opération. Sinon, il repartira à Téhéran. Évidemment, ce serait plus simple d'attaquer son ambulance hors de l'hôpital, quand il repart.

Naham Admoni eut un sourire ironique.

– Cela serait excellent pour notre image de marque, en admettant que l'attaque réussisse et qu'il n'y ait pas trop de dommages collatéraux. Seulement, nous ne sommes pas au Soudan et nous ne pouvons pas envoyer des missiles à partir d'un F.16. Il faut tout faire à la main... Mes gars n'ont pas été formés à ce genre d'opération. C'est du militaire.

Les *Wiener Schnitzels* arrivaient. Ils se turent quelques instants. Ensuite, Naham Admoni conclut :

– Je vais contacter l'Institut, mais pas d'ici. Ils sont les seuls à pouvoir décider. Continue, en attendant, la surveillance. On va peut-être trouver une ouverture.

Nada Prouty secoua la tête.

– À mon avis, c'est impossible. Ils sont partout. À l'extérieur, dans les couloirs et évidemment dans la chambre... Ils ont dû repérer les visiteurs réguliers. En plus, la nuit, il n'y a pas de visite. Si nous ne pouvons pas introduire, *avant*, quelqu'un qui se charge de neutraliser les gardes, c'est impossible. De toute façon, il y aura de la casse de leur côté. Je ne sais même pas si c'est la peine de garder le plan initial. S'il y a trois ou quatre morts, peu importe qu'Ardechir Nassanpour meure d'une crise cardiaque.

***

Malko avait déjeuné au *Rote Bar* du Sacher, dans une ambiance un peu compassée. La plupart des clients lisaient le Kurier tout en mangeant et il y avait peu de couples, hors ceux d'âge canonique.

En attendant la réponse d'Elko Krisantem et celle de Maryam Nassiri, il n'avait rien d'autre à faire que de téléphoner à Alexandra pour l'interroger sur le déroulement de ses vendanges.

Son portable couina : un SMS. Il alluma son écran.

« Je vous emmène ce soir à un vernissage. Après on dîne. Maryam. »

Les affaires reprenaient. Du coup, il commanda une vodka.

CHAPITRE IX

Il y avait un monde fou, il faisait chaud et on ne s'entendait pas. La foule des invités débordait sur le trottoir de la Gugendorfer strasse, un verre de vin blanc à la main. C'était le vernissage d'un peintre moderne viennois aux toiles monochromes à la Klein, avec le talent en moins. Il y avait là tout le gratin des intermédiaires d'art, quelques marchands, des artistes efflanqués et assoiffés.

Maryam Nassiri semblait connaître tout le monde. Elle allait de groupe en groupe, des lunettes de soleil dans ses cheveux, embrassant à qui mieux mieux, buvant sans cesse.

Pour respirer un peu, Malko l'avait abandonnée, gagnant le trottoir où on étouffait moins... Il regarda sa montre. Ils étaient là depuis presque deux heures et la jeune Iranienne semblait l'avoir oublié. Il commençait à avoir faim.

Il rentra dans la galerie et finit par la trouver en compagnie d'une femme d'âge moyen, aux cheveux gris filasse, avec des lunettes ornées de strass et un assez long nez. Cachemire gris strict, jupe noire, ballerines.

En le voyant, Maryam Nassiri prit son amie par la main et s'approcha de Malko.

– Je veux te présenter ma meilleure amie, dit-elle, Grete Lory. Elle est médecin à l'hôpital Sephen, mais elle adore la peinture.

Malko la sentait très fière de lui. Il baisa la main de la doctoresse, qui parut agréablement surprise et dit simplement :

– Je vais t'attendre dehors. Ici, il fait trop chaud.

Maryam abandonna sa copine et le suivit. Arrivée dans la pénombre du trottoir, elle se colla soudain à Malko et sa bouche s'écrasa sur la sienne pour un baiser brûlant.

– Moi aussi, souffla-t-elle, j'ai *très* envie de toi, mais je n'ai pas tout à fait fini.

Elle l'avait déjà quitté, virevoltant dans une robe en soie imprimée, croisée devant, facile à ôter. Elle portait des bas et pas de soutien-gorge. Très excitante. Personne ne semblait choqué de cette brève étreinte brûlante. Maryam Nassiri avait déjà replongé dans ses chevelus et Malko regagna le trottoir, après s'être fait servir un nouveau verre de vin blanc. Il n'y avait pas de suspense sur la fin de la soirée. Les « sentiments » de Maryam Nassiri à son égard ne s'étaient pas refroidis. Il allait devoir l'attacher…

***

Arkadi Soldatof, debout devant un marchand de lustres, à dix mètres de la galerie de tableaux, à la façade brillamment éclairée, ne quittait pas des yeux le petit groupe agglutiné sur le trottoir. Lorsque Malko ressortit, il se tourna vers son compagnon.

– C'est bien lui ?

– Tout à fait, confirma Iradj Lak, l'homme du *Daftari Vigie*.

Arkadi Soldatof hocha la tête.

– *Karacho*[1]. C'est facile, ils vont bien sortir. On va les suivre. Quand ils s'arrêteront dans un coin tranquille, je vais les liquider tous les deux. J'ai ce qu'il faut dans la voiture.

L'Iranien sursauta.

– Non, non, ce n'est pas encore le moment ! Je te donnerai le feu vert.

Le Russe le regarda, grognon.

– Pourquoi ? Il ne faut jamais attendre.

Inflexible, l'Iranien précisa d'une voix sèche :

– J'ai des ordres. Je sais où ils habitent tous les deux. Pour le moment, je n'y touche pas.

Alors, on va aller prendre un *Donerkebab*, conclut le Russe. J'ai faim.

C'était une bête : 1,90 m sans un pouce de graisse. Douze ans de FSB après une brillante

1. Bien.

guerre d'Afghanistan d'où il avait ramené une magnifique collection d'oreilles de *Moudjahidin*, échangée plus tard contre des bouteilles de vodka frelatée au marché d'Izmaïlovo.

Au FSB, on l'appelait « Le Nettoyeur ».

Avant que Vladimir Poutine n'arrive à confier la Tchétchénie au président Kamyrov qui avait fondé sa propre milice, Arkadi Soldatof avait été affecté à Grozny, pour l'élimination des *boiviki*[1] qui résistaient encore aux Russes. La méthode pratiquée par Arkadi Soldatov avait le mérite de la simplicité. Lorsqu'on signalait des *boiviki* dans un village, il y déboulait avec ses hommes et raflait plusieurs familles, hommes, femmes et enfants, puis les regroupait dans un petit camp protégé par les blindés russes.

Lorsqu'il les avait « attendris », c'est-à-dire, après avoir violé les femmes les plus désirables et exécuté quelques jeunes gens qui ne lui plaisaient pas, il envoyait un émissaire au village, avertissant que, si on ne lui livrait pas les « suspects », il allait exécuter tous ses otages, en commençant par les enfants. Pour montrer qu'il était sérieux, il réclamait avant tout une rançon de 100 000 dollars, en *vrais* billets. Aux villageois de se débrouiller.

Il avait toujours obtenu satisfaction, les Tchétchènes ayant le sens de la famille et celui du clan. Ils vendaient des terres, du bétail, et finissaient

1. Rebelles tchétchènes.

toujours par payer. Ensuite, les *boiviki* sacrifiés venaient se constituer prisonniers et Arkadi relâchait quelque otages.

Bien entendu, à peine entre ses mains, les prisonniers étaient torturés selon les règles de l'art. Pour être ensuite abattus d'une rafale de Kalach. Abattus, mais pas enterrés. Parce qu'Arkadi Soldatov demandait alors aux familles si elles voulaient racheter les cadavres, moyennant quelques milliers de dollars.

Qu'elles parvenaient toujours à réunir. Les Tchétchènes avaient le respect des morts.

Évidemment, Arkadi Soldatov était haï et on avait plusieurs fois tenté de l'assassiner ; la dernière tentative avait failli réussir : une petite fille d'une dizaine d'années, parente d'un des kidnappés, était venue lui apporter une jarre de lait. Cette attention lui avait paru suspecte et au lieu de la laisser arriver jusqu'à lui, Arkadi Soldatov avait dit à la fillette de poser sa jarre et de s'en aller.

Comprenant qu'elle était découverte, la petite fille avait déclenché le détonateur de l'explosif dissimulé dans la jarre de lait et avait été déchiquetée par l'explosion. Fou de rage, Arkadi Soldatov avait dispersé les morceaux de son corps à coups de pied avant de se saouler à la vodka.

L'arrivée du président Korymov l'avait réduit au chômage et il avait été muté de Tchétchénie, d'abord à Rostov-sur-le-Don, puis à Moscou et enfin à Vienne.

Il était officiellement chauffeur à l'ambassade de Russie et les Autrichiens, tout en connaissant parfaitement ses exploits passés, n'avaient pas hésité à lui accorder un visa de service.

À Vienne, il dépérissait, n'ayant pas d'activités lucratives. Le FSB le « prêtait » parfois aux émissaires du président Kamyrov qui pourchassait jusqu'à Vienne des *boiviki* anti-russes. Arkadi Soldatov mettait aussi la main à la pâte, ne détestant pas assassiner encore un peu afin de ne pas perdre la main. Et puis, il détestait les Tchétchènes…

De plus, chaque liquidation lui rapportait quelques milliers de dollars qu'il mettait soigneusement de côté pour s'acheter une datcha dans son village natal, à trois cents kilomètres de Moscou.

Il s'apprêtait à décrocher quand Maryam Nassiri surgit enfin de la galerie et prit Malko par le bras, l'entraînant vers sa Mini. Le couple passa sur le trottoir d'en face et Arkadi Soldatov se dit que s'il pouvait la violer avant de l'étrangler, ce ne serait pas idiot. C'était vraiment une très jolie femme…

– On les suit, suggéra Iradj Lak.

Leur voiture était garée un peu plus loin et ils n'eurent pas de mal à recoller à la Mini. Celle-ci les mena au Sacher, dans Philarmonic strasse et la jeune femme abandonna la voiture au voiturier.

– *Karacho*, ils vont baiser ! conclut Arkadi Soldatov. Nous, on va bouffer. Dis donc, qui c'est le mec ?

– Un Autrichien, mais il travaille pour les Américains.

– Et elle ?

– Une Iranienne.

Arkadi Soldatov ne demanda pas pourquoi des Iraniens voulaient liquider une Iranienne. Ce n'était pas son problème. Il se tourna vers Iradj Lak.

– Pour les deux, ce sera 10 000 dollars.

L'Iranien secoua la tête.

– Tu es fou. C'est un job facile. On pourrait le faire nous-mêmes.

– Alors, faites-le ! fit brutalement le Russe.

– En plus, on te fournira la clef de l'appartement de la fille. Je pense que c'est là que tu devrais opérer.

– Je sais ce que je dois faire, grommela Arkadi Soldatov. Mais je ne fais rien si tu ne paies pas.

– Six mille.

– *Bolchemoi* ! Jamais. Huit mille.

Il avait déjà la main sur la poignée de la portière. Iradj Lak céda.

– OK. Huit mille. Mais tu ne fais rien sans mon ordre.

– OK, accepta le Russe, radouci, maintenant, on va bouffer.

***

Maryam Nassiri mangeait à peine et avait seulement vidé deux coupes de champagne, laissant son *tafelspitz* dans son assiette. Le pianiste égrenait ses notes, coincé près du bar, donnant à l'écrin rouge du *Rote Bar*, un petit air désuet. Plusieurs couples arrivèrent, débarquant de l'Opéra situé juste en face.

Après avoir commandé un moka, Maryam Nassiri s'esquiva dans les toilettes. Quand elle revint, son regard était encore plus brillant. Speedé.

Avec les rescapés de l'Opéra, la petite salle s'était remplie. Des couples plutôt habillés. À Vienne, on n'allait pas à l'Opéra en jean.

Soudain, Maryam se pencha au-dessus de la table et souffla à Malko.

– Je vais te faire une confidence. Ce soir, j'ai pris deux lignes de coke avant d'aller au vernissage ; j'étais trop crevée. Là, je viens d'en reprendre un peu. Tu ne m'en veux pas ? Cela me donne très envie de baiser.

Elle ne tenait plus sur son fauteuil rouge. À l'expression de son regard, Malko se demanda si elle n'allait pas lui administrer une fellation sur-le-champ. Ce qui n'avait absolument pas cours au *Rote Bar*… Il se hâta de payer. Ils se retrouvèrent dans Philarmonic Gasse. Le voiturier en haut de forme tenait déjà la portière de la Mini ouverte.

Maryam Nassiri se rua sur son volant. Elle passa à l'orange pour couper l'opera-ring, ce qui était un crime majeur en Autriche et conduisit à tombeau ouvert jusqu'à Castellez Gasse.

À peine dans l'appartement, elle traversa le living-room à toute vitesse pour gagner la chambre. Malko s'attendait à ce qu'elle se jette sur le lit. Au lieu de cela, elle ouvrit le tiroir d'une commode et en sortit des objets métalliques qu'elle jeta sur le lit.

– Attache-moi ! lança-t-elle à Malko et ne me libère pas. Même si je t'en supplie.

Sans attendre sa réponse, elle défit sa robe, ne gardant que son soutien-gorge, ses bas et sa culotte, avant de s'installer sur le lit à plat dos, les bras et les jambes écartés.

***

Malko regarda les menottes dont le métal brillait sous la lumière. On y était. Ou elle lui jouait la comédie ou Maryam Nassiri était vraiment adepte du sadomasochisme. Il se demanda si cela avait commencé ainsi pour Oswald Fisk.

Certes, pour l'instant, il ne risquait rien, mais lorsqu'elle demanderait à l'attacher, *lui*, c'était difficile de refuser. Il la fixa : les yeux fermés, elle avait glissé une main dans sa culotte et se caressait doucement.

Alors, il entra dans le jeu, s'approchant du lit, il prit les menottes et lança :

– Allonge-toi sur le ventre.

Sans protester, Maryam Nassiri se retourna, révélant une croupe cambrée et pleine, et dit d'une voix tendue :

– Serre bien les menottes.

Malko, toujours habillé, fit posément le tour du lit et fixa d'abord les quatre menottes aux barreaux de cuivre du lit. Ensuite, il prit le bras gauche de la jeune femme, l'étira et entoura son poignet de la seconde branche d'une des paires de menottes. L'acier claqua contre l'acier. Il procéda de même pour le bras droit.

Enfin, avant de lui immobiliser les chevilles, il fit glisser sa culotte le long de ses jambes, pour passer les bracelets d'acier autour des chevilles de la jeune femme.

Écartelée, Maryam Nassiri était ainsi extrêmement désirable. Bien sûr, Malko avait déjà attaché Alexandra, mais cela n'avait pas le côté un peu solennel de cette exhibition. Il se pencha et fit courir ses doigts le long de la colonne vertébrale de la jeune femme. Celle-ci se cambra comme un chat qu'on caresse et qui fait le gros dos.

– Tu sais ce que je vais te faire ? demanda-t-il.

– Ce que tu veux, dit-elle d'une voix rauque. Je te l'ai dit. Il faut que ce soit fort, que tu me fasses bien jouir.

– Je vais te sodomiser, annonça Malko. Tu n'as jamais été sodomisée ?

Maryam Nassiri eut une sorte de sanglot.

– Jamais ! Je t'interdis de faire ça, je sais que cela fait très mal.

Elle avait tourné la tête de son côté et lui lançait un regard fou.

Malko commença à se déshabiller posément. Lorsqu'il fut nu, il réalisa que son érection n'était pas encore assez développée. Alors, il se mit à genoux sur le lit et prit Maryam Nassiri par les cheveux, lui tournant le visage de son côté. Ensuite, il poussa l'extrémité de son sexe vers sa bouche, qu'elle ouvrit aussitôt comme une croyante prête à recevoir une hostie.

Sa langue s'enroula autour du membre de Malko comme si elle voulait l'attirer dans sa bouche. En dépit de la position inconfortable, elle parvenait à lui administrer une fellation extrêmement efficace, le cou tordu, les yeux fermés.

En très peu de temps, il fut dur comme du bois et se retira.

D'abord, il s'allongea sur la jeune femme, de façon à ce qu'elle sente bien son sexe appuyé dans la raie de ses fesses.

– Vas-y ! Baise-moi, supplia Maryam Nassiri.

– Non, dit Malko, je vais te faire jouir autrement.

Il allait se mettre en position, lorsqu'il entendit un bruit venant du living. Il n'y avait aucun doute : quelqu'un cherchait à ouvrir la porte de l'appartement.

CHAPITRE X

Malko demeura figé sur place. Tendant l'oreille vers le living, il se pencha vers Maryam Nassiri.

– J'ai l'impression que quelqu'un essaie d'entrer.

La jeune Iranienne secoua la tête, exaspérée.

– Je m'en fous, personne n'a la clef. Viens.

Malgré son assurance, il sortit de la chambre et alla écouter à la porte de l'appartement, collant son œil à l'œilleton. Sans rien voir. Le palier n'était pas éclairé. Il retourna dans la chambre, se disant qu'il s'agissait d'une fausse alerte. Son érection avait faibli et, de nouveau, il s'agenouilla près du visage de Maryam Nassiri, qui engoula aussitôt son sexe et entreprit de lui rendre toute sa vigueur. Les joues creusées, les yeux fermés, elle le suçait comme si sa vie en dépendait. Malko sentit la sève affluer dans son ventre. Il en oubliait la CIA et le danger qu'il pouvait courir. Maryam prétendait que personne n'avait la clef, mais rien ne garantissait qu'elle dise la vérité.

Il retira son membre de sa bouche lorsqu'il se sentit prêt et, délicatement, s'allongea sur le corps de la jeune femme. Sentant son membre entre ses fesses, Maryam Nassiri commença à onduler légèrement sous lui et gémit :

– Prends-moi, maintenant, vite, j'ai le ventre en feu.

Ses reins montaient vers lui, comme une chatte qui veut se faire saillir et cela l'excita encore plus.

– Je vais te prendre, dit-il, mais pas comme tu le souhaites. Je te l'ai dit.

Elle poussa un cri strident.

– Non, non, je t'en prie, je ne l'ai jamais fait, tu vas me faire mal !

– Peut-être, reconnut Malko.

Il se souleva légèrement. Puis, de la main gauche, posa l'extrémité gonflée de sang de son sexe sur l'ouverture des reins de Maryam Nassiri. Le simple contact de l'anneau du sphincter le fit frémir de plaisir. C'était toujours une sensation inouïe. La jeune Iranienne hurla.

– Non, non, ne me viole pas !

Elle commença à se démener comme une furieuse, arrivant même à se soulever du lit. Le cliquetis métallique des menottes cognant contre les montants métalliques du lit faisait un fracas surréaliste. Le lit en tremblait. Si elle n'avait pas été solidement attachée, Maryam Nassiri aurait sûrement échappé à Malko. Elle bougeait dans tous les sens et il eut l'impression qu'il la violait vraiment.

Il augmenta progressivement la pression, pesant de tout son poids. Le sphincter résistait toujours. Maryam Nassiri criait, suppliait, remuait dans tous les sens. Il faillit abandonner puis se souvint à temps que tout cela n'était qu'un jeu… D'une poussée féroce, il parvint enfin à forcer le sphincter, s'enfonçant de quelques centimètres dans les reins de la jeune femme.

Maryam Nassiri poussa un hurlement atroce.

– Non ! Tu me déchires ! Tu es trop gros ! Arrête. J'ai mal.

Il aurait fallu être un saint pour lui obéir.

Malko, à petits coups mesurés, continua à s'enfoncer, sentant la paroi de la muqueuse l'envelopper comme un gant très serré et très chaud. A demi engagé, il fit une pause et souffla à l'oreille de Maryam :

– Tu es bien prise maintenant.

– Non !

Elle bougeait de plus en plus sous lui, ce qui avait pour effet de l'enfoncer encore plus. Enfin, leurs deux épidermes se touchèrent. Il ne pouvait pas aller plus loin, écrasant les fesses de Maryam Nassiri contre son ventre. Il avait l'impression de la clouer au lit et profita de cet instant délicieux.

*
* *

Arkady Soldatov ressortit de l'immeuble où habitait Maryam Nassiri, le ventre en feu. Il était venu repérer les lieux comme il le faisait toujours, après avoir bu quelques bières dans un Gasthaus. Iradj Lak lui avait donné le code de la porte d'entrée du 26 Castellez Gasse et indiqué l'étage.

Arrivé au premier étage, il n'avait pas allumé, par prudence, et s'était approché de la porte de l'appartement de l'Iranienne. Seulement, il avait trébuché dans le noir et avait dû se raccrocher à la poignée de la porte ; demeurant ensuite plaqué au mur, dans le noir, à écouter le silence. Il n'avait pas peur, craignant seulement d'alerter ses futures victimes. Comme rien ne se passait, il allait redescendre lorsqu'il avait entendu des cris de femme. Du coup, il avait collé son oreille au battant et entendu les hurlements de Maryam Nassiri. Son expérience de Tchétchénie lui avait permis de reconnaître les cris d'une femme en train de se faire violer. Ce qui l'avait considérablement excité.

Arkadi Soldatov était resté dans le noir, le cœur battant, se caressant machinalement par-dessus son pantalon. Se disant qu'avant de liquider Maryam Nassiri, il la violerait.

***

Malko coulissait désormais dans les reins de la jeune femme, sa muqueuse s'était assouplie, pourtant, Maryam Nassiri continuait à gémir, à le supplier de se retirer.

Ce dont il n'avait nullement l'intention.

Il la prit par les hanches et se déchaîna, comme s'il voulait l'ouvrir en deux.... Alors, la tonalité des cris changea. Maryam Nassiri sembla s'étrangler puis se mit à gémir d'une façon différente, égrenant des mots en farsi, mais faisant toujours cliqueter les menottes comme si ce bruit métallique ajoutait à son plaisir.

D'un coup, sa croupe vint au devant de Malko. Une fois, puis de plus en plus vite. Elle était « domptée ». Il la vit crisper les mains sur les barreaux de cuivre.

Tétanisée de plaisir.

Enfin, elle hurla :

– Non, non arrête, c'est trop fort !

Bien entendu, Malko continua. Maryam Nassiri cherchait *vraiment* à se dégager, avec des cris de douleur, des contractions de tout son corps.

Malko continua, jusqu'à ce qu'il sente le plaisir monter de ses reins. Alors, aplati sur la jeune femme, il glissa les mains sous sa poitrine, saisit les seins, enserra les pointes entre ses doigts et serra de toutes ses forces...

Cette fois, le hurlement de Maryam Nassiri n'avait rien de feint. Il continua tant que Malko se vida en elle en lui torturant les seins.

Lorsqu'il se retira, il avait l'impression d'avoir parcouru cent mètres à la nage. Il était en sueur et titubait. Laissant Maryam Nassiri attachée, il fila prendre une douche et revint un peu plus tard, enroulé dans une serviette bleu ciel.

Maryam Nassiri était aussi immobile qu'un cadavre, mais lorsqu'il caressa le creux de ses reins, elle frémit de plaisir.

Posément, il défit les menottes attachées au lit. Sans même les ôter, la jeune femme se retourna et s'assit sur le bord du lit. Méconnaissable. Son maquillage avait coulé, elle avait des poches sous les yeux. Son regard brillait encore plus.

Se penchant, elle embrassa Malko, enfonçant profondément sa langue dans sa bouche puis murmura :

– Je ne me suis pas trompée. Tu es un amant merveilleux. Tu sens ce dont j'ai envie. L'homme avec qui je faisais l'amour avant toi, n'avait pas d'imagination. Il fallait toujours que je le guide, ce n'était pas la même chose.

– Qu'est-ce qui t'a donné ce fantasme du viol ? demanda Malko.

Maryam Nassiri secoua la tête.

– Je ne sais pas. (Elle se reprit aussitôt et corrigea.) Si, au fond, je sais. Quand j'avais dix ans, j'allais souvent chez un de mes oncles qui avait une boutique de tapis au bazar. Il m'offrait des vêtements. Un jour, il m'a demandé de me déshabiller pour les essayer. J'ai obéi, je ne pensais pas à mal. Quand je n'avais plus que ma culotte, je l'ai regardé et j'ai eu un choc. Il avait ouvert son pantalon et exhibait un sexe énorme. Je n'avais jamais vu un membre d'homme et je ne savais pas trop que faire.

« J'avais peur et, mais même temps, j'étais émue. Il a commencé à se caresser, puis, il m'a dit d'une voix changée.

– Un jour, quand tu seras grande, un homme te mettra dans le ventre un sexe bien dur comme le mien et tu éprouveras beaucoup de plaisir.

« Je n'ai jamais oublié ce moment.

Malko la sentait si accessible qu'il faillit lui poser des questions sur Oswald Fisk.

– À quoi penses-tu ? demanda soudain la jeune femme.

– À rien, dit Malko, renonçant à ses questions.

Maryam Nassiri bailla.

– Il faut que je dorme. J'ai un rendez-vous de chantier à huit heures. Tu m'appelles ? J'aime dîner avec toi et te prendre comme dessert.

C'était gentiment dit.

De plus en plus, Malko était persuadé que Maryam Nassiri n'était pas coupable du meurtre d'Oswald Fisk. C'était seulement une marginale, marchant à la coke, avec une sexualité légèrement tordue.

Pas une espionne.

***

– Demain, vous avez rendez-vous à la Westbanhof à 12 heures 16, à l'arrivée du train de Londres et Paris, annonça Brett Dakin à Malko.

Celui-ci, après une courte nuit, avait trouvé un SMS le convoquant chez le chef de Station de la CIA, Boltzmann Strasse.

– Pour quoi faire ? demanda Malko.

– Nous avons eu un message du centre opérationnel des *Moudjahidin Khalk* à Londres. Un de leurs hommes en place à Téhéran, sous une couverture commerciale, est arrivé à Londres hier, en provenance d'Iran. Il paraît qu'il a des informations importantes à nous communiquer sur ce qui se passe à Vienne. Ce ne peut être que l'affaire Ardechir Nassanpour.

– C'est étrange, remarqua Malko, pourquoi ne communique-t-il pas par téléphone ?

– Les *Moudjahidin Khalk* n'utilisent jamais le téléphone. Ils sont d'une prudence de paranos. Nous allons peut-être apprendre pourquoi Fereydoun Davani a été assassiné. Lui aussi venait de Téhéran…

– Comment vais-je le reconnaître ?

Brett Dakin sortit une photo de son dossier et la tendit à Malko. Celle d'un homme de petite taille, rondouillard, avec des lunettes, une grosse moustache noire et l'allure générale d'une belette avec son menton fuyant.

Pas un personnage sympathique.

– Le voilà ! dit l'Américain. En plus, il aura à la main le Financial Time et il voyage dans la voiture 3. Il s'appelle Reza Chafa. Je ne le connais pas. Il fait partie du réseau que les *Moudjahidin Khalk* ont réussi à implanter à Téhéran. Voilà, vous avez juste le temps d'y aller.

La Westbanhof se trouvait au croisement du Maria Hiler Gürtel et de Maria Hifer strasse, bien à l'ouest du centre. Une gare ultra-moderne.

– J'y vais, dit Malko. Mais je crois que votre hypothèse concernant Maryam Nassiri est fausse.

Le chef de Station de la CIA eut un sourire arrogant.

– Elle vous a enfumé ! C'est *elle* qui a tué Oswald. Je suis sûr qu'on arrivera à le prouver.

***

La Westbahnof était propre comme un sou neuf. Des employés aux uniformes impeccables, des quais brillants de propreté, des trains qui semblaient avoir été lavés à l'aube… Malko consulta le tableau des arrivées. Le train de Paris était à l'heure. Quai 7.

Cinq minutes plus tard, le convoi entra en gare et Malko le remonta, cherchant la voiture 3. Un wagon de seconde classe bleu nuit.

Les passagers commençaient à descendre.

Un homme fit son apparition, traînant une petite valise à roulettes. Dans la main gauche, il serrait un journal. Il s'éloigna lentement vers la sorte et Malko le rattrapa.

– Haroye Reza Chafa ?

L'homme se retourna d'un geste brusque et fixa Malko derrière ses grosses lunettes. Un regard de hibou affolé. Il était beaucoup plus mince que sur la photo et semblait flotter dans ses vêtements.

– *Baleh*, *baleh*, fit-il d'une voix mal assurée.

C'était bien l'homme qui allait éclairer les Américains sur leur plus gros point d'interrogation : pourquoi avait-on assassiné Oswald Fisk ?

CHAPITRE XI

– J'ai une voiture, dit Malko, je vais vous emmener.

Reza Chafa tourna vers lui un regard inquiet.

– Où ?

Malko ne put s'empêcher de sourire.

– Mais où vous voulez ! Vous avez une réservation d'hôtel ?

– Oui, oui, confirma l'Iranien.

Il s'arrêta, fouilla dans sa poche et en sortit un papier.

– Voilà, dit-il, hôtel Zisper, Lange Gasse N° 8.

– Je vais vous y conduire, dit Malko.

Ensuite, ils n'échangèrent plus une parole jusqu'à la Jaguar, garée en stationnement interdit, juste derrière les taxis, sur l'esplanade en arc de cercle donnant sur Mariahilfe Gürtel.

Malko passa sous le métro aérien et remonta vers le Nord. Se souvenant que Lange Gasse était une rue parallèle au Gürtel qu'il fallait prendre beaucoup plus haut.

L'Iranien, tassé sur le siège avant, semblait mal à l'aise avec un tic bizarre. Sans arrêt, il tirait sur les manches de sa veste, comme si elles étaient trop courtes.

Il se tourna vers Malko et demanda.

– Qui êtes-vous ?

– J'appartiens à la Central Intelligence Agency, répondit Malko. Votre centre à Londres nous a avertis de votre arrivée ici.

Reza Chafa hocha la tête.

– Oui, c'est moi qui leur ai dit de le faire.

– Pourquoi n'avez-vous pas pris l'avion ? interrogea Malko. C'est plus rapide.

L'Iranien hocha la tête.

– Oui, je sais, mais je n'aime pas l'avion. Je ne le prends que lorsque c'est absolument nécessaire. Et puis, je devais m'arrêter à Paris.

– Je suppose que vous avez des informations importantes à me transmettre, avança Malko. Il y a une semaine environ, nous devions rencontrer un autre membre de votre mouvement, Fereydoun Davani, qui arrivait, lui aussi, de Téhéran. Malheureusement, il a du être intercepté par des agents de l'*Etta'alat* parce qu'on l'a retrouvé assassiné dans un bois, près de Vienne.

Reza Chafa se recroquevilla encore plus et lâcha d'une voix imperceptible :

– Ah ! Fereydoun est mort.

Il semblait sincèrement bouleversé.

– Vous le connaissiez ? demanda Malko.

– Un peu. Nous appartenions au même réseau.

Ensuite, il se tut, visiblement pas pressé de dévoiler ce qu'il savait. Malko tourna dans Alser Strasse, redescendant vers le centre pour couper Lange Gasse, une rue étroite en sens unique, calme et sans charme.

Le Zisper Hôtel était au début de la rue, dans un petit renfoncement où Malko s'arrêta. Comme c'était une sortie de garage, il ne pouvait pas abandonner sa voiture et demanda :

– Voulez-vous que je vous attende, le temps de vous enregistrer ? Ensuite, nous irons manger quelque chose.

Pour la première fois depuis son arrivée, Reza Chafa manifesta ce qui pouvait passer pour de l'enthousiasme.

– Oh oui, approuva-t-il, c'est une bonne idée, j'ai très faim.

Malko le regarda s'engouffrer dans le hall du Zisper, traînant sa petite valise.

C'était un modeste trois étoiles, qui ressemblait à tous les autres immeubles de la rue. Il était un peu étonné de la frilosité de Reza Chafa. Ce dernier semblait mort de peur. Il avait déjà rencontré, lors de ses précédentes missions, des membres des *Moudjahidin Khalk* qui étaient prudents, durs, fanatiques, mais pas apeuré comme Reza Chafa.

Celui-ci ressortit du Zisper, sans sa valise et se glissa dans la Jaguar.

– On va au Café Landtman, proposa Malko. C'est un endroit tranquille et la nourriture est correcte.

***

– C'est beau ici, remarqua Reza Chafa.

Il regardait, extasié, les boiseries en bois de rose ornées de sculptures, les lustres jaunes, tranchant avec les banquettes vertes de la grande salle du Café Landtman. Celle-ci donnait sur le Karl-Laeger ring, avec une longue terrasse.

Il y avait peu de monde et la plupart des banquettes étaient vides. Quelques hommes seuls qui lisaient le journal fourni par l'établissement, des touristes.

Reza Chafa commanda une *Wiener Schnitzel* et, avant, une wurstel à la moutarde et au raifort.

Avec un sourire d'excuse.

– À Téhéran, il n'y a que du chelow-kebab, dit-il. Moi qui ai vécu en Europe, j'ai pris goût à la viande.

Lorsque sa bière arriva, il en vida le tiers d'un coup et un peu de couleur revint sur ses joues.

– Vous n'avez pas l'air bien, remarqua Malko. Le voyage ?

– Non, non, protesta Chafa, le voyage depuis Londres était très bien. Mais quand je suis à Téhéran, j'ai toujours peur. Les agents de l'*Etta'alat* nous traquent. Beaucoup de mes amis ont été arrêtés, envoyés à Evin et torturés puis, parfois exécutés.

– Pourquoi restez-vous à Téhéran, dans ce cas ?

– Je suis obligé par l'Organisation, expliqua l'Iranien. J'ai de bons contacts là-bas, mais je ne dors jamais bien.

Tout en parlant, il tirait machinalement sur la manche de sa veste.

– Vous y retournez ? demanda Malko.

– Oui, oui, j'ai déjà mon billet. Officiellement, je suis venu à Londres voir un cousin. Je travaille à Téhéran. Pour une maison d'Import-Export. Cela me fait rencontrer beaucoup de gens. C'est utile.

On lui apporta sa *Wiener Schnitzel* et il s'y attaqua presque avec rage, levant seulement la tête pour dire :

– C'est bon de manger de la viande !

Malko le laissa se restaurer sans l'interrompre. Reza Chafa mangeait comme un affamé. Lorsque son assiette fut nettoyée, il posa la question qui lui brûlait les lèvres.

– Vous savez ce que Fereydoun Davani devait nous communiquer ?

Reza Chafa hocha la tête, affirmativement.

– Oui, je crois. Il vous avait déjà appris qu'Ardechir Nassanpour, le responsable du programme des centrifugeuses, avait été frappé par un A.V.C.

– Oui, confirma Malko, que pouvez-vous nous dire d'autre ?

L'Iranien baissa la voix.

– Le nom sous lequel il a voyagé – Gholam Afsaneh – et le jour de son arrivée à Vienne. Le vol Iranair du 3 septembre. Il a été immédiatement transféré à l'*Allgemeine Kranken Hospital*, dans le service de neurologie du professeur Zepner où il occupe la chambre 217.

Il avait débité sa tirade d'une seule traite. Malko nota tout sur son bloc.

Légèrement déçu.

Certes, c'était une information importante, mais qui améliorait seulement la connaissance du problème. Evidemment, sur le plan opérationnel, cela pouvait simplifier la préparation d'un éventuel enlèvement.

– Les Autrichiens sont au courant ? demanda Malko.

– Non, je ne crois pas. Ils le prennent pour un riche *bazari* iranien qui paie en cash. Seuls, les gens de l'*Etta'alat* sont au courant.

– Il est encore là pour longtemps ?

– Une dizaine de jours au moins, je pense, mais je n'ai pas de détails.

– Vous pourriez essayer d'en savoir plus ? insista Malko.

Reza Chafa se recroquevilla.

– Non, je n'ai pas de contacts ici. D'ailleurs, je vais repartir pour Londres dès demain.

– Pourquoi être venu à Vienne pour une journée ?

– Pour vous communiquer cette information. C'est important, n'est-ce pas ?

– Très, reconnut Malko.

Chafa désigna une sorte de café au lait qu'on venait d'apporter à la banquette voisine et demanda timidement.

– Je pourrais en avoir un ?

Malko commanda un Phariser Cafe. De plus en plus intrigué par Reza Chafa.

– Pourquoi retournez-vous à Téhéran ? demanda-t-il.

– Je dois y retourner, assura l'Iranien d'un ton buté.

Lorsque son Phariser Cafe arriva, il le but en quelques instants et répéta :

– C'est bon !

Ensuite, levant les yeux, il demanda :

– Pouvez-vous me ramener à mon hôtel ? Je suis si fatigué, je voudrais dormir.

Malko ne discuta pas. Il avait hâte de rendre compte à Brett Dakin de cet étrange interview et de l'information que l'Iranien avait apportée. Il régla et ils reprirent le chemin du Zisper. Arrivé devant, Reza Chafa se tourna vers lui.

– Merci, la viande et le café étaient très bons.

– Vous n'avez pas besoin d'argent ? insista Malko.

– Non.

Reza Chafa s'enfuit presque de la voiture, avant de s'engouffrer dans l'hôtel. Malko sortit de la Jaguar et le rattrapa dans le hall, au moment où il prenait sa clef à la réception. Lui tendant sa carte de visite, avec son portable.

– On ne sait jamais, si vous avez besoin de moi.

L'Iranien l'enfouit dans sa poche sans même dire merci.

***

Brett Dakin triomphait.

– C'est formidable ! exulta-t-il. Maintenant, nous avons tous les éléments pour récupérer Ardechir Nassanpour. Mais nous ne disposons pas de beaucoup de temps.

– Il faut d'abord faire une enquête d'environnement, conseilla Malko, les Iraniens sont sûrement sur leurs gardes. Cet Ardechir Nassanpour leur est précieux… Et puis, rien ne dit que ce soit faisable.

– Vous êtes autrichien. C'est plus facile pour vous, plaida Brett Dakin.

– Je vais voir ce que je peux faire, assura Malko.

Sans enthousiasme.

– À propos, demanda le chef de Station, où en êtes-vous avec Maryam Nassiri ?

– Au même point, dit Malko. Je l'ai revue, mais je ne la crois pas liée à nos adversaires.

– Moi, je suis certain qu'elle est mêlée à cette affaire, affirma l'Américain. Fereydoun Davani apportait l'information que vous venez d'obtenir. C'est pour ça que l'*Etta'alat* l'a liquidé. Comme ils ne devaient pas être surs de l'intercepter, ils ont *aussi* liquidé Oswald Fisk. En tous cas, nous n'avons plus besoin d'Elko Krisantem, conclut Brett dakin.

– Vous connaissiez Reza Chafa ? demanda Malko.

– Non, reconnut Brett Dakin, mais je ne connais pas tous les membres de son Organisation. Pourquoi ?

– Il semble bizarre, amaigri. Vous n'avez aucun moyen d'en apprendre plus sur lui ?

– Je vais essayer. Mais nous n'avons pas de sources directes à Téhéran. Je vais faire interroger le QG des *Moudjahiddin Khalk* qui se trouve à Erbil, chez les Kurdes. Nous y avons une Station.

***

Reza Chafa eut l'impression de se recroqueviller lorsque le téléphone sonna dans sa chambre. Il décrocha et une voix douce demanda en farsi :

– *Haroye doctor Chafa* ?

– *Baleh*, dit Reza Chafa, d'une voix blanche.

– Nous sommes en bas, dit l'inconnu. Nous sommes venus te féliciter. Tu descends.

D'abord, l'Iranien resta muet, mais il balbutia :

– Oui, oui, je descends.

Il raccrocha, regardant le vieil appareil en ébonite comme si c'était un cobra. Il se sentait paralysé, comme un lapin pris dans les phares d'une voiture. Son cerveau lui hurlait de ne pas descendre, d'appeler la police, qu'il était dans une ville civilisée, mais il n'arrivait pas à réagir.

Les trois mois passés dans la prison d'Evin l'avaient brisé. Des heures d'interrogatoires tous les jours, les coups, les menaces, les brulures de cigarettes, les projecteurs allumés non-stop, un bruit strident qui lui donnait envie de s'arracher les tympans. Une fois, il avait même eu droit à un simulacre d'exécution. On l'avait emmené dans la cour, là où se dressait la potence servant à l'exécution des prisonniers. On l'avait fait monter sur le socle de bois qui devait s'effacer sous ses pieds. On lui avait passé une grosse corde de chanvre autour du cou. Pour le détacher ensuite avec un grand éclat de rire.

Il mangeait à peine et, surtout, pensait à l'avenir et à sa famille : tout le monde avait été arrêté en même temps. Eux, n'étaient pas torturés. Pas encore.

Et puis, un matin, les gardiens étaient venus le chercher comme tous les jours pour le mener à la salle d'interrogatoire. Là, il avait découvert un nouveau bourreau, à qui semblaient obéir ses interrogateurs. Très poli, il lui avait fait signe de s'asseoir en face de son bureau et avait ouvert son dossier.

– Tu as été condamné à mort hier par le tribunal islamique, avait-il annoncé d'une voix égale. Pour tes activités criminelles envers la république Islamique. As-tu quelque chose à dire ?

Reza Chafa, la gorge nouée, avait été incapable de répondre.

Le silence avait été rompu par l'homme qui venait de lui annoncer sa condamnation à mort.

– Nous t'avons observé. Tu t'es bien conduit. Alors, nous avons décidé de te donner une chance de te racheter. Acceptes-tu ?

Reza Chafa avait dit « baleh » sans même s'en rendre compte.

L'homme lui avait alors détaillé sa proposition. Il allait pouvoir quitter la prison, et même l'Iran. Avec son passeport. Et ensuite, l'homme avait conclu :

– Une fois que tu auras accompli cette mission, nos amis là-bas te contacteront et t'aideront à revenir ici.

« Bien entendu, tu n'es pas gracié et tu vas passer de longues années à payer tes crimes. Mais tu vas vivre. Acceptes-tu ?

Reza Chafa avait répondu « *baleh* ».

D'une voix doucereuse, son interlocuteur avait précisé :

– Tu as une femme et deux filles, n'est-ce pas ?

Nouvel hochement de tête de Reza Chafa.

– Si tu avais l'idée de ne pas revenir, elles mourront, laissa tomber son bourreau. D'une façon très désagréable. Tu en es conscient. Si tu reviens, tu auras l'autorisation de les voir une fois par mois.

Reza Chafa avait accepté. Tout plutôt que la torture quotidienne. Il savait que s'il restait à Evin, ils le démonteraient pièce par pièce, ils lui videraient le cerveau. Maintenant, il était dans un état second, quand il appela l'ascenseur. Dans le hall de l'hôtel, il retrouva deux Iraniens inconnus qu'il suivit docilement jusqu'à une voiture arrêtée devant l'hôtel. Deux agents de l'*Etta'alat*. Ils traversèrent Vienne qu'il ne connaissait pas, atterrissant dans un parking souterrain. De là, ils prirent un ascenseur jusqu'à des bureaux où il n'y avait que des Iraniens.

Personne ne le regarda, comme s'il n'existait pas. Les deux hommes qui étaient venus le chercher à l'hôtel le menèrent jusqu'à une petite pièce avec une fenêtre donnant sur le Danube.

On le fit asseoir sur une chaise et un des deux hommes relia un de ses poignets à un radiateur, avant de repartir sans un mot.

***

En sortant de Boltzman Strasse, Malko éprouvait une sensation bizarre. Reza Chafa n'était pas clair. Il voulut en avoir le cœur net et prit la direction de Lange Strasse.

Arrivé devant le Zipser, il stationna face à la porte du garage et gagna la réception.

– Pouvez-vous me passer *Herr* Chafa, demanda-t-il. Il doit être dans sa chambre.

Apparemment, Reza Chafa n'avait pas manifesté l'intention de ressortir. Le réceptionniste baissa les yeux sur son tableau de clefs et annonça :

– Herr Chafa est sorti. Des amis à lui sont venus le chercher.

L'adrénaline se rua dans les artères de Malko.

– Des Autrichiens ? demanda-t-il.

– Nein, ils parlaient une langue bizarre. Je n'ai rien compris.

Des Iraniens.

Ce ne pouvait être que des agents de l'*Etta'alat*. Comment avaient-ils pu le retrouver ? Et pourquoi Reza Chafa les avait-il suivis sans résister ? Il était à Vienne, il pouvait appeler la police.

– Merci, dit-il à l'employé de la réception. Dites-lui d'appeler ce numéro.

Il laissa à la réception les coordonnées de son portable et dès qu'il eut regagné la Jaguar, appela Brett Dakin pour lui faire part de ce qui se passait.

– On ne peut pas faire grand-chose, conclut l'Américain. Ces salauds de l'*Etta'alat* ont dû le suivre depuis Londres. Heureusement qu'il a eu le temps de vous parler… C'est le principal.

*
* *

Reza Chafa somnolait sur sa chaise quand la porte s'ouvrit sur les deux hommes qui étaient déjà venus le chercher à l'hôtel.

Un des deux détacha ses menottes du radiateur, puis de son poignet, et le poussa hors de la pièce.

Il eut le courage de demander :

– On va à l'aéroport ?

Celui qui le tenait par le coude eut l'air surpris.

– À l'aéroport ? Pourquoi ?

– Pour prendre l'avion de Téhéran.

C'était fou, il avait envie de retourner vers l'enfer. Tout, plutôt que cette tension nerveuse.

Son geôlier sourit.

– Non, on ne va pas à l'aéroport.

Ils redescendirent au parking souterrain, remontèrent dans la Mercedes qui l'avait amené là. Elle tourna à gauche en sortant, empruntant Leopold Bernstein strasse. Après un tunnel, ils débouchèrent à l'entrée d'un grand pont enjambant le Danube. Il y avait peu de circulation à cette heure tardive. La voiture s'engagea dans une bretelle menant au Brigittaner Brücke.

Brusquement, elle s'arrêta au milieu du pont et le chauffeur mit les feux de détresse.

– Descends ! ordonna un de ses gardiens à Reza Chafa.

Il obéit, rejoint par celui qui conduisait. Le premier homme aida Reza Chafa à franchir le rail séparant la chaussée de la voie pour piétons.

Les trois hommes s'approchèrent du parapet dominant le Danube. Un des deux hommes demanda d'une voix égale :

– Tu sais nager ?

Reza Chafa secoua la tête de bas en haut, ce qui, en Iran, signifie « non ».

L'homme esquissa un sourire.

– Ça tombe bien.

Reza Chafa sentit qu'on lui prenait sa veste par les revers et qu'on la rejetait en arrière, comme pour l'enlever, mais elle resta à mi-chemin, lui immobilisant les bras… La suite ne prit que quelques secondes.

Le deux *Etta'alat* l'avaient soulevé du sol sans difficulté, tant il était maigre, et l'avaient porté jusqu'au parapet, le faisant immédiatement basculer dans le vide.

L'un d'eux, penché par-dessus la rambarde, suivit sa chute jusqu'à l'eau sombre du Danube. Il y eut quelques éclaboussures quand Reza Chafa heurta la surface de l'eau, puis le corps disparut presque immédiatement.

CHAPITRE XII

Malko se réveilla très tôt. Il avait mal dormi, angoissé par la disparition de Reza Chafa. L'Iranien n'avait pas donné signe de vie depuis la veille au soir. Il rappela le Zipser.

– *Herr* Chafa n'est pas rentré, apprit-on à Malko, mais ses affaires sont toujours là.

Le réceptionniste ne semblait pas alarmé outre mesure et Malko n'insista pas.

– Merci, dit-il. Je rappellerai.

Cela sentait de plus en plus mauvais. Selon toute évidence, Reza Chafa avait été kidnappé par les agents de l'*Etta'alat*, ce qui ne présageait rien de bon.

Une heure plus tard, il se préparait à appeler Brett Dakin lorsque ce dernier se manifesta. D'une voix lugubre, il annonça :

– Mon ami Haslinger, du *Verfassungshutz*, vient de m'avertir qu'une patrouille fluviale de la police avait repêché un cadavre dans le Danube, après le *Reich Brücke*. Apparemment, mort par noyade. Comme il avait son passeport sur lui, on a pu l'identifier. Il s'agit de Reza Chafa.

Qui ne reviendrait pas chercher ses affaires au Zipser…

– Pourquoi la Kripo a-t-elle averti le *Verfassungshutz* ? demanda Malko.

– Procédure standard dès qu'il s'agit d'un mort non autrichien, expliqua l'Américain. Haslinger me prévient, lui, systématiquement, lorsqu'il s'agit d'Iraniens.

« Qu'a-t-il pu se passer ?

– Je n'en sais rien, avoua Malko. Cette histoire n'est pas claire. Vous avez eu une réponse d'Erbil ?

– Pas encore. Pouvez-vous essayer de vérifier l'information apportée par Reza Chafa.

– Je vais essayer, par téléphone, immédiatement, promit Malko.

À peine eut-il raccroché qu'il demanda au concierge du Sacher de le mettre en rapport avec l'AKH.

Il demanda le service de neurologie et tomba sur une secrétaire extrêmement aimable.

– Je voudrais parler à *Herr* Gholam Afsaneh, un de vos patients qui se trouve dans la chambre 217, demanda-t-il.

Court silence, puis la secrétaire répondit d'une voix égale.

– *Herr* Gholam Afsaneh est dans un état qui ne permet pas les contacts extérieurs. Si vous désirez en savoir plus, je peux vous passer le professeur Zepner, qui dirige le service.

– Passe-moi sa secrétaire, demanda Malko.

– *Eine moment, bitte.*

Il raccrocha tranquillement : il en savait assez. L'information communiquée par Reza Chafa était exacte. Il n'avait plus qu'à aller faire le point avec Brett Dakin. Une chose était certaine : grâce à l'aide des *Moudjahiddin Khalk*, ils savaient exactement où se trouvait leur cible, Ardechir Nassanpour. L'homme qu'il fallait à tous prix empêcher de retourner en Iran.

***

Nadia Prouty et Naham Admoni s'étaient retrouvés dans le *Stadtpark* près de l'entrée de Johannes Gasse. Grâce au beau temps, il y avait encore pas mal de promeneurs et personne ne pouvait les remarquer.

– Les nouvelles sont mauvaises, annonça Nadia Prouty. J'ai envoyé un de nos *kidons* à l'intérieur du service de neurologie. Il s'est promené avec un déambulateur et il est passé inaperçu. Durant son expédition, il a repéré deux Iraniens dans la salle d'attente du Service, juste avant le couloir qui dessert la chambre d'Ardechir Nassanpour.

– Ils ont appris des choses intéressantes ?

– Non, il n'a pu parler à personne.

« Un autre de nos hommes a fait le tour du bâtiment. Toutes les fenêtres des chambres sont en verre dépoli : impossible de voir à l'intérieur.

Naham Admoni se dit que ça allait être plus difficile qu'à Dubaï... Mais l'idée que cet homme si dangereux pour Israël se trouvait pratiquement à portée de main, rendait fou le patron des *kidons*.

– Dès qu'un des nôtres se sera fait hospitaliser comme patient dans un service voisin, cela permettra d'avoir une base à l'intérieur de l'hôpital. L'idéal serait que mes hommes puissent rester cachés dans la chambre de notre ami après la fin des visites.

« L'idée est de frapper la nuit, déjà, cela élimine les dégâts collatéraux. Il n'y aura pas de visiteurs et le personnel de l'hôpital circule au minimum. Les infirmières de nuit restent dans leur local.

« Il faut prévoir des tenues d'infirmières et de médecins pour ceux qui frapperont.

« L'action doit s'accomplir en moins de cinq minutes, car nous ignorons le rythme de leurs vacations.

– De toute façon, interrompit Nadia Prouty, cela ne se passera pas bien. Il y a toujours ceux qui sont à l'entrée du couloir et celui qui se trouve probablement dans la chambre. Ceux-là doivent être éliminés.

– Nos *kidons* ont des pistolets munis de silencieux, affirma Naham Admoni. Ils ont l'habitude de frapper de cette façon. Ensuite, inutile de faire de fioriture. On mettra deux balles dans la tête d'Ardechir Nassanpour.

« Il faudra coordonner la fuite avec ceux des nôtres qui assureront la protection à l'extérieur et se tiendront à l'intérieur de l'hôpital, près de la rampe de sortie. Il est impossible de stationner sur le Gürtel. On risque d'attirer l'attention d'une voiture de police.

« Nous devons penser à la neutralisation des Iraniens qui se trouvent surement à l'intérieur de l'hôpital. Qu'ils ne puissent pas prendre en chasse nos *kidons*.

« Dès le lendemain matin, tous devront avoir quitté l'Autriche.

– Ça, c'est facile à prévoir, assura Nadia Prouty.

– Alors, il ne reste plus qu'à installer le « malade ». Nous n'avons pas beaucoup de temps…

« Je vais prévenir l'Institut.

Ils se séparèrent sans même une poignée de main. Ils n'avaient qu'une hâte : se retrouver dans l'avion pour Tel Aviv, en laissant derrière eux le cadavre d'Ardechir Nassanpour.

***

– C'est bien lui, lança Brett Dakin d'une voix morne, dès que Malko poussa la porte de son bureau. La police me l'a confirmé. Il n'a pas subi de violences et la noyade est bien la cause de la mort : il avait de l'eau plein les poumons. Et aussi des marques de menottes trop serrées aux poignets… Voilà pourquoi il tirait sans cesse sur ses manches.

– Il y a une chose que je ne comprends pas, releva Malko. Comment l'ont-ils retrouvé ? Reza Chafa est arrivé de Téhéran à Londres, et ensuite a pris le train. S'ils l'avaient déjà repéré à son arrivée, ils avaient dix fois le temps de le liquider dans le train. On dirait qu'ils l'ont laissé venir jusqu'ici.

– Ils savaient peut-être dans quel hôtel il descendait, remarqua l'Américain.

– C'est curieux, enchaîna Malko, il n'a pas pensé à appeler la police. Je ne pense pas que les agents de l'*Etta'alat* l'auraient emmené de force…

– Je vais faire un rapport pour les *Moudjahidin*, conclut l'Américain. Ce qui compte c'est que nous savons désormais avec certitude, le lieu exact où se trouve Ardechir Nassanpour.

– Que comptez-vous faire ? interrogea Malko.

– La méthode « douce » consisterait à lui envoyer un émissaire pour lui proposer la botte. Le général Ali Reza Assari, qui a fait défection et nous conseille désormais, nous a dit qu'il était susceptible d'accepter. La perspective d'être à l'abri et bien payé peut jouer.

Malko sourit devant tant de naïveté.

– D'abord, Ardechir Nassanpour a une famille, objecta-t-il. Elle est restée en Iran et paierait pour lui en cas de défection, sauf si on parvenait à l'exfiltrer avant, mais cela n'est pas dans vos plans. Ensuite, je doute que vous parveniez à lui parler, *seul*. Il a sûrement un ou plusieurs « baby-sitters », qui ne se laisseront pas éliminer. Je ne vois qu'une action rapide et brutale.

Brett Dakin se rembrunit.

– Cela veut dire des dommages collatéraux…

– Très probablement des citoyens iraniens, souligna Malko. Je ne vois pas pourquoi vous taperiez des Autrichiens.

– *My God* ! s'exclama l'Américain, ne parlez pas de malheur !

Les « dommages collatéraux », c'était sans risque direct avec des paysans afghans analphabètes, mais avec des citoyens autrichiens, pays ami de l'Amérique, au cœur de l'Europe, c'était une autre paire de manches.

Il y eut un long silence, rompu par le chef de Station de la CIA qui lança :

– Alors, qu'est-ce qu'on fait ?

Malko ne se démonta pas.

– Pour ma part, j'ai obtenu confirmation de la chambre où se trouve Ardechir Nassanpour. Pour l'instant, je ne veux pas aller plus loin. Je ne sens pas cette affaire. Les Iraniens vont défendre

Nassanpour férocement, cela risque de tourner très mal. Je comprends votre souci, mais je ne veux pas payer les pots cassés. Je suis dans mon pays et j'ai envie de continuer à y vivre en paix.

« Tenez-moi au courant mais, pour l'instant, je ne peux rien faire de plus. D'ailleurs, n'oubliez pas que les Iraniens me connaissent. Dès qu'ils me verront apparaître dans le paysage, ils sauront que nous préparons quelque chose. Ce qui ne facilitera pas l'opération.

Brett Dakin exprimait la réprobation par tous les pores de sa peau.

– Vous avez déjà participé à Vienne au kidnapping d'un Iranien, releva le chef de Station. Pourquoi êtes-vous si réticent, cette fois ci ?

Malko lui adressa un sourire ironique.

– Il s'agissait du kidnapping volontaire d'un homme qui avait déjà décidé de faire défection. En dépit de cela, nous nous sommes heurtés à une forte résistance de la part des Iraniens et Chris Jones a dû en abattre un. Conséquence : ni lui ni Milton brabeck ne peuvent remettre les pieds en Autriche.

« Dans cette affaire, il y a déjà trois morts, avec Oswald Fisk. C'est dire la détermination des Iraniens à protéger Ardechir Nassanpour…

– Cela ne devrait pas vous effrayer, remarqua avec une certaine acidité Brett Dakin.

– Cela ne m'effraie pas, rétorqua froidement Malko, mais je ne suis pas suicidaire.

– Donc ?

– Je vais retourner quelques jours à Liezen, conclut Malko. Vous me tenez au courant de vos préparatifs, mais je vous conseille de démonter.

– Et Maryam Nassiri ?

– Je vous l'ai dit, je ne la pense pas liée à l'*Etta'alat*.

Brett Dakin se ferma encore plus.

– Je ne peux pas vous retenir de force.

Malko lui jeta un regard ironique.

– Merci. J'ai une grande soirée demain, en Haute-Autriche, ce repos forcé va me permettre d'y aller. Je suis toujours au bout de mon portable.

Brett Dakin semblait un peu calmé.

– *Well*, dit-il, je vais avertir Langley et demander leur avis. Je vous souhaite un excellent séjour dans votre château.

Devant son ironie manifeste, Malko ne put s'empêcher de dire :

– Je n'ai jamais refusé une mission et vous le savez. Celle-là me paraît pourrie. Cela ne serait pas dans votre intérêt que je termine ma vie derrière les barreaux d'une prison autrichienne.

Il tendit la main à Brett Dakin et les deux hommes échangèrent une poignée de mains.

Glaciale.

***

Arcady Soldatov et Mahmoud Artesh s'étaient donné rendez-vous sur le parvis du bâtiment des Nations Unies à deux pas de Leopold Bernstein strasse. Ils gagnèrent le bar presque vide. La cession de l'AIEA ne commençait que la semaine suivante et il n'y avait pas grand monde.

Dès qu'ils furent à leur table, l'Iranien tira une clef de sa poche et la poussa vers le Russe.

– Voilà de quoi entrer dans l'appartement de Maryam Nassiri, dit-il. Cela vous permet de les surprendre tous les deux.

Arcady Soldatov regarda la clef.

– *Karacho*. Mais comment je vais savoir qu'ils sont là et que je peux y aller ?

Mahmoud Artesh ne se démonta pas ;

– Nous nous chargeons de leur surveillance. Dès qu'ils seront « en situation », nous vous préviendrons. Seulement, il ne faudra pas perdre de temps.

– *Karacho* ! approuva le Russe. Il manque quelque chose…

– Quoi ?

– *Valuta.* [1]

L'Iranien avait fait semblant d'oublier. Il tira de sa poche une enveloppe et la glissa sous la table.

– C'est vrai. Il y a là quatre mille dollars.

1. L'argent.

– J'aurais préféré des euros, grommela Soldatov.

Évidemment, cela faisait 30% de plus.

– Nous vous payons toujours en dollars, fit sèchement Mahmoud Artesh. Donc, lorsque je vous enverrai par SMS le mot « *davai* » vous saurez que vous pouvez y aller. Cela vous laisse quelques jours. Malko Linge est reparti dans son *Schloss*. Il faut attendre qu'il revienne.

– J'ai le temps, lâcha Arcady Soldatov, ravi d'avoir des dollars.

***

Alexandra était éblouissante dans une robe beige très ajustée, portée avec des bas à coutures assortis. Elle virevolta devant Malko et demanda :

– Je te plais toujours ? Je pensais que tu ne reviendrais jamais de Vienne.

– Oh, mes *spooks* m'ont retenu, assura-t-il.

– Qu'est-ce qui se passe ?

– La routine…

Avec, quand même, quelques cadavres… Mais il n'aimait pas lui parler de cela.

– Où allons-nous ? demanda-t-il.

– Au *schloss* des Leuchtenberg, à Fürstenfeld. Il faut partir, c'est presque à une heure de route.

Cinq minutes plus tard, Malko était au volant de la Jaguar. Ce n'est que dix minutes après, après

Grerwart, qu'il remarqua une voiture dans son sillage. Une Golf foncée. Il l'avait déjà repérée deux fois. Sans trop s'inquiéter. Il posa la main sur la cuisse d'Alexandra, au-dessus du genou. Le contact du nylon envoya une agréable petite décharge électrique le long de sa colonne vertébrale.

– C'est ma dernière paire de bas à couture, dit rêveusement Alexandra. J'essaierai d'en trouver d'autres en province…

Malko était arrivé au-dessus du bas, à la chair tiède d'une cuisse. Alexandra le laissa progresser, puis elle écarta les jambes autant que sa robe l'y autorisait.

Ce qui permit à Malko d'atteindre le satin d'un slip. Ils n'échangeaient plus un mot, tout à leur plaisir. Heureusement, la route ne tournait pas trop.

Malko éprouva soudain une violente pulsion. Scrutant la route, il chercha un endroit où s'arrêter et, un peu plus loin, aperçut un espace dégagé, au fond du chemin, entouré d'empilements de troncs d'arbres coupés.

– Qu'est-ce que tu fais ? demanda Alexandra. Nous sommes en retard.

– Peu importe, dit Malko avec un sourire. *Carpe diem.*

Il venait de s'arrêter juste au bord de la route et se tourna vers Alexandra.

– Viens !

Alexandra sortit la première et il la suivit. De nouveau, la vue des longues jambes gainées de marron lui mit le feu au ventre. Alexandra s'était arrêtée devant les arbres coupés. Malko la rejoignit et, sans un mot, la fit pivoter face à l'empilement des troncs d'arbres. Comme il relevait sa robe, poussant légèrement la jeune femme vers l'avant, elle s'appuya au mur de bois pour ne pas tomber.

Malko était déjà en train de faire glisser sa culotte le long de ses jambes. D'elle-même, Alexandra se cambra et frémit lorsqu'elle sentit un sexe dur s'appuyer sur sa croupe. Malko s'était défait ; depuis le départ de son *schloss*, il avait envie de ça. Longuement, il contempla le sous-bois et cette magnifique femelle, les jambes légèrement ouvertes, avec ces bas qui venaient d'un autre siècle. Un signal hautement érotique.

Elle se cambra encore plus lorsqu'il pénétra en elle, sans aucune difficulté. Les mains appuyées sur le tas de troncs d'arbres, elle se faisait prendre comme une campagnarde au coin d'un bois.

Ce fut une étreinte rapide tant Malko était excité et, très vite, il se vida en elle, les mains crispées sur ses hanches.

Alexandra n'eut qu'à rabaisser sa robe et remettre sa culotte pour être parfaitement décente.

Alors qu'ils regagnaient la Jaguar, Malko aperçut sur la route, à droite, à une centaine de mètres, une voiture qui reculait pour disparaître dans le virage.

Son pouls grimpa au ciel.

Cette fois, il n'y avait plus de doute : il était suivi. Quand il redémarra, très vite, il aperçut dans le rétroviseur le museau de la Golf marron qu'il avait déjà repéré.

Tout en conduisant, son cerveau tournait à 100 000 tours. Cette filature signifiait qu'il s'était trompé. Comme, à part le coup de fil donné à l'AKH pour entrer en contact avec Ardechir Nassanpour, il ne s'était pas investi dans le kidnapping éventuel du scientifique iranien, son repérage par les Iraniens ne pouvait avoir qu'une source : Maryam Nassiri. Mentalement, il s'excusa auprès de Brett Dakin. L'Américain avait raison : la jeune décoratrice iranienne était bien liée à *Etta'alat*.

Ce qui changeait beaucoup de choses.

– À quoi penses-tu ? demanda Alexandra.

– À ce que nous venons de faire, répondit Malko, posant la main sur la cuisse de la jeune femme.

Loin, très loin du *schloss* Leuchtenberg.

Il était déjà de retour à Vienne pour régler ses comptes avec la vénéneuse Maryam Nassiri.

CHAPITRE XIII

La baronne Eva Lauchtenberg vint elle-même accueillir Alexandra et Malko, en haut du perron, très élégante dans un long fourreau noir. Une des anciennes maîtresses de Malko, dont elle avait été très amoureuse. Il la rejoignait dans le parc de son château pour l'honorer entre deux bosquets et elle remontait ensuite chez elle pour raconter ce qu'elle venait de faire à son mari, le baron Dieter, que cela excitait considérablement.

Son *schloss* était beaucoup plus élégant que Liezen, avec une immense terrasse éclairée par des photophores, où se pressaient déjà les invités. Ce n'était pas un dîner assis et un grand buffet occupait tout une partie de la terrasse, les tables étaient dressées en contrebas, dans le jardin.

Alexandra semblait détendue par son intermède amoureux. Malko l'était moins, inquiet de la filature dont il faisait l'objet. Pour que les Iraniens le suivent jusque sur ses terres, c'est qu'ils avaient de mauvaises intentions.

Il regretta soudain de ne pas avoir une arme. Dans cette ambiance mondaine et frivole, c'eut été déplacé. Depuis longtemps, il avait abandonné son pistolet extra-plat, fait pour être porté sous un smoking, à cause des contrôles dans les aéroports.

Un très bel homme, un peu voûté, élégant dans une veste de chasse tyrolienne, avait déjà commencé à faire la cour à Alexandra : le baron Dieter Leuchtenberg. La jeune femme rejoignit Malko et lui dit en souriant :

– Le Baron Dieter me trouve très à son goût. Il m'a dit que mes bas à couture le rendaient fou… Il n'en avait encore jamais vus sur une femme, seulement dans les vieux films.

Au XXIe siècle, il n'y avait plus que les salopes extrêmement sophistiquées à en porter encore.

– Il a bon goût, commenta Malko.

Sa main avait glissé sur la hanche de la jeune femme et ses doigts effleuraient les serpents des porte-jarretelles, sous la robe de soie.

C'est à ce moment que son portable sonna. Il le prit dans sa poche, répondit et, quelques secondes plus tard, la voix chaude de Maryam Nassiri sortit de l'appareil. Par mégarde, Malko avait appuyé sur la touche du haut-parleur.

– Malko ! Mon chéri, tu as disparu ! reprocha l'Iranienne. Au Sacher, on m'a dit que tu avais quitté Vienne. Tu as regagné ton *schloss* ? Tu sais que j'aimerais *tellement* que tu me le fasses visiter.

– C'est vrai, je ne suis pas à Vienne, reconnut Malko. Puis-je te rappeler ?

– Rappelle-moi vite, je vais peut-être aller en Iran, reprit Maryam Nassiri. Je voudrais quand même te voir avant.

Malko coupa la communication et son regard croisa celui d'Alexandra. Réfrigérant.

– Voilà pourquoi tu restes tellement à Vienne, lâcha la jeune femme, d'une voix basse et glaciale.

– La femme qui m'a appelé est iranienne, plaida Malko. Je la vois sur l'ordre de mes *spooks*.

Alexandra ne releva même pas et laissa tomber :

– Si je la croise à Liezen, je lui arrache les seins avec mes dents ! Quand je pense à ce qu'on a fait tout à l'heure !

– J'avais très envie de toi, assura Malko.

– Je suis une conne ! lâcha Alexandra, avant de s'éloigner pour rejoindre le baron Dieter.

Malko n'entendit pas se qu'ils se dirent, mais il vit le couple s'éloigner et pénétrer dans le *schloss*.

Il maudissait Maryam Nassiri. C'était la seconde fois, ce soir, que sa double vie le rattrapait.

***

Appuyée à une boiserie, dans un salon très loin de la terrasse où se pressaient les invités, Alexandra, le regard fixé sur un tableau d'ancêtre accroché au mur d'en face, laissait le Baron Dieter la peloter comme un gamin.

Elle ne ressentait rien, bien que son partenaire se montre extrêmement empressé ; ruminant sa fureur après la découverte de l'infidélité de Malko. Le crissement d'un zip lui fit baisser les yeux. Le Baron Dieter venait de faire jaillir de son pantalon un sexe, long, mince et recourbé. Très aristocratique. Négligemment, Alexandra referma les doigts dessus, sans cesser de fixer le tableau.

Elle n'avait pas envie de cet homme.

Les doigts du baron Dieter couraient sur sa cuisse, le long du bas, suivant la ligne de la couture. Il balbutia :

– Retourne-toi, s'il te plaît.

Elle obéit et lâcha son sexe. Ébloui, il contemplait les longues jambes gainées de marron, avec les deux lignes des coutures. Un rêve d'enfance. Lorsqu'il passa la main sous la robe, Alexandra le rabroua d'une voix calme.

– Je n'ai pas envie de faire l'amour.

Elle se retourna et reprit le sexe dans sa main, le masturbant rapidement.

Elle n'avait ni envie de se le mettre dans le corps, ni de le prendre dans sa bouche.

Le baron Dieter se tortilla, protesta.

– Je veux te baiser, tu es si belle…

Impavide, Alexandra accéléra le mouvement de son poignet. Et, quelques secondes plus tard, son partenaire poussa un cri de souris au moment où sa semence jaillissait, inondant le parquet ciré.

Alexandra le lâcha aussitôt et dit gentiment :

– J'espère que tu as aimé. Viens, maintenant, allons dîner, j'ai faim.

***

Malko en était à sa troisième vodka. Connaissant Alexandra, il n'avait aucun mal à imaginer ce qu'elle faisait à l'intérieur du château. Elle ne connaissait qu'une règle très simple : pour un œil, les deux yeux…

Quand son portable sonna, il sursauta. Ce ne pouvait être que Maryam Nassiri.

Il décrocha sans même regarder le numéro et entendit la voix de Brett Dakin, le chef de Station de la CIA. Ce dernier semblait embarrassé.

– Je ne vous dérange pas ? demanda-t-il. Vous êtes à Liezen ?

– Presque, dit Malko. Quel bon vent vous amène ?

– Un mauvais vent, lâcha l'Américain. Je viens de recevoir la réponse de Langley à mon mémo. Ils refusent catégoriquement les dommages collatéraux…

C'était une habitude à la CIA. En 1998, alors qu'ils avaient ciblé Oussama Bin Laden en Afghanistan, l'opération avait été annulée in extremis, car elle risquait de provoquer des pertes chez ses invités, des Émiratis, alliés de l'Amérique. Cela recommençait.

– C'est fâcheux ! reconnut Malko, mais à moins de se transformer en homme invisible, je ne vois pas de solution. De toute façon, il y a du nouveau et je vais revenir à Vienne demain matin.

Les gens commençaient à se presser devant le buffet. Il choisit un peu de charcuterie et gagna une table plus loin, dans le jardin. Juste au moment où Alexandra réapparaissait, toujours escortée du baron Dieter… Quelques minutes plus tard, elle se dirigea vers une table assez éloignée de la sienne.

Le dîner passa rapidement. Vers minuit, Malko se leva et gagna la table d'Alexandra.

– Il ne faudrait pas rentrer trop tard, dit-il, j'ai à faire demain, à Vienne.

– Pas de problème, *schatzy* ! assura la jeune femme. J'ai envie de rester un peu. On va danser. Vas-y, Dieter me raccompagnera.

Elle se replongea dans sa crème glacée. La guerre était déclarée. Malko n'avait pas envie de s'éterniser. Il reprit tout seul le chemin de Liezen. Très vite, il se rendit compte que, de nouveau, il était suivi : des phares qui ne le lâchaient pas. Une voiture qui ne cherchait pas à le doubler.

Malgré tout, il était inquiet. En plein bois, c'était l'endroit idéal pour un guet-apens. Mais la voiture suiveuse ne chercha jamais à le doubler et disparut un kilomètre avant Liezen.

Sachant où il allait.

***

Le regard de Malko glissait sur les innombrables éoliennes qui faisaient tourner leurs grandes hélices de part et d'autre de l'autoroute.

Furieux.

Lorsqu'il était parti de Liezen, Alexandra n'était toujours pas rentrée et surtout, à peine passé Nickelsdorf, la Golf marron réapparut… Malko ne chercha même pas à la semer. À quoi bon ? Cela le mettait dans une rage noire que sa vie professionnelle interfère avec sa vie privée de châtelain en apparence paisible. En plus, il était furieux contre lui-même de s'être trompé sur Maryam Nassiri : elle était la seule à avoir pu « réveiller » les Iraniens.

Donc, Brett Dakin avait raison : c'était très probablement elle qui avait assassiné Oswald Fisk.

Malko n'était pas calmé lorsqu'il s'arrêta devant la grille de Boltzman Strasse.

***

– Vous aviez raison, Maryam Nassiri m'a enfumé ! annonça Malko en entrant dans le bureau de Brett Dakin.

Il lui déroula son raisonnement et l'Américain modéra sa satisfaction.

– Je suis heureux que vous le reconnaissiez, dit-il. Qu'allez-vous faire ?

– Un homme prévenu en vaut deux, assura Malko. Je vais la recontacter et voir ce que je peux en tirer. D'ailleurs, elle m'a appelé lorsque je me trouvais à ma soirée.

– Ce n'est pas bon signe que les Iraniens s'intéressent à vous, remarqua le chef de Station de la CIA. En ce moment, ils sont déchaînés et ils ne vous aiment pas.

« Voulez-vous que je vous donne des « baby-sitters ». Je ne voudrais pas vous retrouver dans le Danube…

– Merci pour les « baby-sitters », déclina Malko. Je vais me débrouiller tout seul.

– Vous avez une arme ?

– Au *Schloss*, oui, bien sûr. Plus Elko Krisantem.

– Et ici ?

Malko sourit.

– À Vienne, en principe, je n'ai que des activités mondaines….

Brett Dakin secoua la tête.

– *Don't be stupid. You need a gun. It's an order*[1].

Il ouvrit une armoire et en tira une valise métallique, puis l'ouvrit. Elle contenait, sur un lit de mousse, quatre pistolets automatiques Glock, avec leurs silencieux.

1. Ne soyez pas stupide. Vous avez besoin d'une arme. C'est un ordre.

– Cela fait partie de la panoplie de Fred, expliqua l'Américain. Je pense que vous n'avez pas besoin des silencieux, mais je serais plus tranquille si vous en preniez un.

Tout en parlant, il avait sorti un Glock et le tendit à Malko. Ensuite, dans un autre carton, il prit ce qui ressemblait à une large ceinture, se fermant avec du Velcro. Une partie était plate, l'autre avait des alvéoles de plastique souple. L'Américain y glissa le Glock et trois chargeurs puis tendit le tout à Malko.

– Prenez ça. C'est une « hidder belt » de chez GK. Vous la mettez sous votre veste. Devant, on ne voit rien, l'arme et les chargeurs sont derrière. Pratique et discret.

Malko s'équipa aussitôt.

– Voilà ! dit l'Américain, un truc comme ça éparpille un Iranien à la vitesse de la lumière.

– J'espère que je n'aurai pas à m'en servir, dit-il. J'ai toujours essayé de mettre une cloison étanche entre mes deux vies.

– Même si elle est un peu moins étanche, remarqua l'Américain, cela vaut mieux que d'être mort. Les Iraniens doivent croire que nous nous apprêtons à kidnapper leur gars. Le meurtre d'Oswald prouve que, sur ce point, ils ne plaisantent pas.

***

Lorsque Malko sortit de Boltzman Strasse, il appela aussitôt Maryam Nassiri.

Répondeur.

Il n'était pas encore au Sacher qu'elle le rappela.

– Vous êtes de retour à Vienne ?

– Tout à fait.

– Alors, on peut dîner ensemble, proposa-t-elle. Je vous raconterai, j'ai un nouveau client iranien. Je vais peut-être aller à Téhéran. Un gros chantier. Après, je viendrai visiter votre château.

Avec une cotte de maille, pensa Malko.

– Venez me récupérer au Sacher, proposa-t-il.

– Non, fit la jeune femme, venez me prendre chez moi. On ira à un resto pas loin, le Livingstone. C'est à deux pas, dans Zellinger Strasse.

***

Le Livingstone était charmant, avec ses boiseries et une mezzanine aux rayonnages plein de livres. On se serait cru dans une bibliothèque. Dès que Maryam Nassiri était montée dans la Jaguar, elle avait embrassé Malko à pleine bouche et soupiré :

– Vous m'avez manqué…

Elle portait une des robes imprimées qu'elle affectionnait, en tissu très fin et souple, et ses yeux brillaient un peu trop.

La cocaïne.

Intérieurement, Malko était froid comme un iceberg. En dépit de sa séduction, la jeune Iranienne avait pour lui une tête de cobra. Et il était décidé à ne pas se laisser mordre.

À peine installée, Maryam Nassiri commanda un *Mojito,* tandis que Malko se plongeait dans son habituelle vodka. Il avait surveillé son rétroviseur en allant chercher la jeune femme, mais n'avait remarqué aucun véhicule suspect. Il est vrai qu'à Vienne c'était moins facile de se faire repérer. Il écouta d'une oreille distraite le babillage de Maryam Nassiri, racontant ses chantiers.

Son regard se fixait sans cesse sur lui. Tout à coup, elle se pencha sur la table et dit à voix basse, reprenant le tutoiement.

– Tu es beau. Je crois que je suis amoureuse de toi. J'ai envie de faire l'amour.

Malko se dit que le cobra s'animait.

Ils commandèrent. L'habituelle nourriture viennoise, lourde et indigeste. Maryam Nassiri mangeait à peine. C'est elle qui donna le signal du départ. Dans la Jaguar, elle se pencha au-dessus de la console centrale pour embrasser Malko.

– On va bien s'aimer, dit-elle.

Miracle, il trouva une place pour la Jaguar dans Tabor Strasse, à deux pas de l'appartement de la jeune femme.

Malko avait laissé à l'hôtel le « Hidder Belt » GK, glissant son pistolet dans sa ceinture, sous sa veste, espérant qu'elle ne s'en apercevrait pas, mais Maryam Nassiri avait d'autres chats à fouetter.

À peine dans l'appartement, elle gagna la chambre, mais ne se déshabilla pas. Filant directement vers le placard aux menottes. Elle en prit quatre paires et les jeta sur le lit, se tournant ensuite vers Malko.

– Déshabille-toi. C'est à toi aujourd'hui. Tu vas voir comme je vais bien te faire jouir.

Malko sentit une coulée très froide le long de sa colonne vertébrale. Cela avait dû commencer comme cela avec Oswald Fisk.

*
* *

Mahmoud Artesh, bien installé dans son bureau, tapa soigneusement le SMS adressé au portable d'Arkadi Soldatov. Il ne comportait qu'un mot : « *davai*[1]. »

C'était la condamnation à mort de Malko Linge. Le chef du *Daftari Vigie* se dit que celui qui en débarrasserait la République Islamique d'Iran en serait récompensé.

1. *En avant!*

CHAPITRE XIV

Arcady Soldatov, seul dans sa voiture tous feux éteints, stationnée dans Stadtgut Gasse, presque en face de l'immeuble où demeurait Maryam Nassiri, avait observé l'arrivée du couple. Il était là depuis une demi-heure, prévenu par un SMS des agents du *Daltari Vigié*, chargés de la surveillance de l'Iranienne.

Il attendit quelques minutes, en fumant une cigarette, puis prit dans sa boîte à gants un Makarov automatique .9 mm et un silencieux, qu'il vissa soigneusement sur le canon. Inutile d'alerter les voisins. Si l'un d'eux, alarmé par le bruit d'une détonation, appelait le 133 et qu'une voiture de police se trouve dans le coin, il était dans la merde.

Ensuite, il vérifia qu'il y avait une cartouche dans la chambre, glissa l'arme dans sa ceinture et enfila une paire de gants de chirurgien très fins. Pas d'empreintes. Il attendit encore dix minutes. Il fallait qu'ils soient en pleine action. Son programme était simple : entrer dans l'appartement en utilisant la clef fournie par les Iraniens, gagner la chambre et abattre d'abord l'agent de la CIA. Deux balles dans la tête et une dans la poitrine.

Ensuite, il prendrait le temps de violer la fille. C'était un petit plaisir gratuit que personne ne lui reprocherait. Sous la menace de son arme, avec un cadavre à côté, elle ne serait pas difficile à convaincre. L'expérience l'avait prouvé.

Il n'aurait plus ensuite, le lendemain matin, qu'à aller récupérer les 4 000 dollars encore dus sur le contrat.

Il ouvrit la portière, descendit de la voiture et traversa Castellez Gasse.

***

Malko regarda les menottes sans bouger, aussitôt interpellé par la voix nerveuse de Maryam Nassiri.

– Tu ne veux pas ? Je ne te ferai pas mal, tu sais.

Elle semblait anxieuse de commencer son jeu. Comme il ne bougeait toujours pas, elle défit la fermeture de sa robe et dit :

– Bien, je vais me déshabiller, ce sera plus excitant.

Malko, devant sa détermination, trouva une parade.

– D'accord ! dit-il. Laisse-moi me déshabiller.

Il ôta d'abord sa veste tandis que Maryam attachait les menottes aux barreaux de cuivre du pied de lit. Il prit rapidement son pistolet dans sa ceinture et le glissa entre le matelas et le sommier. Lorsque Maryam s'approcha de lui, le pistolet avait disparu.

Il remarqua qu'un des barreaux de la tête de lit était presque descellé. Comme pour l'aider, il prit une paire de menottes des mains de Maryam Nassiri et la fixa à ce barreau-là. Il suffirait de tirer fort pour desceller le barreau de cuivre et, du coup, libérer la menotte.

Un sourire gourmand aux lèvres, Maryam Nassiri attacha la dernière paire de menottes, puis se tourna vers Malko.

– Je vais te rendre fou ! dit-elle. La prochaine fois, c'est toi qui me supplieras de t'attacher.

En slip et soutien-gorge, elle s'agenouilla sur le lit et commença à exciter Malko. À genoux entre ses jambes écartées, frottant son ventre contre son sexe encore au repos, elle allongea les bras et commença à lui agacer habilement la poitrine. Un hors d'œuvre.

Ensuite, c'est sa bouche qui remplaça ses doigts. Malgré sa tension, Malko sentit monter son désir.

Maintenant, sa bouche avait atteint la poitrine de Malko, allait d'un sein à l'autre. Puis, très lentement, elle redescendit et sa bouche se trouva de nouveau en contact avec son sexe. D'abord, elle l'effleura à peine, du bout de la langue, comme on goûte une glace. Malko comprit ce qu'était le supplice de Tantale.

Avec une précision millimétrique, les lèvres de la jeune femme effleurèrent le gland gorgé de sang. Une caresse aérienne.

Ses mains étaient reparties vers la poitrine de Malko.

Il donna un coup de reins, se soulevant du lit, pour enfoncer encore plus son sexe dans la bouche de la jeune femme, mais celle-ci recula aussitôt.

Malko grogna de frustration.

Déjà, elle revenait à la charge. Cette fois, ses lèvres épousèrent toute la circonférence du sexe, presque sans bouger. Tandis que sa langue commençait un ballet maîtrisé autour du membre.

Puis elle se retira brusquement et souffla dessus, comme pour faire une bulle de savon.

Malko haletait. Il avait l'impression que son sexe allait exploser. Il mourait d'envie de saisir la nuque de la jeune femme pour s'enfoncer de force dans sa bouche…

Seulement, il aurait fallu se détacher.

Maryam Nassiri revenait à la charge. La chaleur de sa bouche était exquise et Malko se détendit.

Soudain, d'un seul coup, Maryam Nassiri enfonça le sexe raidi dans son gosier jusqu'à la luette ; le serrant de ses lèvres de toutes ses forces.

Malko hurla.

C'était trop fort.

Il ferma les yeux. Quand il les rouvrit, il aperçut, derrière la jeune femme, agenouillée sur le lit, un homme debout dans l'encadrement de la porte. Des traits brutaux, des cheveux gris, vêtu d'un blouson de cuir et d'un jean, un long pistolet dans sa main gantée de noir.

***

Maryam Nassiri n'avait rien vu. Elle redressa la tête et croisa le regard de Malko.

– Tu as aimé ?

Il ne répondit pas. Tétanisé. Le cerveau en vrac. Il n'avait pas pensé à cela. Pas besoin de se poser des questions pour deviner ce que cet inconnu aux mains gantées de cuir venait faire.

– Qu'est-ce que tu as ? demanda Maryam. Tu n'as pas aimé ?

***

Arcady Soldatov avait été surpris de découvrir l'homme qu'il devait tuer attaché sur le lit par des menottes, la femme agenouillée sur lui. De voir cette croupe tendue sous le string noir, avait brusquement fait flamber sa libido. En un clin d'œil, il changea son programme. Pourquoi commencer par tuer l'homme, impuissant sur le lit ? Brutalement, il n'avait plus qu'une idée : profiter de cette femme magnifique, en train de faire l'amour à un autre. En plus, la présence de l'homme attaché apportait un piment supplémentaire.

Il s'approcha vers le lit, et, de la main gauche, saisit Maryam Nassiri par les cheveux, l'arrachant à sa fellation.

***

Maryam Nassiri poussa un hurlement, se sentant projetée sur le tapis. Contrairement à Malko, elle n'avait pas encore vu l'intrus.

Déboussolée, elle se redressa à quatre pattes pour se trouver en face du long canon d'un pistolet tenu par un homme massif. Celui-ci la reprit par les cheveux et colla son visage contre son jean.

– Vas-y, salope ! lança-t-il, fais-moi comme à lui.

L'Iranienne, malgré sa peur, tenta de se débattre, reculant le plus qu'elle pouvait. Elle n'alla pas loin. L'inconnu colla dans son cou le canon du pistolet et lui dit d'une voix glacée :

– Tu me suces ou je te sèche.

Il parlait un allemand rugueux, mais très compréhensible.

Et le ton de sa voix signifiait qu'il ne plaisantait pas.

Maryam Nassiri ne comprenait plus. Comment était-il entré ? Que venait-il faire ?

Le canon poussa plus fort dans son cou.

– Tu y vas ou je te flingue ! répéta-t-il.

Cette fois, le jeune Iranienne comprit que sa vie était vraiment en danger. Après tout, une fellation n'avait jamais tué personne. Elle n'avait plus qu'une idée : échapper au danger. Satisfait, l'homme la laisserait peut-être tranquille.

D'une main tremblante, elle descendit le zip du jean, découvrant un slip rouge et chercha le sexe à tâtons. Il avait déjà de belles proportions et lorsqu'elle le sortit, l'homme poussa un grognement satisfait.

Bien calé sur ses jambes, la main droite tenant le pistolet le long du corps, il regarda son sexe grandir dans la bouche de sa fellatrice. Il se dit que, dès qu'il serait bien dur, il la mettrait à quatre pattes sur le lit et la prendrait en levrette avant de lui tirer une balle dans la nuque.

Maryam Nassiri lui administrait une fellation d'enfer, glissant une main dans le jean pour le caresser en même temps.

Arcady Soldatov était aux anges. Encore quelques secondes, et il l'arracherait de son sexe. Pour l'instant, il lui serrait la nuque pour qu'elle n'ait pas envie de se dérober.

C'est un bruit métallique venant du lit qui lui fit tourner la tête.

Il aperçut l'homme toujours attaché sur le lit qui venait d'arracher la menotte immobilisant son bras droit aux barreaux de cuivre.

Peut-être que si Maryam Nassiri ne l'avait pas amené au bord du plaisir, il aurait réagi plus rapidement, tirant sur l'homme menotté au lit.

Maintenant, c'était trop tard : la main droite de ce dernier venait de réapparaître, serrant un gros automatique carré. Arcady Soldatov leva le bras droit pour tirer, mais l'autre avait été plus rapide.

Il y eut une détonation assourdissante et il ressentit un violent choc à la tête.

Ce fut d'ailleurs la dernière sensation qu'il éprouva. Foudroyé, il s'effondra sur le sol, sans même avoir eu le temps d'appuyer sur la détente de son Makarov.

Maryam Nassiri resta d'abord prostrée quelques secondes, puis se mit à hurler comme une sirène. Toujours agenouillée devant le cadavre d'Arcady Soldatov.

– Détache-moi, cria Malko ! Vite.

Il ignorait si l'inconnu était seul et gardait son pistolet braqué sur la porte… Maryam Nassiri se releva avec une lenteur exaspérante. Les yeux fous. Elle entendait Malko comme s'il était très loin. Enfin, elle prit la clef des menottes sur la console et s'approcha de Malko, les mains tremblantes.

– Qu'est-ce que c'est, demanda-t-elle, qu'est-ce qui se passe ?

– Après ! dit Malko, après !

Dès qu'il fut libéré, il se leva et passa son slip, puis, arme au poing, fonça jusqu'à la porte de l'appartement, sans voir personne.

Ensuite, par acquis de conscience, il parcourut toutes les pièces avant de revenir dans la chambre. Maryam Nassiri était assise sur le lit, contemplant Arcady Soldatov et la tache de sang qui s'élargissait sur le tapis persan à fond rose.

– Il est mort, dit-elle.

– C'est moi qui devrais l'être, remarqua Malko, glacial. Quand lui as-tu donné la clef ?

Maryam Nassiri sursauta.

– Mais je ne lui ai donné aucune clef ! Je ne sais pas comment il est entré !

– Il n'y a aucune trace d'effraction, répliqua Malko. C'est toi qui l'a fait entrer pour qu'il vienne m'assassiner. Comme Oswald Fisk.

À ce nom, la jeune femme se figea.

– Tu connais Oswald. Mais…

– Il est mort, je sais, dit Malko. Comme j'aurais dû mourir. Tu es très forte.

Elle le regardait, les yeux écarquillés.

– Je ne t'ai rien fait, jura-t-elle. Je voulais juste m'amuser un peu, comme l'autre soir. Je ne connais pas cet homme, je ne l'ai jamais vu… Il faut appeler la police.

Le coup de feu semblait n'avoir alerté personne. Malko se dit qu'il avait le temps.

– J'ai à te parler, dit-il. Rhabille-toi.

Pendant qu'elle passait sa robe, il remit ses vêtements, puis s'assit en face d'elle sur le lit.

– Depuis combien de temps travailles-tu avec *Etta'alat* ? demanda-t-il. Ce sont eux qui ont monté ce guet-apens. Si je n'avais pas prévu le coup, je serais mort.

– Je n'ai prévenu personne, jura la jeune femme. Je ne comprends pas. Qui es-tu ? Pourquoi as-tu une arme ?

– Parce que j'appartiens à la même organisation qu'Oswald Fisk, l'homme que tu as égorgé, dit-il.

Elle ne répondit pas, blême.

Malko était déchaîné.

– Tu vas payer pour les deux meurtres, dit-il. Tu étais la complice de ce tueur.

Il fouilla le mort rapidement et trouva dans la poche de son blouson une enveloppe où se trouvaient une clef et un carré de bristol portant l'adresse de Maryam Nassiri, avec son étage et le numéro de la porte. Brutalement, ses certitudes vacillèrent. Il revit le tueur en train de forcer la jeune femme à lui faire une fellation, avec l'intention manifeste de la violer.

Tout se brouillait dans sa tête.

– Maryam, dit-il, en ce moment, tu risques quelques dizaines d'années de prison. Pour le meurtre d'Oswald Fisk et la tentative contre moi. Je veux savoir la vérité.

Le jeune Iranienne le fixait, le regard flou. Dépassée. Finalement, elle rompit le silence et répéta :

– Je n'ai jamais voulu te tuer et je ne connaissais pas cet homme.

– Mais tu connais les gens d'*Etta'alat*, insista Malko.

Nouveau silence, puis un « oui » imperceptible.

Malko comprit qu'il allait enfin percer le mystère de la mort d'Oswald Fisk.

CHAPITRE XV

Malko décida de profiter de la déstabilisation visible de Maryam Nassiri. Assise en face de lui, les mains serrées entre ses cuisses, elle semblait avoir vieilli de dix ans.

– C'est *Etta'alat* qui t'a donné l'ordre de tuer Oswald Fisk ? demanda-t-il.

Silence.

Enfin, la réponse tomba.

– Oui, mais ce n'est pas pour leur plaire que je l'ai tué.

– Pourquoi alors ?

– Son père était responsable de la mort de ma mère. Je l'ai vengée. J'y pensais depuis des années.

Ce fut au tour de Malko de décrocher. Heureusement, Maryam Nassiri semblait vouloir se libérer.

– Le père d'Oswald Fisk était le commandant du croiseur Vincennes, expliqua-t-elle. Celui qui a abattu le vol 311 d'Iranair. À bord, il y avait ma mère. Je l'ai vengée.

– Mais c'est quand même l'*Etta'alat* qui t'en a donné l'ordre.

– Oui, mais pour une autre personne, je ne l'aurais pas fait.

– Il y a longtemps que tu travailles pour eux ?

– Oui, ils m'ont permis de sortir d'Iran, de venir faire des études ici, puis d'y travailler, ainsi que de revenir régulièrement dans mon pays.

– Qu'est-ce que tu faisais pour eux ?

– J'entrais en contact avec des gens qui les intéressaient. Je leur donnais des informations. Une fois même, j'ai entraîné un Iranien exilé à un rendez-vous où ils l'attendaient.

– Qu'est-il arrivé ? interrogea Malko.

La jeune femme baissa la tête.

– Je ne sais pas. Je ne l'ai jamais revu.

Elle semblait considérer cela sans importance…

Surpris, Malko demanda :

– Tu aimes le régime des Ayatollahs ?

La jeune femme eut une grimace méprisante.

– Bien sûr que non ! Ce sont des obscurantistes, des bigots à l'esprit étroit. Seulement, ils tiennent le pays. Moi, je ne voulais pas rester en Iran. Sans eux, je ne pouvais rien faire.

Maryam Nassiri était tout simplement une opportuniste. Elle aurait tout aussi bien coopéré avec le régime du Shah. Mais elle avait quand même assassiné un membre de la CIA.

– Qu'est-ce que tu vas faire ? demanda-t-elle.

– Je ne sais pas encore, dit Malko. D'abord, je veux tout savoir sur la mort d'Oswald Fisk.

D'une voix monocorde, elle débita son récit.

– Je l'ai connu par hasard. Il est entré dans la galerie OTTO pour acheter des objets de décoration. J'étais là. Je l'ai accompagné jusqu'à son appartement. Il m'a invitée à dîner et m'a fait la cour. Il me plaisait assez et j'avais envie d'un homme. Je suis devenue sa maîtresse, mais je n'ai jamais été vraiment amoureuse de lui. C'était purement sexuel. D'ailleurs, ajouta-t-elle, je ne pourrais jamais être amoureuse d'un Américain. Je les hais, à cause de ce qu'ils ont fait à ma mère.

– Et ensuite ?

– J'avais des contacts réguliers avec les gens de l'ambassade. Ils me surveillaient. Un jour, ils m'ont appris qu'Oswald travaillait pour la CIA. Ils m'ont demandé d'essayer de découvrir ce qu'il faisait.

– Vous y êtes arrivés ?

– Non, il ne parlait jamais de son travail : il m'avait dit qu'il était diplomate.

– Alors, pourquoi l'avoir tué ?

Maryam Nassiri lui jeta un regard terne.

– Je ne sais pas. Je leur avais dit à plusieurs reprises qui il était et pourquoi je voulais venger ma mère. Ils me disaient toujours d'attendre, que rien ne pressait. Je crois qu'ils voulaient me garder « opérationnelle ».

« Et puis, un jour, celui que je voyais régulièrement m'a convoquée en urgence. Il savait que je devais passer la soirée et une partie de la nuit avec Oswald. Et aussi que nous avions des rapports sadomasochistes.

– Comment ?

– Je le leur avais avoué. Ce soir-là, ils m'ont dit que je pouvais exercer ma vengeance, que je devais le faire, qu'il était important qu'Oswald soit liquidé avant le lendemain.

– Pourquoi ?

– Ils ne me l'ont pas expliqué. L'homme que j'ai rencontré m'a remis un rasoir et m'a montré comment faire croire à un suicide…

– Et tu as obéi ?

La jeune femme fixa longuement Malko.

– Oui. Tous les jours, je regardais la photo de ma mère sur la page d'accueil de mon ordinateur et cela ranimait mon désir de vengeance. Ce soir-là, avant d'aller retrouver Oswald, j'ai pris beaucoup de cocaïne. J'étais dans un état second. Depuis, je me sens mieux.

– Tu sais qu'il n'avait rien à voir avec la mort de ta mère.

– Bien sûr, répliqua Maryam Nassiri, mais je voulais la venger.

Le silence retomba.

Oswald Fisk avait été assassiné sur l'ordre d'*Etta'alat* pour qu'il ne puisse pas rencontrer

Fereydoun Davani. Donc, ce dernier devait détenir une information vitale aux yeux des Iraniens. Celle qui avait été livrée à Malko par Reza Chafa : le nom sous lequel Ardechir Nassanpour séjournait à l'AKH et le numéro de sa chambre.

Maryam Nassiri n'avait été qu'un instrument aveugle.

Voilà pourquoi les *Moudjahidin Khalk* avaient ensuite envoyé Reza Chafa à Vienne. Lui aussi, avait sûrement été assassiné par *Etta'alat*.

Il y avait encore beaucoup de zones d'ombre, mais cela se tenait à peu près.

– Tes amis ont une clef de chez toi ? demanda-t-il.

L'Iranienne secoua la tête.

– Non, pas à ma connaissance.

– Cet homme en avait une. Si ce n'est pas toi qui la lui avais donnée, c'est eux. Il venait me tuer. Cela ne m'étonne pas, j'ai un gros contentieux avec eux. Seulement, je pense qu'il venait *aussi* t'exécuter. Sinon, il n'aurait pas tenté de te violer d'abord. Si je ne m'étais pas méfié de toi en venant avec une arme, j'étais mort.

– Je te crois, dit d'une voix plate Maryam Nassiri. Mais je ne comprends pas. Pourquoi voudraient-ils me tuer ?

– Tu sais trop de choses. Tu pourrais les impliquer dans le meurtre d'Oswald Fisk. Te sachant vivante, ils vont sûrement te contacter. Pour savoir ce qui s'est passé. Il ne faut pas leur dire la vérité. Simplement que j'étais armé et que j'ai abattu cet homme lorsqu'il a pénétré dans l'appartement.

– S'ils voulaient me tuer, ils vont recommencer, objecta Maryam Nassiri.

– Pas tout de suite, dit Malko. À cause de ta relation avec moi, tu peux encore leur servir. Par contre, tu n'as pas le choix, tu dois coopérer avec nous.

– Pourquoi faire ?

– Je l'ignore encore, avoua Malko, mais je travaille sur une affaire très importante qui touche de près les Iraniens, qui est la clef du meurtre d'Oswald Fisk. Tu pourras peut-être m'aider.

– Si tu veux, accepta l'Iranienne, qui semblait totalement déboussolée.

– Très bien, dit Malko. Maintenant, nous allons appeler la police.

***

Brett Dakin sortit du commissariat en même temps que Malko. Celui-ci, avant d'alerter les autorités, l'avait prévenu. Même s'il était en état de légitime défense, il valait mieux mettre de l'huile dans les rouages.

Il y avait quand même un cadavre…

Tout le monde était arrivé en même temps : les policiers de la Kripo, appelés par Maryam Nassiri, le chef de Station de la CIA et le représentant du *Verfassungshutz*.

On avait identifié le mort : un chauffeur de l'ambassade de Russie, sans statut diplomatique, répondant au nom d'Arcady Soldatov. Inconnu de la police autrichienne. Son arme n'avait aucun numéro. Même s'il n'avait pas tiré, l'intention de tuer était claire. Maryam Nassiri avait raconté comment il avait commencé à la violer, alors que Malko se trouvait dans une autre pièce.

Les Autrichiens n'avaient pas posé trop de questions….

Une ambulance avait emmené le cadavre d'Arcady Soldatov à la morgue et ils s'étaient tous retrouvés au commissariat. En deux heures, tout avait été terminé. Évidemment, les policiers autrichiens avaient gardé le Glock de Malko.

Pièce à conviction.

Maryam Nassiri, sortie la première, attendait dans sa Mini. Elle en ressortit en voyant Malko, escorté de Brett Dakin.

L'Américain échangea une poignée de main glaciale avec la jeune femme et demanda à Malko.

– Je vous ramène au Sacher ?

À ce moment, Maryam Nassiri tira Malko par la manche et dit à voix basse :

– Ne me laisse pas seule ! Je ne veux pas retourner chez moi. J'ai peur.

– N'aie pas peur, assura Malko, je t'emmène au Sacher, on verra demain.

Il prit congé de Brett Dakin et monta dans la Mini. L'Américain les regarda partir, pensif. Après Oswald Fisk, Malko avait failli être assassiné. Les deux fois, Maryam Nassiri était au cœur du drame. Il était certain qu'elle avait partie liée avec l'*Etta'alat*.

*
* *

Maryam Nassiri, à peine Malko fut-il allongé, vint se blottir contre lui. Elle tremblait encore de peur.

– J'aurais besoin d'un peu de coke, dit-elle. Je me sens si mal. C'est horrible ce qui s'est passé. Tu penses qu'il voulait vraiment me tuer ?

– J'en suis sûr, dit Malko, mais il ne faut le dire à personne.

Elle était dans ses bras, mis il n'y avait rien de sexuel. Il lui caressa doucement le dos, et peu à peu, elle se calma. Jusqu'à ce que son souffle régulier montre qu'elle était endormie.

Malko, lui, demeura les yeux ouverts. Trop de choses dans la tête. Il avait au moins éclairci le mystère de la mort d'Oswald Fisk. Mais pas la raison pour laquelle les Iraniens avaient brutalement décidé de le liquider, lui. Ils avaient eu d'autres occasions avant. Seule explication : ils voulaient faire d'une pierre deux coups, car Maryam Nassiri devenait dangereuse à leurs yeux.

Maintenant que Malko connaissait mieux son profil, c'était explicable.

Évidemment, il y gagnait une source à l'*Etta'alat*. À condition que les Iraniens gobent l'histoire de Maryam Nassiri. Il restait un gros point noir. L'aveu par la jeune femme du meurtre d'Oswald Fisk. Il savait que les Américains n'accepteraient jamais de ne pas punir l'Iranienne.

Pour sa part, il était plus réservé. C'était une guerre féroce où il y avait des dégâts collatéraux. Oswald Fisk et la mère de Maryam Nassiri en avaient fait partie.

***

Mahmoud Artesh avait le regard glué à la télévision de son bureau. OF 2 venait d'annoncer l'agression dont avait été victime Maryam Nassiri. Une caméra balayait la façade de son immeuble.

Le reporter expliquait qu'un ami de l'Iranienne, qui possédait une arme, avait abattu l'agresseur, un citoyen russe employé à l'ambassade.

Pas d'autres détails.

L'Iranien regarda l'enveloppe posée sur son bureau et la remit dans le tiroir. Il avait perdu 4000 dollars et, surtout, l'agent de la CIA dont il désirait tellement se venger, était toujours vivant. Il se moquait de la disparition d'Arcady Soldatov. Il était facilement remplaçable.

Il restait à comprendre ce qui s'était passé. Comment un tueur aussi expérimenté que Soldatov avait-il pu se faire prendre par surprise ?

Il n'avait pas prévu que Malko Linge, dans son propre pays, porte une arme. C'est donc qu'il était sur ses gardes. Une seule personne pouvait lui expliquer ce qui s'était passé : Maryam Nassiri. Apparemment, elle était indemne, donc elle pouvait ne pas soupçonner que c'étaient ses « amis » qui avaient voulu la tuer. Mahmoud Artesh allait très vite savoir si elle était sur ses gardes : si elle ne répondait pas à sa convocation, c'est qu'elle le savait. Dans ce cas, elle devenait un risque majeur de sécurité et il faudrait l'éliminer.

Seulement, ce serait beaucoup plus difficile, car, dans ce cas, elle aurait basculé de l'autre côté.

Il devait en avoir le cœur net.

Prenant le portable « neutre » qu'il utilisait pour lui donner ses rendez-vous, il lui laissa le message signifiant qu'elle devait se rendre chez Tiberius.

À l'heure habituelle, le lendemain.

On frappa à la porte et il cria d'entrer. C'était un de ses adjoints qui lui annonça :

– La réunion commence.

Tous les jours, ils faisaient le point sur leur opération. Mahmoud Artesh regarda le calendrier : encore une semaine à tenir.

Tous les représentants des équipes chargés de la protection d'Ardechir Nassanpour étaient là.

Celui qui prit la parole le premier s'occupait de la santé du scientifique, s'entretenant chaque soir avec son médecin.

– Il faudra réserver une place sur le vol de dimanche prochain, annonça-t-il. J'ai obtenu qu'Ardechir puisse rester à la clinique jusqu'à six heures. De cette façon, nous partirons directement à l'aéroport.

Tous les jours, il y avait un vol direct opéré conjointement par Iranair et Austrian Airlines, à 20 h 10, pour Téhéran. Non stop. Une fois à bord, le scientifique ne risquait plus rien.

– C'est parfait, approuva Mahmoud. Tourné vers un autre interlocuteur, il demanda.

– Quoi de neuf de votre côté ?

– Ils sont là, annonça Mohsein Azar, en charge de la protection de l'AKH. Nous en avons repéré trois, dont une femme.

– Qu'ont-ils fait ?

– Pas grand-chose. La femme s'est approchée du service où notre ami est hospitalisé. Comme elle a pénétré dans le couloir, elle sait probablement à peu près où il se trouve.

– Quelles chances d'une intervention américaine ?

Mohsein Azar fit la moue.

– Très faible. Je pense qu'ils sont gênés par notre dispositif de protection. Nous ne nous sommes pas cachés. Ils n'ignorent pas qu'ils risquent de se heurter à une résistance sérieuse de notre part. Or, nous sommes en Autriche. Même s'il n'y a pas de dommages collatéraux, il s'agit d'un établissement autrichien… Cela pourrait déclencher un incident diplomatique grave. Juste après les élections présidentielles américaines. Je pense qu'ils ne prendront pas ce risque.

« Bien entendu, le danger ne vient pas de ce côté…

– Parfait.

Il avait hâte d'être plus vieux d'une semaine. Le retour en Iran d'Ardechir Nassanpour était essentiel, mais son séjour en Autriche l'avait été aussi. Sinon, il aurait été obligé de cesser de travailler au bout de quelques mois. Vienne était la destination la plus pratique, avec des vols directs pour Téhéran, une police pas regardante et une implantation des services de renseignements iraniens importante.

Avec, aussi, l'appui discret des Russes. Ceux-ci, au courant des problèmes de santé du scientifique, avaient proposé qu'il soit opéré à Moscou, mais les Iraniens n'avaient pas une confiance totale dans leurs hôpitaux. Ils n'avaient qu'un homme comme Ardechir Nassanpour, ils n'avaient pas envie de le perdre à cause d'une infection nosocomiale…

– Rien d'autre ? demanda Mahmoud Artesh.

– Rien, firent-ils en chœur.

Il n'avait plus qu'à régler le problème Maryam Nassiri.

***

La sonnerie du portable fit sursauter Malko. Il prit l'appareil où s'affichait l'heure : 7 h 54. C'était Brett Dakin.

– Je viens d'avoir la réponse d'Erbil concernant Reza Chafa.

– Ah bon ! fit Malko en bâillant.

Pourquoi le réveiller à huit heures du matin pour lui parler d'un mort ?

– La Station d'Erbil a eu un contact avec les *Moudjahidin Khalk* de Téhéran. Ils disent qu'il a été arrêté il y a deux mois par la Vevak et qu'il est au secret à la prison d'Evin, à Téhéran.

Malko en resta muet.

C'était incompréhensible. Si Reza Chafa l'avait rencontré à Vienne, c'était donc avec l'accord des Iraniens, ce qui expliquait que ceux-ci aient pu le retrouver facilement.

Par contre, il y avait quelque chose que *rien* n'expliquait. Pourquoi les Iraniens avaient-ils fait sortir de prison Reza Chafa pour que ce dernier vienne donner à Malko une information exacte – le nom d'emprunt d'Ardechir Nassanpour et le numéro de sa chambre à l'AKH – alors qu'ils avaient tout fait pour que les Américains ne l'obtiennent pas.

Assassinant Oswald Fisk et Fereydoun Davani.

Quelque chose ne collait pas. Quelque chose de vital, que Malko ne comprenait pas.

CHAPITRE XVI

– Je viens, dit Malko. Il faut qu'on fasse le point.

– OK, confirma Brett Dakin. Je vous invite pour le breakfast. Moi non plus, je ne comprends pas.

Malko fila sous sa douche. Maryam Nassiri dormait toujours et il ne la réveilla pas. Sous l'eau, il revécut la scène de la veille au soir. Le fracas de la détonation du Glock résonnait encore dans ses oreilles. Il ne comprenait pas pourquoi Arcady Soldatov ne l'avait pas abattu *avant* de violer Maryam Nassiri. Peut-être la combinaison d'une pulsion sexuelle déclenchée par la scène qu'il venait de découvrir et l'assurance que l'homme attaché sur le lit ne pouvait pas se libérer.

Si Malko n'avait pas pris la précaution d'avoir une cartouche dans la chambre de l'arme, Soldatov aurait eu dix fois le temps de l'abattre.

Lorsqu'il sortit de la salle de bains, Maryam Nassiri dormait toujours. Il se faufila hors de la chambre, réalisant qu'il devait d'abord aller récupérer sa Jaguar demeurée en stationnement devant chez la jeune Iranienne.

***

– Les gens de *l'Etta'alat* ne sont pas des zozos, dit Malko, après avoir vidé son premier expresso. Ils n'ont pas pu faire liquider deux personnes pour nous empêcher d'obtenir une information qu'ils nous apportent sur un plateau d'argent deux semaines plus tard. Ils ont sorti de prison Reza Chafa *spécialement* pour qu'il nous donne le nom d'emprunt d'Ardechir Nassanpour et le numéro de sa chambre. Donc, ils voulaient que nous ayons cette information.

– Que vous avez vérifiée, souligna Brett Dakin, assis de l'autre côté de la table basse.

Malko marqua un temps d'arrêt.

– Celle-là, je l'ai vérifiée, c'est exact. Mais c'est nous qui supposons que Fereydoun Davani voulait nous communiquer la même. Or, lui n'était pas manipulé par *Etta'alat*.

– Qu'est-ce que cela pouvait être ? interrogea l'Américain.

– À ce stade, avoua Malko, je n'en sais rien. C'est pourtant la clef de notre problème.

Brett Dakin eut un soupir découragé.

– De toute façon, avec la frilosité de Langley, nous ne sommes plus que des spectateurs. Cet enfoiré de Nassanpour va repartir tranquillement pour l'Iran sous notre nez.

– Il nous reste une carte à jouer, souligna Malko : Maryam Nassiri.

– Cette femme est un démon, siffla Brett Dakin. C'est elle qui a fait entrer ce tueur. Elle vous enfume.

Malko n'avait pas eu le temps de raconter au chef de Station ce qui s'était réellement passé la veille au soir, l'ayant quitté tout de suite après le commissariat. Il le fit et conclut :

– C'est ce que je pensais au départ. Mais ce tueur, je pense, avait *aussi* l'intention de la liquider. Sinon, il n'aurait pas voulu la violer. S'il avait été envoyé uniquement pour me tuer, avec la complicité de Maryam Nassiri, il ne se serait pas mal conduit avec elle.

Brett Dakin, incrédule, secoua la tête.

– Vous protégez cette fille.

– Non, fit sèchement Malko. Je suis presque certain que ce tueur avait reçu l'ordre de nous tuer tous les deux.

– Pourquoi *Etta'alat* liquiderait-il un de ses agents ?

– Parce qu'elle est devenue ma maîtresse, ce qui les inquiète.

Il ouvrit la bouche pour révéler à l'Américain que Maryam Nassiri avait avoué travailler avec *Etta'alat* et le meurtre d'Oswald Fisk, puis se dit que ce n'était pas le moment.

– À propos, demanda-t-il, vous en savez plus sur cet Arcady Soldatov ?

– Oui. On avait un dossier sur lui. C'est un FSB. Il a servi en Tchétchénie dans la section FSB de Grozny et il a commis pas mal d'atrocités. Ici, à Vienne, il donnait parfois un coup de main pour éliminer des adversaires du président pro-russe de Tchétchénie, Kamyrov, venu se planquer à Vienne.

« Sur ce coup, je pense qu'il ne travaillait pas pour le FSB, mais qu'il était en free-lance.

– Alors, qu'est-ce qu'on fait ?

– On essaie de trouver la vérité sur l'enfumage des Iraniens. Pourquoi voulaient-ils tellement que nous sachions le faux nom et le numéro de chambre d'Ardechir Nassanpour ?

Pour cela, je n'ai qu'un fil à tirer : Maryam Nassiri.

– Encore elle ! grommela le chef de Station.

– Nous n'avons pas le choix, conclut Malko. Elle est notre seule passerelle avec *Etta'alat*.

***

Maryam Nassiri mit la clef dans sa serrure, le cœur battant la chamade. Se retrouvant seule dans la chambre du Sacher, elle s'était habillée et avait décidé de retourner chez elle.

Elle pénétra dans la chambre. À part la grande tache sombre sur le tapis, il n'y avait aucune trace du drame. Juste une légère odeur de cordite. Les menottes étaient invisibles, remises dans leur tiroir avant l'arrivée de la police.

Le répondeur clignotait. Maryam Nassiri s'approcha de son téléphone et l'enclencha. Tout de suite, une voix d'homme s'éleva dans la pièce, demandant à Maryam Nassiri de se rendre au chantier de la Bauer Strasse à onze heures. Le message était arrivé à 8 h 10.

Ne sachant que faire, elle appela Malko et lui expliqua ce qui se passait : *l'Etta'alat* lui donnait rendez-vous à l'endroit habituel.

– Vas-y, conseilla Malko. À mon avis, tu ne risques rien. Où est le rendez-vous ?

Elle le lui dit et Malko enchaîna.

– Tu as une façon très simple de te mettre à l'abri. Dis-leur que tu as eu très peur, que tu veux repartir à Téhéran quelque temps. C'est tout ce qu'ils souhaitent : là-bas, ils peuvent te liquider tranquillement.

– Ils ne vont pas m'enlever ? Je sais qu'ils enlèvent des gens…

– Non, mais tu ne seras pas seule, je te le promets. Maintenant, je te laisse.

***

Maryam Nassiri pénétra chez Tiberius, la peur au ventre. Le fait de voir quelques clients la rassura un peu... Elle n'aperçut pas son contact et s'apprêtait à ressortir quand une voix fit derrière elle.

– *Ghanomeh* Nassiri !

Elle se retourna d'un bloc. L'Iranien habituel était là, avec son collier de barbe bien taillé, ses épaules trapues et ses oreilles décollées. Arborant un sourire qui lui parut gluant. Il ne semblait pas menaçant, en tous cas, et il était seul. Maryam se jura de ne le suivre nulle part. Ils se réfugièrent à droite de la boutique, dans un coin désert.

– Nous sommes très inquiets, dit l'Iranien à voix basse. Que s'est-il passé ?

Bien briefée par Malko, Maryam Nassiri déroula son récit.

– Je ne comprends pas, un homme a fait irruption dans mon appartement, une arme à la main.

« La personne qui était avec moi l'a vu. Il avait, lui aussi, une arme et il a tiré. Tout s'est passé très vite. Cet homme possédait la clef. Qui la lui a donnée ? Maintenant, j'ai peur, je ne veux plus rester à Vienne. Il faut que je me réfugie à Téhéran pour quelques temps. Vous pouvez m'aider ?

Les paroles de Maryam Nassiri étaient du miel pour Iradj Lak. Visiblement, la jeune femme ne se doutait pas de la vérité et de l'implication de ses « amis » iraniens dans cette tentative de meurtre.

L'Iranien la prit par le bras.

– Nous aurions dû vous prévenir. Comme nous vous protégeons en permanence, nous avons pu identifier avec qui vous étiez ce soir-là. Il s'agit d'un espion américain.

Maryam Nassiri objecta aussitôt.

– Mais il n'est pas américain, il est autrichien ! Il a un château.

– C'est exact, confirma Iradj Lak, mais il est *aussi* membre de la CIA et il a déjà causé, dans le passé, beaucoup de tort à la République Islamique d'Iran. C'est un homme dangereux. Nous avons voulu vous mettre en garde, mais vous ne nous avez pas écouté.

L'Iranienne demeurait silencieuse. Déçue. Elle avait la confirmation que l'homme dont elle était tombée amoureuse avait agi sur ordre. Elle comprenait désormais qu'il ne l'avait pas rencontrée par hasard.

Iradj Lak interpréta différemment sa réflexion.

– Je crois savoir ce qui s'est passé, dit-il. Cet homme, Malko Linge, a également un gros contentieux avec nos amis Russes. Ils ont profité de sa présence à Vienne pour tenter de le liquider. Sinon, il habite un château, dans le Burgerland qui est difficile d'accès.

« L'homme qui a voulu le tuer s'appelait Arcady Soldatov, c'était un tueur du FSB. Ce sont ses amis qui ont dû lui procurer une clef de votre appartement, pour vous surprendre. Ce n'est pas très difficile…

« Peut-être qu'il vous aurait tuée aussi, pour ne pas laisser de témoin…

« Si vous revoyez ce Malko Linge, soyez très prudente. Il est dangereux et les Américains vous soupçonnent d'avoir égorgé Oswald Fisk… C'est pour cela qu'on vous a envoyé celui-là.

Maryam Nassiri était de plus en plus déçue. Elle perdait à la fois un amant et un client… La voix d'Iradj Lak la fit sursauter.

– Quand voulez-vous partir à Téhéran ? Il y a des vols tous les jours.

De nouveau, une chape glaciale s'abattit sur elle. Malko Linge l'avait mise en garde : « Ils essaieront de te faire partir en Iran et tu ne reviendras jamais. »

Qui disait la vérité ?

Il fallait gagner du temps.

– Bientôt, affirma-t-elle, mais je dois terminer un chantier important ici, sinon, je perds beaucoup d'argent. Ensuite, avant d'aller à Téhéran, je dois m'arrêter à Dubaï. J'ai un gros client, là-bas, qui doit me faire décorer son *diwan*.

– Pas de problème, affirma Iradj Lak. Vous me donnez votre date de départ. En attendant, nous allons veiller sur vous, mais essayez de ne pas trop revoir cet homme : les Russes peuvent recommencer à vouloir le tuer.

– Je ferai attention, promit Maryam Nassiri.

Elle ressortit de la boutique, bouleversée, le cerveau en vrac. Qui disait la vérité ? Les Iraniens ou l'homme qui était devenu son amant et qui lui avait peut-être sauvé la vie ?

Elle ne savait plus que penser. Elle était tellement absorbée dans ses pensées que, revenue dans Mariahilfe Strasse, elle faillit emboutir un tramway, qui la salua d'un coup de timbre furieux.

***

Malko était garé sur la petite place, à l'entrée de Linden Gasse, à une vingtaine de mètres de Tiberius. Quand Maryam Nassiri ressortit du magasin, il put vérifier qu'elle n'était pas suivie lorsqu'elle monta dans sa Mini. Plusieurs clients étaient entrés dans le magasin, il ignorait qui elle avait rencontré.

Cependant, juste derrière elle, il vit sortir un homme de petite taille, une chemise sans cravate, une barbe finement taillée et des oreilles décollées. Il fit quelques pas dans Lindengasse et gagna une Opel mal garée, un peu plus loin, avec deux hommes à bord. Le véhicule démarra et tourna aussitôt dans Kirchen Gasse, rejoignant ensuite la circulation cahotique de Mariahilfe Strasse. Il n'avait plus qu'à les suivre.

Il se plaça derrière eux et releva d'abord le numéro : une plaque viennoise.

Ils contournèrent les Rings, franchirent le Donaukanal, pour gagner Praterstern, s'engageant ensuite dans Lassalle Strasse en direction du Reichsbrücke qui enjambait le Danube.

Il y avait assez de circulation pour que ses adversaires potentiels ne s'aperçoivent pas de la filature…

Ils arrivaient dans la Cité de l'ONU, un quartier administratif excentré, de l'autre côté du Danube, abritant des ambassades, l'AIEA et des bâtiments administratifs, à gauche de Weimaren Strasse.

Un peu plus loin, l'Opel tourna à gauche, dans une voie bucolique contournant la Cité des Nations Unies, Leopold Bernstein Strasse.

Cette fois, Malko fut sûr qu'il avait tapé juste. C'est là que se trouvait l'ambassade d'Iran, qui occupait deux étages de la tour Mishek.

D'ailleurs, l'Opel s'engouffra dans le parking souterrain de la tour et Malko continua son chemin, pour rattraper le Birgitnauer Brücke. Il avait hâte de retrouver Maryam Nassiri, désormais sa source. Ils s'étaient donné rendez-vous à la galerie OTTO.

Ainsi, il saurait ce que les Iraniens lui avaient dit.

CHAPITRE XVII

Nathan Zeevi regarda les murs blancs de sa chambre de l'*Allgemeine Krankenhaus Hospital*, dont l'unique fenêtre verrouillée, comme toutes celles du Service de Psychiatrie, donnait sur le Währinger Gürtel et son métro aérien. Heureusement qu'il y avait des doubles vitres, sinon, le vacarme aurait été insupportable.

Il s'assit sur son lit et commença à se déshabiller soigneusement, suspendant au fur et à mesure ses vêtements dans l'unique placard. Il ne garda que son caleçon et enfila une robe de chambre blanche siglée AKH. Depuis quelques heures, il était le patient de la chambre 108, du service du professeur Ziegler, responsable du département de Psychiatrie.

Il avait été hospitalisé à la demande de son ami, le professeur Israël Stern, Juif viennois. Né après l'holocauste, il était resté à Vienne car toute sa famille y avait vécu depuis le dix-neuvième siècle. Pourtant, les Viennois n'avaient pas été tendres avec les Juifs.

C'est un des pays qui avait le plus aidé à leur extermination. D'ailleurs, il y avait très peu de Juifs à Vienne, dont l'ambiance avait bien changé et le plus grand pont sur le Danube s'appelait toujours « Reichs Brücke ». Personne n'avait pensé à le débaptiser…

Nathan Zeevi alluma la télé. Heureusement qu'il était à la retraite et que son fils dirigeait son affaire de machines-outils. Il allait rester dans cet hôpital au moins une semaine. Parce que Nathan Zeevi était un *sayan* du Mossad. C'est-à-dire un « honorable correspondant ». Fervent défenseur d'Israël, il avait déjà rendu des « services », en sachant très bien ce qu'il faisait. Il s'agissait d'enquêter sur des gens susceptibles d'être des criminels de guerre ou liés à des ennemis d'Israël.

Le vieil homme ne disait jamais non. Tous les ans, il allait en Israël se recueillir au Yad Vachem, le musée du souvenir israélien, et lire les noms des membres de sa famille qui avaient péri dans l'Holocauste.

Il s'était juré qu'une telle chose ne devait jamais se reproduire.

Quelques jours plus tôt, son vieil ami, le professeur Israël Stern, l'avait invité à déjeuner au Café Landtman et, au moka, lui avait annoncé :

– J'ai reçu la visite de Jonathan, il a besoin de nous.

Jonathan, dont ce n'était pas le vrai prénom, était un *katza*, un officier traitant du Mossad, en poste à Vienne, chargé de recruter des *sayanim* pour donner un coup de main à l'Institut. Le Mossad étant un petit Service, il avait besoin d'aide extérieur et savait pouvoir compter sur la plupart des Juifs.

Bien que jamais rétribués, Israel Stern et Nathan Zeevi ne refusaient jamais aucun effort lorsqu'il s'agissait de la survie d'Israël.

Son ami lui avait expliqué ce dont il s'agissait. « On » avait besoin qu'il soit hospitalisé pour une dépression nerveuse à l'AKH. Israël Stern avait obtenu une chambre pour Nathan Zeevi. Il lui expliqua les symptômes dont il devrait se plaindre.

Voilà pourquoi Nathan Zeevi se retrouvait aujourd'hui dans cette austère chambre de l'AKH…

Ne sachant même pas ce qu'on allait lui demander.

Comme il n'y avait rien à la télé, il se plongea dans le Kurier.

Il lisait depuis une demi-heure lorsqu'un léger coup fut frappé à sa porte. Il cria d'entrer.

C'était une femme dans la cinquantaine, au visage plutôt ingrat, habillée à la viennoise. Elle tendit la main et dit en hébreu à Nathan Zeevi.

– Je suis votre cousine, Deborah.

Nathan Zeevi éprouva un petit pincement de cœur : il se trouvait devant un membre du Mossad, qui n'était pas sa cousine et ne prénommait pas Deborah. Avec un sourire, il répondit.

– Merci de votre visite. Je m'ennuyais un peu.

« Deborah » jeta un coup d'œil vers la porte puis tira de son sac un papier plié qu'elle posa sur le lit. C'était un plan de l'hôpital. Le vieux Juif remarqua tout de suite deux croix rouges tracées sur le plan. Deborah lui expliqua :

– Ici, c'est votre chambre. L'autre croix désigne une chambre où se trouve quelqu'un qui nous intéresse. Il faudrait que vous alliez traîner là-bas, sans vous faire repérer bien sûr, et noter tout ce que vous pouvez remarquer d'intéressant. Les locaux des infirmières, des médecins, les pièces de soins. Avec votre tenue, vous devriez pouvoir le faire facilement. Cependant, ce n'est pas le plus important.

« La chambre se trouve dans le service du Herr Professor Zepner, en neurologie. Il faudrait que vous repériez le trajet de votre chambre à cet endroit. Que vous le notiez sur ce plan qui ne doit jamais vous quitter. C'est *vital*.

« Ensuite, vous serez débriefé par quelqu'un qui vous demandera le plus de détails possibles.

« Vous avez compris ?

Nathan Zeevi se sentait bouffi d'orgueil. Il allait rendre un *vrai* service.

– Quand est-ce que je vous revois ? demanda-t-il.

– Je ne sais pas si c'est moi qui reviendrai, esquiva « Deborah » mais celui ou celle qui vous rendra visite se recommandera de moi. Vous pourrez avoir confiance.

« À propos, voilà le nom d'un des malades du Service du professeur Zepner : Axel Kellen. Il se trouve dans la chambre n° 302. Si on vous demandait ce que vous faites là-bas, vous pouvez dire que vous allez lui rendre visite, vous pouvez citer son nom.

– Mais je ne le connais pas, objecta Nathan Zeevi.

« Deborah » sourit.

– Les visites ne sont pas autorisées pour lui. Voilà, bonne guérison.

Elle repartit comme elle était venue et Nathan Zeevi enfouit dans sa poche le précieux plan. Dès que l'infirmière serait passée, il irait se promener dans l'immense hôpital.

***

« Deborah » sortit du service de psychiatrie et traversa pour gagner le bâtiment principal où se trouvait l'accueil. Une Opel noire stationnait en face, devant les taxis, avec un homme au volant. Elle y prit place et l'Opel gagna la sortie sur le Währinger Gürtel à travers le dédale des voies intérieures de l'hôpital. Satisfaite. Désormais, c'était sur elle que reposait le succès de l'opération destinée à éliminer Ardechir Nassanpour.

Le plan était simple : le jour choisi pour l'action, quatre *kidons* – trois hommes et une femme – pénétreraient dans l'AKH. Deux gagneraient directement la chambre de Nathan Zeevi. Après huit heures du soir, les visiteurs étaient supposés être partis et l'infirmière ne venait que si le patient hospitalisé appelait. Les *kidons* auraient tous des blouses d'infirmiers ou de médecins et pourraient donc circuler dans l'hôpital sans éveiller l'attention.

Ils se heurteraient au « premier cercle » de la protection iranienne d'Ardechir Nassanpour. Ceux-là devraient être éliminés. Cela ne pouvait pas être plus de deux personnes

Il resterait ensuite le garde, qui pouvait se trouver à l'intérieur de la chambre. Ce qui n'était même pas certain. Si tout se passait bien, ils seraient hors de l'hôpital en moins de trois minutes.

Quelques heures plus tard, tous auraient quitté l'Autriche, par avion, par la route ou par le train.

Mission accomplie.

Beaucoup de choses reposaient sur Nathan Zeevi, mais les *sayanim* s'étaient toujours montrés dignes de confiance.

À l'extérieur, une équipe de protection de quatre *kidons* couvrirait leur fuite. Avec le risque d'une interception. Évidemment, il restait le cas non-conforme : la police qui passe par hasard, la mauvaise rencontre dans les couloirs….

Les patients du professeur Zepner étant gravement atteints, il n'y avait heureusement guère d'animation le soir.

***

Assise sur un tabouret dans OTTO galerie, Maryam Nassiri tirait nerveusement sur sa cigarette. À l'intensité de son regard, Malko comprit qu'elle avait forcé sur la coke. Ses mains tremblaient légèrement.

Dès que Malko pénétra dans la galerie, la jeune Iranienne entraîna Malko au fond, loin de la vendeuse et fit à voix basse :

– Je l'ai vu.

– Qu'est-ce qu'il t'a dit ?

– Que c'est toi qu'on devait tuer. Les Russes qui te détestent. C'est vrai ?

– C'est vrai, mais ce ne sont pas les Russes qui ont voulu m'éliminer, précisa Malko. Ce sont tes amis iraniens.

Maryam Nassiri lui jeta un long regard et laissa tomber :

– Je ne sais pas qui ment, mais tu ne m'as pas draguée par hasard.

– C'est exact, reconnut Malko. La CIA m'a demandé d'enquêter sur la mort d'Oswald Fisk. Tu étais la première suspecte. Tu as dit à ton contact que tu voulais repartir en Iran ?

– Oui.

– Bien. De leur côté, ils ne bougeront pas. Maintenant, il reste un problème.

– Lequel ?

– Le meurtre d'Oswald Fisk. Je n'ai pas encore dit aux Américains que tu m'avais avoué ce meurtre, mais je vais être obligé de le faire.

Les pupilles de la jeune femme se rétrécirent.

– Qu'est-ce qui va se passer ?

– Je ne sais pas, avoua Malko. Mais les Américains ne laisseront pas passer. Ils peuvent demander aux Autrichiens de rouvrir leur enquête. Ils t'interrogeront à nouveau.

– Je nierai, affirma Maryam Nassiri.

– Cela ne suffira peut-être pas…

– Tu ne peux pas me protéger ?

– Non, avoua Malko, après une courte hésitation. Il s'agit d'un crime. Les Américains ne me pardonneraient jamais.

– Alors, je vais partir en Iran. Je ne veux pas aller en prison.

Autrement dit, elle se suicidait.

– Tout ce que je peux faire, dit-il, c'est obtenir l'impunité pour toi, tant que tu m'apporteras des informations sur *Etta'alat*.

– Je ne sais rien, laissa-t-elle tomber.

– Tu peux quand même, peut-être nous aider, dit Malko. Continue à vivre normalement, je vais réfléchir.

Ils se levèrent ensemble. Malko s'éloigna vers la porte de la galerie Otto, mais Maryam Nassiri ne bougea pas.

Malko s'éloigna à pieds dans Seiler Gasse.

Perturbé.

Maryam Nassiri avait assassiné un homme juste parce que le père de ce dernier était responsable de la mort de sa mère. Pas pour plaire à *Etta'alat*. Seulement, cela, c'était un langage que la CIA ne comprendrait pas. À ses yeux, elle avait assassiné un de ses officiers traitants et devait être châtiée.

Sévèrement.

Il ne pouvait pas mentir à Brett Dakin, trahir la confiance de la CIA.

D'un autre côté, cela lui serrait le cœur de laisser Maryam Nassiri repartir en Iran vers une mort certaine.

Il n'y avait plus qu'à prier pour que quelqu'un tranche ce nœud gordien.

***

Brett Dakin avait sa tête des mauvais jours. Il écouta sans un mot Malko lui faire le rapport de sa rencontre avec Maryam Nassiri, puis secoua la tête.

– Je vais rencontrer mon ami Haslinger, pour lui demander que le *Verfassungshutz* fasse pression auprès de la Kripo pour rouvrir le dossier Oswald Fisk. Je veux qu'il soit vengé.

« Vous vous trompez sur elle. En vous attachant sur ce lit, elle vous livrait à ce tueur payé par *Etta'alat*. Je vais faire en sorte que les Autrichiens mettent la pression pour découvrir la vérité.

– Inutile, laissa tomber Malko. Maryam Nassiri m'a avoué le meurtre d'Oswald Fisk. Ce n'est pas tout à fait ce que vous pensez.

CHAPITRE XVIII

Brett Dakin fixa Malko, interloqué.

– Qu'est-ce que vous voulez dire ?

Il fit à l'Américain le récit exact de la confession de Maryam Nassiri, en tentant d'expliquer la véritable motivation de Maryam Nassiri. Brett Dakin secoua la tête, pas convaincu.

– Cette fille vous ment. Elle l'a bel et bien tué, pour le compte de l'*Etta'alat*. Je vais demander aux Autrichiens de l'arrêter pour meurtre. Vous serez le témoin n° 1 puisque vous avez recueilli ses aveux.

– Brett, insista Malko, si elle avait agi pour *Etta'alat*, elle serait déjà sur un vol pour Téhéran.

Ils se toisèrent. Malko sentit que l'Américain n'était pas convaincu : un de ses agents avait été tué dans le cours de sa mission et quelqu'un devait payer.

– Attendez un peu, demanda-t-il. Maryam Nassiri est mon seul lien avec les Iraniens. Cela peut servir. Si nous n'arrivons pas à récupérer

Ardechir Nassanpour et lorsque nous saurons qu'il est retourné en Iran, vous ferez ce que vous voulez.

– Comment le saurons-nous ?

– Sa chambre sera libérée.

Il y eut un long silence, puis le chef de Station de la CIA dit d'une voix lasse.

– Il y a des moments où je ne vous comprends pas. Vous êtes un de nos plus brillants chefs de mission et vous vous laissez abuser avec une certaine naïveté. Décidément, je ne comprendrai jamais les Européens.

– Brett, dit Malko, consolez-vous. Si la police arrête Maryam Nassiri et la fait passer devant une cour d'assise, rien ne dit qu'elle soit condamnée. Elle reviendra sur ses aveux, et même mon témoignage ne suffira pas, car je travaille pour vous. Dégât collatéral, mon appartenance à la CIA sera révélée.

Brett Dakin sembla touché par les arguments de Malko.

– OK, on ne parle plus de cela pendant quelques jours, mais si Maryam Nassiri prend l'avion pour Téhéran, l'Agence ne vous le pardonnera jamais.

Autrement dit, il perdait son job…

– Je sais, dit Malko. Elle ne partira pas.

***

Nathan Zeevi arriva à l'entrée du couloir menant aux chambres réservées aux patients du professeur

Zepner, au deuxième étage du service de Neurologie. Là où Ardechir Nassanpour était hospitalisé dans la chambre 217, sous le nom de Gholam Afsaneh.

Le trajet depuis sa chambre était simple. Il devait longer le bâtiment 4A, puis celui de la Neurologie pour arriver à la porte de service et prendre l'ascenseur.

Il regarda le couloir devant lui : une infirmière poussait un chariot de pansements, deux autres entraient et sortaient des chambres, probablement pour prodiguer des soins. Puis il aperçut sur sa droite, dans une petite salle d'attente, deux hommes jeunes en train de lire un journal. L'un d'eux releva la tête, le regarda soigneusement, puis reprit sa lecture.

Visiblement, Nathan Zeevi, avec son peignoir blanc de l'hôpital, ne l'inquiétait pas.

Il s'engagea dans le couloir, le cœur battant, marchant à tous petits pas. Par miracle, les infirmières étaient toutes occupées à distribuer les repas, ouvrant à tour de rôle les portes des chambres. Nathan Zeevi ralentit. L'infirmière était en train d'ouvrir la porte de la chambre 215. Elle ressortit et poussa son chariot jusqu'à la 217, puis ouvrit la porte pour y déposer un plateau et la laissa entr'ouverte.

Nathan Zeevi passa devant, glissant un œil dans la chambre. L'infirmière lui tournait le dos. Il aperçut un homme sur un lit et une table de nuit où étaient empilés des livres et des revues.

Déjà, l'infirmière se retournait. Elle sourit à Nathan Zeevi et demanda.

– Vous cherchez quelqu'un, monsieur ?

Nathan Zeevi répondit aussitôt en lisant son papier :

– Oui, Herr Kellen, la chambre 302.

– Ah, ce n'est pas ici, répondit-elle, c'est l'étage au-dessus. Il y a un ascenseur au fond du couloir.

Nathan Zeevi repartit d'où il était venu. Quand il passa devant les deux Iraniens de la salle d'attente, l'un d'eux lui jeta seulement un regard distrait.

***

Malko et Maryam Nassiri dînaient au *Rote bar*. La jeune femme avait les traits tirés et ses mains tremblaient légèrement. Elle but d'un trait la coupe de champagne commandée par Malko et dit :

– J'ai l'impression d'être morte ! Tout cela est trop dur pour moi.

– Pourquoi as-tu tué cet homme ?

Maryam Nassiri soutint son regard.

– Je pensais à me venger depuis plus de vingt ans. Tous les jours, je regardais la photo de ma mère et je pleurais. C'est tellement injuste, c'était une femme bonne.

– Mais tu as fait le jeu d'*Etta'alat*, releva Malko. Eux, font la guerre à l'Amérique ; sans toi, ils ne seraient pas arrivés à tuer Oswald Fisk. Or, à leurs yeux, il devait mourir, pour éviter qu'il ne recueille une information essentielle.

– Laquelle ?

– Un scientifique iranien est hospitalisé au AKH. Ils ne savaient pas l'opérer à Téhéran. Oswald Fisk a été assassiné pour qu'il ne rencontre pas l'informateur qui devait lui apprendre sous quel nom et dans quelle chambre il se trouvait.

« Une information vitale pour les Américains. Qui donneraient n'importe quoi pour récupérer cet homme.

– Ils l'ont fait ?

– Non, dut avouer Malko, c'est trop difficile, cela ferait trop de morts.

– Donc, la mort d'Oswald n'a servi à rien à *Etta'alat*, conclut Maryam Nassiri. Simplement, elle m'a soulagée : je ne rêve plus d'un avion en feu toutes les nuits. Alors, si je dois payer, je paierai.

Elle semblait abattue. Sans coke. Malko en avait presque pitié, mais maintint sa position.

– Il m'est impossible de te couvrir, dit-il. J'en suis désolé.

– Je ne te demande rien, fit un peu sèchement Maryam Nassiri. Je ne regrette rien non plus.

Ils en étaient au « moka ». La jeune femme but le sien rapidement, puis releva la tête avec une expression de défi.

– Tu n'as rien à me demander ?

– Non, dit Malko. L'homme que tu as rencontré hier est ton seul contact avec *Etta'alat* ?

– À Vienne, oui.

– Tu n'as jamais été dans leurs locaux ?

– Non.

– Alors, pour le moment, ne fais rien. Je te rappellerai à la fin de la semaine.

Il demanda l'addition. Devant la réception, Maryam Nassiri eut une imperceptible hésitation, puis se pencha vers Malko et l'embrassa entre la joue et la commissure des lèvres.

– *Gute Nacht.*

Elle s'éloigna vers sa Mini, garée en stationnement interdit, Philarmonic Gasse.

*
* *

Brett Dakin s'installa au milieu des touristes à la terrasse du Café Central, au début de Herren Gasse, en plein centre de Vienne.

Il commanda un grand moka et se mit à contempler les fiacres qui débouchaient de la rue transversale pour gagner la Michaeler Platz, au cœur de la vieille ville. Une grande serveuse mafflue venait de lui apporter son moka, quand Arnold Haslinger apparut, venu à pieds du *Verfassungshutz*, qui se trouvait dans les locaux du Ministère de l'Intérieur, au 7 de Herren Gasse.

– *Grüss Gott*, lança-t-il, je suis heureux que vous soyez venu jusqu'à moi.

Le Café Central, à cause de sa proximité avec le Ministère de l'Intérieur, était le rendez-vous des policiers et des barbouzes, en cette saison, noyés par les touristes.

– J'ai un conseil à vous demander, dit l'Américain. Que buvez-vous ?

– *Moka. Kleine*. Que voulez-vous savoir ?

– J'ai désormais la preuve que Maryam Nassiri a assassiné Oswald Fisk. Je veux qu'on rouvre l'affaire.

Le policier autrichien écouta la récit de Brett Dakin sans l'interrompre. Il semblait soucieux. Lorsque l'Américain eut terminé, il alluma une cigarette et annonça d'un ton prudent :

– Cela me paraît difficile.

– Pourquoi ?

– L'affaire a été classée. Un suicide. Il faudrait rouvrir le dossier, nommer un juge qui accepte de faire une enquête. Vous me l'avez dit vous-même, Maryam Nassiri risque de revenir sur les aveux qu'elle a fait à votre agent Malko Linge.

« On va se retrouver au point de départ.

« En plus, ce ne serait pas bon pour vous. Tout le monde a beau savoir que la CIA opère en Autriche, cela découvrirait vos activités. Les médias vont s'emparer de l'affaire. Ni pour nous. En plus, si l'affaire allait à son terme, Maryam Nassiri risque d'être acquittée…

« C'est une voie que je ne vous conseille pas…

Brett Dakin dissimula sa déception et remarqua amèrement :

– Donc, je laisse le meurtre de mon agent impuni…

Arnold Haslinger fixa la tasse vide de son moka et dit d'un ton égal :

– Je n'ai pas dit cela. Mais la voie que vous m'indiquez ne me paraît pas la bonne.

– OK, je dois y aller.

Ils échangèrent une froide poignée de mains et Brett Dakin regarda le policier autrichien s'éloigner dans Herren Gasse, vers le grand immeuble blanc. Se disant qu'il lui avait tout simplement suggéré d'assassiner Maryam Nassiri.

Discrètement, bien entendu.

***

Malko tournait en rond. Il n'avait plus rien à faire à Vienne. Les Iraniens semblaient s'être volatilisés. Il eut soudain une idée et appela Brett Dakin.

– J'ai pensé à un plan B, dit-il. S'assurer de notre homme lorsqu'il quitte Vienne.

– Vous croyez que c'est possible ? demanda l'Américain, plein d'espoir.

– Je n'en sais rien, avoua Malko. Le seul qui puisse m'aider à préparer cette alternative, c'est

Elko Krisantem. Je vais donc retourner à Liezen le voir ; de toute façon, je peux revenir en deux heures.

– Allez-y, conclut le chef de Station. Je n'en parle pas encore à Langley tant qu'on n'a rien de concret. Inutile de leur donner de faux espoirs…

Moralement, Malko était déjà au volant de sa Jaguar. Il avait surtout envie de se réconcilier avec Alexandra.

***

Les yeux d'Alexandra ressemblaient à des opales : de couleur changeante. Au fur et à mesure que le récit de Malko avançait, leur expression se modifiait, sans vraiment s'adoucir.

– Quand tu as baisé cette pétasse, tu ne pensais pas à la CIA, remarqua-t-elle.

Elle le connaissait.

Malko, la sentant faiblir, posa une main sur sa cuisse et osa :

– Je pensais à toi.

C'était énorme. Alexandra retint visiblement un ricanement, mais elle ne retira pas la main posée sur sa cuisse.

Profitant de son avantage, Malko insista d'une voix ironique :

– Je suppose que le baron Dieter ne s'est pas contenté de te tenir la main, l'autre soir ? demanda-t-il.

Alexandra lui expédia un regard glacial et laissa tomber :

– Je lui ai tenu la queue, c'est tout ! Il était comme un chien en chaleur. Répugnant. Il s'est fait jouir tout seul.

Cette vision enflamma Malko. La main posée sur la cuisse d'Alexandra remonta, atteignant la culotte.

– J'ai envie de toi ! dit Malko.

La jeune femme se recula légèrement.

– Fais-toi d'abord faire un test du Sida. Je suis sûre que cette *kramme* [1] couche avec tout le monde. Si tu es sain, on verra.

Elle se leva et quitta la bibliothèque.

Malgré sa frustration, Malko se servit une vodka : il était pardonné.

***

Gad Livni émergea de son taxi et entra dans le bâtiment principal de l'AKH, s'appuyant sur une canne pour marcher. Avec un grand naturel ; pourtant, cet ancien membre du *Sayet Mektal*, l'unité d'élite de l'armée israélienne, était considéré comme un des membres les mieux entraînés physiquement des *kidons*.

Vêtu d'un blouson et d'un jean, il avait accroché dans son dos un petit sac, qui contenait une blouse

1. Pétasse.

blanche, un pistolet Hi-Standard, de calibre .22, tirant des cartouches à faible charge, ce qui, combiné au silencieux équipant le Hi-Standard, rendait les détonations presque inaudibles…

En plus, il avait également deux grenades éblouissantes, afin de décourager d'éventuels poursuivants.

Il avait appris par cœur le plan de l'hôpital. Il s'assit sagement dans le grand hall. Il était encore un peu tôt pour gagner la chambre de Nathan Zeevi.

L'opération « Yahalom » [1] était lancée.

1. Diamant.

CHAPITRE XIX

Gad Livni traversa la salle d'attente du service de Psychiatrie. Une vieille femme, qui ne semblait pas avoir toute sa raison, marmonnait toute seule sur un banc. Avant de venir repérer une nouvelle fois le trajet qu'il devait suivre pour gagner le service où était hospitalisé Ardechir Nassanpour.

Il attendit que l'infirmière, chargée d'administrer les médicaments du soir, soit rentrée dans son local, pour se lever et gagner d'un pas rapide la chambre de Nathan Zeevi.

Celui-ci était en train de regarder la télé. Gad Livni lui adressa un sourire chaleureux et dit simplement :

– Je suis le premier.

Il alla s'installer dans la salle de bain. Là, il ouvrit son sac, y prit son pistolet, le silencieux et les assembla. Il était parfaitement calme, se disant qu'il allait rendre service à l'État d'Israël. Avant leur départ, les *kidons* avaient été briefés par le Premier ministre lui-même, qui leur avait expliqué qu'ils n'allaient pas commettre un meurtre, mais exécuter une sentence émise par le gouvernement d'Israël. Liquider un homme qu'on ne pouvait neutraliser autrement et qui menaçait les intérêts vitaux d'Israël.

Il regarda sa montre : neuf heures. L'action était prévue à dix heures.

Il entendit la porte de la chambre s'ouvrir et se raidit.

***

Tsipi Dan, qui avait fait des études de médecine avant de rejoindre le Mossad, avait été sélectionnée pour son sang-froid et son courage. Très jeune, à vingt-deux ans, elle avait participé à l'élimination de plusieurs terroristes palestiniens, à Paris et à Rome.

Ce soir, elle était restée le plus longtemps possible dans la chapelle de l'AKH, afin de ne pas se montrer. Avant de monter rejoindre Gad Livni, elle avait appelé un troisième *kidon,* Yitzhak Meir, qui se trouvait à l'extérieur du bâtiment, dans la zone de déchargement des camions.

Elle sortit de l'ascenseur et inspecta le couloir désert, constatant la présence d'une infirmière dans le local des soins. Rapidement, elle prit dans un petit sac à dos, une blouse blanche et un stéthoscope, qu'elle plaça autour de son cou. Ensuite, laissant le sac dans les toilettes qui, la nuit, n'étaient utilisées par personne, étant réservées aux visiteurs du jour, elle gagna le couloir et s'y engagea d'un pas ferme.

Sa blouse indiquait : DK Lanzman.

Lorsqu'elle passa devant le local éclairé, l'infirmière lui tournait le dos, en train de remplir des papiers. D'ailleurs, elle allait rester là toute la nuit : certains patients réclamant une surveillance constante.

Tsipi Dan poussa doucement la porte de la chambre de Nathan Zeevi. Le vieil homme avait cessé de regarder la télé. Il était trop excité pour s'intéresser à un feuilleton débile. Dès que l'Israélienne fut entrée, il tendit le bras vers la salle de bains et dit à voix basse.

– Il est là !

Les deux *kidons* se retrouvèrent. Aussitôt Gad Livni tendit à sa collègue la seringue pleine de levapantonyl, un somnifère cent fois plus puissant que la morphine. C'était elle qui devait l'utiliser, si c'était possible.

Ils s'assirent sur le sol carrelé de la salle de bains, après avoir vérifié le timing et enfilé sous leur blouse blanche des gilets pare-balles GK souples. Encore une demi-heure.

***

Shamir Nir était dissimulé dans l'ombre d'un couloir éteint, au rez-de-chaussée du bâtiment de

Neurologie. À partir de cinq heures, il n'y avait plus personne, car il desservait les cabinets des consultations ambulatoires.

Par contre, de là, on surveillait l'escalier et l'ascenseur.

Il était en place depuis près de deux heures, son pistolet Hi-Standard glissé dans la ceinture, invisible sous sa veste. Son rôle était simple : protéger la fuite des deux *kidons* qui allaient frapper, deux étages plus haut. Ensuite, il se replierait à son tour. Yitzhak Meir devait le rejoindre, arrivant sur les talons des deux autres.

Il y eut des pas dans l'escalier. L'Israélien aperçut la silhouette d'une infirmière qui partait, ayant fini son service.

Ensuite, le silence retomba.

Il restait dix minutes à attendre.

***

« Deborah », la patronne de l'équipe « Nevioth », surveillait à partir d'une voiture, garée devant le bâtiment principal de l'AKH, celle des agents iraniens garée sur l'emplacement des ambulances, le long du Service de Neurologie, avec des jumelles de vision nocturne. Ses « cibles » ne pouvaient la repérer en aucune façon.

Son rôle était double. Si elle voyait les deux Iraniens en planque sortir de leur voiture, elle et deux *kidons* qui l'accompagnaient, les élimineraient. Tous deux étaient des tireurs d'élite, certains de pouvoir atteindre un homme en train de courir à près de trente mètres. Leurs armes, munies de silencieux, n'alerteraient personne.

« Deborah » réprima un sursaut. Son portable se mettait à vibrer. Elle répondit.

– On y va ! annonça la voix neutre de Gad Livni.

Elle coupa et se tourna vers les deux *kidons*.

– Ils y vont.

Il était dix heures moins cinq.

*
* *

Shamir Nir entendit des pas à l'extérieur du bâtiment et se raidit. Il avança un peu la tête, dissimulé dans la pénombre, et aperçut deux silhouettes en blanc qui s'engageaient dans l'escalier. Sa montre indiquait dix heures et trois minutes.

C'était eux.

Il arma doucement son pistolet, reculant la culasse avec douceur de façon à ne pas produire un claquement métallique trop important.

Ensuite, il resta debout dans l'obscurité, l'arme pendant le long du corps. Il n'avait plus qu'à patienter.

Il avait l'ordre d'attendre trois minutes après le passage de ses collègues, au retour. S'il entendait des coup de feu, il devait gagner quatre à quatre le second étage et aviser.

***

Gad Livni et Tsipi Dan émergèrent de l'escalier au second étage, sans avoir croisé personne. D'un coup d'œil, ils photographièrent la scène. Un jeune homme semblait somnoler dans un des fauteuils de la salle d'attente.

Il leva la tête en entendant leurs pas.

Ils avançaient de concert, en direction du couloir, en blouse blanche. Un médecin accompagné d'une infirmière.

Cependant, l'Iranien se leva. Personne ne venait jamais dans ce service la nuit, sauf une ambulance amenant une urgence. Il n'eut pas le temps de faire grand-chose. D'un geste naturel, Gad Livni venait de tirer deux fois.

Les deux projectiles firent mouche, touchant l'Iranien à la tête et au cou.

Il retomba comme une masse dans son siège en plastique. Cependant, le double « plouf » avait alerté l'homme assis sur un banc, en face de la chambre d'Ardechir Nassanpour. Il se leva brusquement. Le couple en blouse blanche avançait dans sa direction. La femme adressa un petit signe amical à l'infirmière de garde. Ils semblaient parfaitement innocents.

Ils n'étaient plus qu'à quelques mètres de l'Iranien. Celui-ci les entendit bavarder à voix basse en allemand. Ce qui le rassura.

Pourtant, il garda la main sur la crosse de son arme : il n'y avait jamais de passage à cette heure-là. La femme tourna la tête vers lui avec un sourire.

– *Gute Nacht !*

L'Iranien répondit automatiquement. Concentré sur la femme en blouse blanche arborant un macaron de médecin, il ne vit pas Gad Livni lever le bras gauche et viser sa tête.

Il reçut le projectile en plein front et tomba en arrière, ébranlant la porte de la chambre.

Déjà, Tsipi Dan l'ouvrait à toute volée.

Un homme de type oriental était allongé sur le lit, apparemment endormi.

Tsipi Dan, avec Gad Livni dans son dos, s'avança, sa seringue à la main.

Au même moment, un homme allongé sur un matelas posé à même le sol, de l'autre côté du lit, se dressa, un gros pistolet automatique noir à la main.

***

L'infirmière Hildegarde Mühlen entendit un grand bruit dans le couloir et sortit immédiatement de son local.

Elle aperçut un corps inanimé, allongé sur le sol, en face de la porte de la chambre 217. L'homme qui passait toute la nuit à veiller sur le patient de la chambre. Elle se précipita dans le couloir et entendit une violente détonation, venant de la chambre 217.

N'écoutant que son courage, elle continua, au lieu de retourner appeler au secours.

*
* *

Tsipi Dan reçut le projectile en pleine tête, juste à la racine du nez. Lâchant aussitôt la seringue contenant le levapentanyl, un poison qui entraînait une paralysie des muscles en moins d'une minute.

La jeune Israélienne tomba à terre, lâchant sa seringue qui se brisa sur le carrelage.

L'homme qui veillait sur Ardechir Nassanpour s'était dressé, arme au poing. Il n'eut pas le temps de s'en servir une deuxième fois. Gad Livni venait de surgir derrière la jeune femme, son Hi-Standard au poing. Il tira quatre fois, en rafale, comme on le lui avait appris à l'entraînement.

L'Iranien reçut les quatre balles dans la tête, dans le cou et dans la poitrine et retomba sur son matelas.

Derrière le *kidon*, une voix aiguë se mit à crier en allemand.

Tétanisée sur le pas de la porte, l'infirmière de nuit hurlait de terreur.

Gad Livni n'avait pas beaucoup de temps. Il s'approcha encore et vida les trois dernières balles de son chargeur dans la tête d'Ardechir Nassanpour en train de se réveiller.

Ensuite, il se pencha sur Tsipi Dan et posa le pouce sur une de ses carotides. Même sans cet examen succinct, il savait, à ses yeux vitreux, qu'elle avait cessé de vivre… Impossible de l'emporter.

Il se retourna et fit face à l'infirmière, la menaçant de son pistolet vide.

– *Ruhe* ! lança-t-il. *Weck*[1] !

Pétrifiée devant le long canon, Hildegarde Mühlen ne réagit pas. Elle ne s'était jamais trouvée dans une situation semblable.

Gad Livni l'écarta brutalement et elle ne chercha même pas à le retenir. Elle ne retrouva la voix qu'en le voyant disparaître dans l'escalier, et se mit à hurler :

– *Polizei* ! *Polizei* !

* * *

Gad Lidvi dévalait l'escalier lorsqu'il se heurta presque à Shamir Nir, arme au poing. Gad Livni lui lança :

1. Silence ! Fichez le camp !

– Vite, on file !

Tout en le suivant, Shamir Nir demanda :

– Où est Tsipi ?

– Morte, fit le *kidon*. Ce salaud l'a abattue.

Ils émergèrent à l'extérieur du bâtiment de Neurologie. Voyant courir ces trois hommes, les Iraniens en planque sur le stationnement des ambulances, jaillirent de leur voiture. Posément, Shamir Nir les ajusta. Il y eut une série de « plouf » imperceptibles et les deux hommes s'effondrèrent.

Les trois Israéliens couraient déjà vers la voiture de « Deborah ».

À peine s'y étaient-ils engouffrés qu'elle démarra, tournant autour de l'esplanade herbeuse, en face du bâtiment principal et filant vers la sortie sur le Währinger Gürtel. Ils grillèrent le feu rouge, mais il n'y avait personne sur la chaussée.

Cinq minutes plus tard, ils rejoignaient le croisement avec Währinger strasse. Une Mercedes attendait, tous feux éteints. Les quatre Israéliens sautèrent dedans et elle démarra aussitôt.

– Où est Tsipi ? demanda aussitôt le conducteur de la Mercedes.

– Elle est restée là-bas, répondit Gad Livni. Un des types l'a abattue.

Sans se concerter, les cinq occupants de la Mercedes se mirent à réciter à mi-voix le *kaddish*, la prière des morts. Tout ce qu'ils pouvaient faire pour la *kidon* qui venait de tomber pour la défense d'Israël.

Au moins, Ardechir Nassanpour ne retournerait pas en Iran faire tourner ses centrifugeuses.

CHAPITRE XX

– Ils ont réussi !

Tamir Pardo, le nouveau patron du Mossad, apostropha le Premier ministre, Benjamin Netanyahu, la voix vibrante de satisfaction.

– Bravo ! approuva le Premier ministre. Tout s'est bien passé ?

– Non. Nous avons perdu quelqu'un. Tsipi Dan. Elle a été abattue par un des gardes d'Ardechir Nassanpour.

– Il n'y avait rien à faire pour la sauver ?

En Israël, la vie humaine était plus précieuse que tout.

– Non, répliqua Tamir Pardo. Elle a été tuée sur le coup et nous n'avions pas la possibilité d'emporter son corps.

La nouvelle assombrissait la joie des deux hommes. C'était très rare qu'un *kidon* soit tué en cours d'opération. Certains avaient été arrêtés, puis relâchés quelques mois plus tard après de laborieuses tractations secrètes.

Devinant la peine du Premier ministre, Tamir Pardo ajouta :

– Il fallait le faire ! La mort d'Ardechir Nassanpour va désorganiser pour plusieurs mois la production d'uranium enrichi de l'Iran.

– Je sais, reconnut le Premier ministre, mais une vie israélienne est précieuse comme un diamant.

Pour le réconforter, Tamir Pardo précisa :

– Tout le reste de l'équipe a pu quitter le pays. Ils sont aujourd'hui en sûreté.

– On ne peut pas identifier Tsipi Dan ?

– Non. Elle n'avait aucun papier sur elle et l'examen de ses vêtements ne donnera rien : ils ont été achetés à Londres. Nous allons négocier discrètement avec le gouvernement autrichien le retour de son corps. Cela prendra quelques jours.

– Que Dieu vous entende ! fit le Premier ministre. Maintenant, je regrette presque d'avoir ordonné cette opération.

***

Malko ne quittait pas la télé des yeux. Il avait été averti par Ilse, la cuisinière, qui gardait la télé allumée toute la journée, qu'une attaque avait eu lieu au *Allgemeine Krankenhaus* de Vienne. Il y avait sept morts, dont l'un des patients de l'hôpital.

Depuis, les deux chaînes ne parlaient que de cela. Avec l'interview d'Hildegarde Mühler, l'infirmière, qui avait assisté au meurtre, et répétait inlassablement les mêmes choses.

Son téléphone sonna alors qu'on montrait une forme humaine cachée sous un drap : la femme abattue par un des gardes du « patient ». Le présentateur précisait que le mort était un haut dignitaire iranien.

– Vous êtes au courant ? demanda la voix altérée de Brett Dakin.

– Évidemment ! fit Malko. Ce sont forcément les Israéliens. Ils ont réussi ce que vous aviez en vue.

– Non, on ne voulait pas le tuer, protesta l'Américain. Je n'aurais jamais donné l'autorisation de mener ce genre d'opération.

Trop de dommages collatéraux.

– Enfin, conclut Malko, les *Schlomos* ont éliminé l'homme des centrifugeuses. Cela va affaiblir les Iraniens. Que disent les Autrichiens ?

– Je leur ai parlé tout à l'heure, dit l'Américain. Ils prétendent ne pas être certains de la culpabilité des Israéliens…

– Toujours prudents, remarqua Malko.

– S'ils font une enquête sérieuse, ils vont être fixés très vite, conclut le chef de Station de la CIA. La femme abattue faisait partie du commando.

– L'enquête ne mènera nulle part ! assura Malko.

« Que disent les Iraniens ?

– Leur ambassade a publié un communiqué dénonçant le meurtre d'un innocent citoyen iranien par des criminels israéliens. Sans fournir de preuve, évidemment. L'Ambassade d'Israël a répondu six heures plus tard, certifiant que les assertions iraniennes étaient un mensonge grossier et qu'Israël n'avait rien à voir avec cette affaire.

– Nous sommes dans le classique ! conclut Malko. Voilà un dossier qui se ferme.

– Pas comme nous aurions aimé, remarqua tristement le chef de Station de la CIA. Ce Nassanpour aurait pu être une « source » fantastique, si on l'avait récupéré.

– À moins de faire tourner les tables, je ne vois pas le moyen de rattraper le coup, fit Malko avec ironie. Il reste maintenant le problème Maryam Nassiri. Que comptez-vous faire ?

– J'ai soumis le cas à Langley. J'attends leurs instructions.

Malko raccrocha et coupa un peu plus tard la télé. Il n'y avait rien à apprendre de plus. Une fois encore, les Israéliens avaient pris tout le monde de court. Il avait dû falloir une sacrée préparation pour mener une action pareille.

***

Vingt-quatre heures s'étaient écoulées. Brett Dakin venait d'arriver à son bureau. Sa secrétaire lui remit une liasse de photos noir et blanc : celles du mort, communiquées, à sa demande, par la police viennoise, sur instruction du *Verfassungshutz*. Ardechir Nassanpour, hospitalisé sous le nom de Gholam Afsaneh, avait été photographié sous toutes les coutures, à la morgue.

Le chef de Station y jeta un coup d'œil distrait : il ne connaissait pas physiquement l'Iranien et confia les photos à une de ses assistantes, pour qu'elles soient transmises à Langley, par mail.

Ensuite, il se versa discrètement une rasade de Chivas Regal et la but pratiquement d'un coup : il en avait besoin. Sa carrière n'allait sûrement pas tendre vers le zénith après une histoire pareille. Quelqu'un, à Langley, l'accuserait forcément de négligence. Il risquait de se retrouver au Groenland pour son prochain poste ou dans un obscur bureau du G.O.B. [1] à Langley, à tailler des crayons.

La vie était injuste.

***

Alexandra et Malko dînaient en tête à tête dans la salle à manger du château de Liezen. Comme c'était l'ouverture de la chasse, Ilse avait mitonné un faisan farci au foie gras, qui n'était pas léger, léger, mais que la fiancée de Malko semblait particulièrement apprécier. Comme toutes les femmes vraiment sensuelles, elle aimait bien manger.

1. Great Old Building.

C'était, depuis l'incident du *Schloss* Leuchtenberg, pratiquement la première fois qu'ils se retrouvaient en tête à tête, sans tension. Au coin de la grande table de marbre, qui pouvait accueillir une quinzaine d'invités.

– Tu es très belle ! remarqua Malko.

« Sincèrement.

Alexandra arborait une veste de tailleur ouverte sur ce qui semblait être un bustier de satin blanc moulant ses seins magnifiques. Comme le bustier était un peu court, deux pointes brunes en jaillissaient régulièrement.

La jupe était assez moulante pour souligner la croupe callipyge de la fiancée de Malko, mais s'évasant ensuite, ce qui donnait la possibilité de la relever.

Une tenue de réconciliation.

Ils venaient de terminer l'*apfel strudel* préparé aussi par Ilse.

– Le café est servi dans la bibliothèque, annonça la cuisinière, *Eure Hoheit*.

Elko Krisantem était de sortie et Ilse n'avait plus qu'une idée, aller reposer ses vieux os.

Malko se leva de table et alla repousser la chaise d'Alexandra. Ils se retrouvèrent face à face dans la lumière douce des chandeliers et s'immobilisèrent. Le regard de la jeune femme était impénétrable. Quand Malko posa une main sur ses hanches, elle ne bougea pas. Il réalisa soudain qu'elle arborait une de ses « tenues de combat », celle qu'elle mettait lorsqu'elle voulait faire tomber les hommes comme des mouches…

La jupe se terminait sur des bas noirs et des escarpins qui la grandissaient encore.

– Tu es particulièrement belle, ce soir, répéta Malko.

Dans un geste habituel, il laissa sa main glisser le long de la hanche jusqu'à la cuisse et sentit une brutale poussée d'adrénaline gonfler les parois de ses artères. Ses doigts avaient effleuré le serpent d'une jarretelle…

Un clair signal érotique.

Lui échappant, elle virevolta, faisant danser le bas de sa jupe et permettant à Malko de découvrir les bas à couture qu'elle avait déjà mis pour leur soirée au schloss Leuchtenberg.

– On va à la bibliothèque, suggéra Alexandra.

– Attends ! dit Malko.

Il s'était rapproché d'elle et avait passé la main autour de sa taille. Alexandra dit simplement :

– Tu veux prendre ton dessert ici…

Sans attendre la réponse, elle passa une main derrière son dos et Malko entendit le crissement d'un zip. Quelques secondes plus tard, la jupe tombait doucement sur le parquet en marqueterie, découvrant ce que Malko avait pris pour un bustier et qui était en fait une guêpière, à laquelle étaient accrochés les bas à couture.

Sans un mot, Malko plaqua la jeune femme contre le rebord de marbre de la table. À travers sa culotte, il commença à caresser Alexandra. Celle-ci réagit vite, sa main partit vers le sexe de Malko et fit ce qu'il fallait pour qu'il ne tienne plus à l'aise dans son pantalon d'alpaga.

Ils ne dirent pas un mot, plongés dans leur récréation érotique.

Malko suivit des doigts la couture d'un bas, puis fit glisser la culotte passée au-dessus de la guêpière. Le ventre nu, Alexandra posa un de ses escarpins sur la chaise voisine, se découvrant encore plus.

Ce qui excita encore plus Malko. Profitant de la position de la jeune femme, il avança un peu, positionna son membre raidi à l'entrée du ventre de la jeune femme et donna un puissant coup de reins, s'enfonçant verticalement en elle.

C'était bon comme un rayon de soleil.

Il s'enfonça aussi loin qu'il le put et demeura immobile, abuté en elle.

– Enfonce ! Enfonce ! râla Alexandra…

Elle se frottait contre lui et elle émit un petit cri. Ce qui acheva de rendre fou Malko. Sans se retirer, il repoussa la jeune femme en arrière, jusqu'à ce qu'elle s'étende à plat dos sur la table.

Il n'eut qu'à la soulever par les cuisses pour qu'elle dresse les jambes vers le plafond, le sexe de Malko au fond de son ventre.

La guêpière avait glissé, découvrant les longues pointes brunes de ses seins. Malko s'allongea sur la jeune femme et les saisit, les tordant violemment. Il savait ce qu'il faisait : Alexandra adorait qu'on lui maltraite les seins, lorsqu'elle était particulièrement excitée.

Accroché à ses seins, Malko donnait de violents coups de reins, s'enfonçant dans un ventre qui n'était plus qu'un pot de miel.

Les jambes dressées à la verticale retombèrent sur ses épaules. Il sentait le nylon crisser contre son visage. Il donna un furieux coup de reins et Alexandra eut un sursaut de tout son corps. Comme si elle était électrocutée.

Ses jambes se resserrèrent autour du visage de Malko et elle arracha les mains qui torturaient ses seins.

– Arrête ! C'est trop fort !

Malko, abuté en elle, était en train de se vider dans ce ventre accueillant.

Lorsqu'il eut joui, ils restèrent ainsi, imbriqués l'un dans l'autre, le souffle court.

C'est à ce moment que le portable de Malko sonna.

***

– Malko ?

Il reconnut à peine la voix de Brett Dakin, tant elle était bouleversée.

– Oui, fit Malko.

Étonné que le chef de Station de la CIA lui téléphone à dix heures du soir.

– On a une énorme merde, annonça l'Américain. Il faut que vous reveniez.

– Avec Maryam Nassiri ? demanda Malko.

– Non. C'est beaucoup plus grave. Les Iraniens ont baisé les Israéliens.

– C'est-à-dire ?

– Je viens de recevoir de Langley tout un jeu de photos d'Ardechir Nassanpour, prises en Iran, lors de ses déplacements.

– Et alors ?

– Le patient de l'AKH abattu par les Israéliens n'est *pas* Ardechir Nassanpour.

CHAPITRE XXI

Penchés sur les photos étalées sur le bureau du chef de Station, Malko et Brett Dakin comparaient les clichés. Il n'y avait aucun doute : l'Iranien abattu par les Israéliens n'était pas Ardechir Nassanpour, le scientifique dont la CIA possédait des photos.

Il y avait bien dix ans d'écart entre les deux hommes et les traits du visage ne correspondaient absolument pas...

– Les Israéliens se sont fait baiser ! conclut Malko. Vous leur avez parlé ?

– Non.

– Vous savez comment ils ont appris la présence du faux Nassanpour à l'AKH ?

– Oui. Langley me l'a dit et c'est notre Station de Tel-Aviv qui a transmis l'information que nous avons eue par les *Moudjahidin Khalk*. Selon des accords de coopération.

– Information bidon, remarqua Malko.

– J'ai envoyé un message à notre Station d'Erbil, annonça l'Américain, qu'on essaie d'en avoir le cœur net. Ils sont en contact permanent avec les *Moudjahidin Khalk* qui opèrent à Téhéran.

– Espérons qu'ils vont répondre, soupira Malko. Parce qu'il y a encore beaucoup de points non éclaircis dans cette affaire.

– À commencer par la raison pour laquelle Oswald Fisk et Fereydoun Davani ont été assassinés. En ce qui concerne Reza Chafa, je comprends mieux. Les Iraniens voulaient que nous soyons persuadés de leur mise en scène.

La nuit tombait et la plupart des employés de l'ambassade américaine étaient partis. À cause du décalage horaire, Brett Dakin venait juste de recevoir les éléments du dossier Nassanpour de Langley.

L'Américain abandonna son bureau et alla prendre une bouteille de Chivas Regal dans son bar, s'excusant auprès de Malko.

– Je n'ai pas de vodka. Vous voulez un Scotch ?

Malko déclina poliment Il avait des principes. Les deux hommes s'installèrent de part et d'autre de la table basse et Brett Dakin lança :

– Que pensez-vous de tout cela ?

– Les Iraniens n'ont pas monté cette manip uniquement pour tendre un piège aux Israéliens. D'abord, ils ignoraient si ceux-ci savaient qu'Ardechir Nassanpour était censé être à Vienne.

Donc, il n'y a qu'une conclusion possible : l'homme qui a été abattu par les Israéliens était un « leurre ».

– C'est-à-dire ?

– Ce n'est qu'une supposition, mais imaginons qu'une partie de l'information communiquée par les *Moudjahidin Khalk* soit exacte. Qu'Ardechir Nassanpour, le scientifique, ait dû venir se faire soigner à Vienne. Ils savaient courir un risque en le faisant sortir d'Iran. Les Israéliens arrivent à assassiner les scientifiques iraniens *en Iran*, alors, en Autriche, le risque est démultiplié. Donc, ils ont décidé d'utiliser un faux *Ardechir Nassanpour*. Peut-être même ont-ils eux-mêmes communiqué une fausse information aux *Moudjahidin Khalk*.

« Afin d'attirer leurs adversaires sur une fausse piste.

– Et où serait alors le vrai Ardechir Nassanpour ?

– Je n'en sais rien, avoua Malko, mais je pencherais pour Vienne. C'est pratique pour eux, ils y sont bien implantés, et il y a des vols tous les jours pour l'Iran.

Le chef de Station de la CIA semblait accablé. Pourtant, les paroles de Malko le fouettèrent.

– Vous voulez dire qu'il y aurait encore une chance de mettre la main sur le véritable Ardechir Nassanpour ?

Malko doucha son enthousiasme.

– Il faudrait d'abord le trouver. En admettant que mon hypothèse soit exacte. Mais quelque chose me dit qu'il n'y a pas de fumée sans feu. S'ils ont monté ce leurre, c'est pour nous détourner de la vérité.

Un ange passa, en se tordant de rire.

Les Israéliens devaient savoir maintenant qu'ils avaient perdu un agent pour rien.

– Qu'est-ce qu'on fait ? demanda Brett Dakin.

Il avait terminé son Scotch et venait de s'en resservir un autre.

– Ardechir Nassanpour n'est pas forcément à Vienne, remarqua Malko. Il peut se trouver dans une autre ville européenne. C'est le premier problème.

« Je vais réactiver Elko Krisantem pour savoir si son copain peut apprendre quelque chose à partir de Schwechat. Nous ignorons même comment le véritable Ardechir Nassanpour est arrivé : sur une civière, ou voyageant normalement. C'est le premier point à éclaircir.

– Et Maryam Nassiri ? Elle peut nous aider ?

Malko fit la moue.

– Je pense que les Iraniens n'ont pas assez confiance en elle pour lui parler d'une opération aussi secrète, mais je vais la réactiver.

– Vous ne bougez plus de Vienne, intima l'Américain. On ne dit rien aux Israéliens.

– Parfait, dit Malko, je vais m'installer au Sacher. Elko m'apportera mes affaires demain matin.

***

Tamir Pardo avait du mal à cacher sa consternation. Personne ne lui avait fait de reproches, mais il savait ce qu'on pensait : il avait merdé.

Pourtant, il avait beau se creuser la tête, il ne voyait pas comment il aurait pu découvrir la supercherie. Les Américains lui avaient garanti que leur information était fiable. Il était encore plongé dans sa réflexion lorsque sa secrétaire passa la tête dans son bureau et lui annonça que le Premier ministre voulait lui parler.

La voix de Benyamin Netanyahou était plus grave que d'habitude.

– Nous avons tenu une réunion du cabinet restreint, annonça-t-il. D'un commun accord, nous avons décidé de ne pas faire une autre tentative. Maintenant, c'est à vous de nous débarrasser d'Ardechir Nassanpour.

« En Iran.

***

Darius Farmayan, le patron de l'*Etta'alat*, éprouvait des sentiments mitigés. Le stratagème qu'il avait imaginé pour protéger Ardechir Nassanpour, avait parfaitement fonctionné. Les Israéliens s'étaient jetés dans le piège et c'était déjà un motif de satisfaction. Ils avaient perdu un de leurs agents dans l'aventure et c'en était un second. L'Iranien savait que cela les touchait particulièrement…

Cependant, lui, de son côté, en avait perdu six. Téhéran allait être furieux. Mais surtout, leur dispositif de protection s'était révélé inefficace. Ce qui était le plus grave. Il serait obligé de rédiger beaucoup de rapports à l'intention du Ministère de la Sécurité.

En plus, sa mission ne serait terminée qu'une fois le véritable Ardechir Nassanpour sain et sauf à Téhéran.

Son vol de retour était prévu une semaine plus tard, à la fin de son traitement. Jusque-là, il n'avait fait l'objet d'aucune surveillance particulière. Sa fausse identité et le « montage » du faux Ardechir Nassanpour étaient sa meilleure protection.

C'est cette partie de la manip qui avait marché le mieux. Les Iraniens avaient fait hospitaliser en Neurochirurgie un *véritable* malade, un membre de l'*Etta'alat* qui était véritablement atteint d'un grave AVC. Jamais les Autrichiens n'auraient accepté de soigner un faux malade.

Désormais, il devait veiller sur la fin de son séjour. Darius Farmayan ne craignait plus rien des Israéliens. Il restait les Américains. Eux étaient sur place, à Vienne, et savaient sûrement déjà la vérité. Certes, ils n'avaient aucun élément pour retrouver le véritable Ardechir Nassanpour mais ils n'allaient pas rester les deux pieds dans le même sabot.

Il alla retrouver dans son bureau Mahmoud Artesh, le patron du *Daftari Vigie* en charge de l'opération.

– Les Américains ont-ils un moyen de retrouver la piste d'Ardechir ? demanda-t-il.

C'est Mahmoud Artesh qui avait accueilli Ardechir Nassanpour à son arrivée.

– Notre ami a voyagé sous une fausse identité, répondit l'Iranien, celle sous laquelle il a été enregistré à l'hôpital. Comme il était faible, nous avons dû prendre une ambulance pour l'emmener à l'hôpital. C'est moi qui ai retenu l'ambulancier, qui ignorait l'identité du malade qu'il transportait.

Darius Farmayan hocha la tête.

– Il sait *quand même* qu'il a transporté un malade qui arrivait de Téhéran jusqu'à une destination qu'il connaît. Il a dû garder cette adresse.

– Il faudrait que les Américains remontent jusqu'à lui, objecta Mahmoud Artesh. En ont-ils les moyens ?

– Je l'ignore, avoua Darius Farmayan. Je ne pense pas. Il faudrait d'abord qu'ils retrouvent le nom de cet ambulancier.

Il y eut un silence, rompu par Mahmoud Artesh.

– Il y aurait une précaution à prendre : éliminer l'ambulancier, suggéra-t-il.

– Ce n'est pas une bonne idée, répliqua Darius Farmayan. Il y aurait une enquête de police. Les Autrichiens vont éplucher ses clients. Ils risquent de faire la liaison avec ce qui s'est passé hier.

« En ce moment, nous sommes les victimes. Il faut conserver ce statut. En plus, cet ambulancier est un sujet autrichien. Il est intouchable, sous peine de graves problèmes.

– Alors, qu'est-ce qu'on fait ?

– Rien avec l'ambulancier, trancha Darius Farmayan, mais j'ai une meilleure idée.

Il l'exposa et Mahmoud Artesh sursauta.

– C'est de la folie, protesta le chef du *Daftari Vigie*. Autant publier un communiqué de presse.

– C'est la méthode la plus simple ! assura Darius Farmayan. Après ce qui s'est passé, on ne pourra rien nous refuser.

***

Le temps avait brusquement changé et une brise glaciale soufflait sur l'aéroport de Schwechat. Elko Krisantem et Malko garèrent la Jaguar devant un bâtiment gris, au fond d'une impasse, à droite de l'embranchement menant aux Départs.

– Attendez-moi là, demanda Elko Krisantem à Malko. Mon copain est assez timide. Il va avoir peur si vous venez avec moi.

Malko demeura dans la Jaguar. Soudain, il aperçut dans le rétroviseur une petite voiture grise arrêtée dans un endroit interdit, derrière lui. Deux hommes à bord. Plaque autrichienne.

Bizarre.

Dix minutes plus tard, quand Elko Krisantem réapparut, la voiture grise était toujours là.

– Alors ? demanda Malko.

– Il va se renseigner pour savoir qui sont les ambulanciers accrédités auprès de l'aéroport pour venir sur le tarmac chercher des malades. Ils ne passent pas par le circuit officiel. Ensuite, il faudra savoir si l'un d'eux a récupéré un malade sur un vol en provenance de Téhéran.

Ils repartirent vers la ville. La voiture grise était toujours derrière eux. Les Iraniens avaient repris leur surveillance. Ce qui signifiait une chose : le *vrai* Ardechir Nassanpour se trouvait toujours à Vienne, mais où ? Et pour combien de temps ?

– Où va-t-on, *Eure Hoheit* ? interrogea Elko Krisantem.

Malko allait répondre lorsque son portable sonna. La voix tonitruante de Brett Dakin éclata dans le haut-parleur.

– Je viens de recevoir un message d'Erbil. Venez vite.

– On va Boltzman Strasse, conclut Malko.

*
* *

– Ces enfoirés se sont réveillés ! lança Brett Dakin, en brandissant le message reçu de la Station de la CIA d'Erbil. Un type de l'équipe *Moudjahidin Khalk* de Téhéran a pu enfin sortir. Il nous présente ses excuses.

– Pourquoi ? interrogea Malko. Ils ont eu deux morts…

– Ces enfoirés ont merdé, fit brutalement l'Américain. Ils se sont aperçus très vite que l'info qu'ils nous avaient donnée sur Ardechir Nassanpour était fausse.

« Et *aussi*, que leur réseau était pénétré à Téhéran par *Etta'alat*. Entretemps, ils ont obtenu d'une autre source la vraie information.

– Quelle est-elle ?

– Ardechir Nassanpour est bien venu se faire soigner à Vienne. Mais pas pour un AVC. Pour une greffe de moelle osseuse, afin de stopper une leucémie.

– Où se trouve-t-il ?

– La « source » n'en savait rien. Cependant, il n'est pas revenu à Téhéran.

Donc, il se trouvait toujours à Vienne.

Autant chercher une aiguille dans une botte de foin.

Malko pensa soudain à une rencontre faite avec Maryam Nassiri.

– J'ai peut-être un moyen de savoir où il est hospitalisé, avança-t-il.

– Comment ?

– Ne vendons pas la peau de l'ours, dit Malko. Je vous tiens au courant.

À peine sorti de l'ambassade américaine, il appela Maryam Nassiri.

– Vous êtes revenu à Vienne ? demanda-t-elle d'une voix morne.

– Oui. Il faut que je vous voie. On peut déjeuner ?

Il y eut un court silence, puis la jeune femme suggéra :

– Je suppose que vous êtes revenu au Sacher. Il y a un petit *Gasthaus* dans Glück Gasse, le Rheinteiler. Vous pouvez y aller à pied. À une heure.

***

Maryam Nassiri arborait un pantalon de cuir noir bien coupé et un fin cachemire gris qui moulait sa superbe poitrine, mais son regard était éteint.

On leur trouva une petite table au Rheinteiler, à la terrasse installée sur le trottoir, préservée par de petites haies. Là, il n'y avait pas de touristes, seulement des Viennois, pressés d'avaler quelque chose avant de retourner au travail.

Maryam Nassiri fixa Malko, visiblement inquiète.

– Vous avez de mauvaises nouvelles ?

Elle paraissait sincèrement angoissée.

– Non, dit Malko. Pas encore. (Il se reprit.) Votre cas est à l'étude à la CIA. Ils hésitent à vous poursuivre officiellement.

La jeune femme eut une moue désabusée.

– Maintenant, je m'en moque. De toute façon, j'ai réfléchi. Je vais repartir à Téhéran, comme les autres me le demandent.

– Vous êtes folle ! dit Malko. Ils vous liquideront là-bas.

L'Iranienne le défia du regard.

– Je ne sais pas si vous dites la vérité. De toute façon, Je n'ai pas envie de me retrouver dans une prison autrichienne. À Téhéran, au moins, je suis dans mon pays.

– Je vous le déconseille fortement, insista Malko. Je ne voudrais pas qu'il vous arrive malheur.

Elle balaya la remarque et demanda, après avoir commandé :

– Pourquoi vouliez-vous me voir ?

– Vous savez ce qui s'est passé à l'AKH ?

– Oui, dit-elle, d'un ton indifférent. Les Israéliens sont des fous. Pourquoi me posez-vous la question ?

– Le véritable Ardechir Nassanpour, l'homme que les Américains et les Israéliens veulent, est *toujours* à Vienne. Il faut le retrouver avant qu'il ne reparte en Iran.

Maryam Nassiri entama sa « *wurstel* » et demanda d'une voix calme :

– Vous voulez le tuer ?

– Non, dit Malko, les Israéliens voulaient le tuer, mais les Américains désirent le kidnapper, s'ils ne peuvent pas arriver à le convaincre de changer de camp. J'ai besoin que vous m'aidiez. Vous m'avez présenté une de vos amies, Grete Lory.

– Oui, Pourquoi ?

– Nous savons qu'Ardechir Nassanpour est venu à Vienne pour une greffe de moelle osseuse. Je veux savoir qui est capable de faire cela à Vienne. Votre amie le sait sûrement. Pouvez-vous lui demander ?

– Oui. Il suffit que je lui téléphone. C'est tout ce que vous voulez savoir ?

– Pour le moment, oui.

Elle avait fini sa « *wurstel* » et commanda un moka.

– Je vous appelle dès que je l'ai eue, promit-elle.

Malko la regarda quitter le restaurant. C'était plus fort qu'elle : le balancement léger de ses hanches attirait le regard des hommes. Il se dit, à sa grande honte, qu'il avait encore envie d'elle.

***

– Il l'a revue. Ils ont déjeuné ensemble, annonça Iradj Lak à Mahmoud Artesh.

C'est lui qui avait repris la surveillance de Malko, à sa demande.

– Ne le lâchez pas, ordonna le chef du *Daftari Vigie*. Il faut savoir ce qu'il prépare.

Les Israéliens éliminés, les Américains allaient sûrement tenter de récupérer Ardechir Nassanpour.

En 2003, à Rome, ils avaient kidnappé en pleine rue, un responsable islamiste, le transférant ensuite clandestinement sur une base américaine en Allemagne. Il fallait se méfier d'eux. Ils avaient beaucoup d'argent et beaucoup d'amis. En plus, lorsqu'il s'agissait des intérêts vitaux de l'Amérique, ils s'asseyaient joyeusement sur les Droits de l'Homme.

Mahmoud Artesh avait encore une semaine à tenir et savait que s'il n'arrivait pas à protéger Ardechir Nassanpour, sa carrière et peut-être sa vie étaient finies.

***

Malko venait de rentrer au Sacher quand le numéro de Maryam Nassiri s'afficha sur son portable. Quand il enclencha la communication, il entendit à peine la voix de la jeune Iranienne tant le brouhaha était fort autour d'elle. Il fallait presque hurler.

– J'ai votre information, dit la jeune femme.

– Quand peut-on se voir ?

– Je suis à un cocktail. Je vous appelle quand je suis chez moi. Plus tard.

Il n'avait plus qu'à dîner seul.

***

Depuis le début du cocktail à la galerie d'Art Moderne, au coin de Rosen Bursen et de Biber strasse, Maryam Nassiri n'avait d'yeux que pour le jeune peintre en l'honneur de qui était donnée l'exposition. Un beau jeune homme de vingt-six ans, d'après sa bio du catalogue, avec de longs cheveux blonds tombant bas sur sa nuque, presque comme une femme. Pourtant, il dégageait beaucoup de virilité, ressemblant plus à un moniteur de ski qu'à un artiste. Un corps musculeux, moulé par un jean serré et un pull porté à même la peau.

Maryam Nassiri commençait à sentir ses ovaires se mettre à bouillir. Elle avait décidé de brûler la vie par les deux bouts. Dans quelques semaines, elle serait, soit en prison, soit morte.

Son regard croisa celui du jeune peintre et il lui sourit. Elle ne pouvait pas être sa mère, mais presque…

Fendant la foule, elle fonça jusqu'aux toilettes. Là, elle commença à se remettre du noir autour des yeux, à souligner sa bouche déjà peinte. Puis, elle sortit sa boîte à pilules pleine de coke : elle avait fait le plein le matin. Elle en aligna sur une carte de visite, reniflant ensuite rapidement. Par mesure de précaution, elle aspira un second « rail » avant de rentrer dans la galerie.

Bien décidée à attaquer.

D'abord, elle ne vit pas le jeune homme et se maudit intérieurement. S'il était parti, c'était la frustration absolue. Bien sûr, Malko Linge venait la voir plus tard chez elle, mais ce n'était pas la même chose. Là, il s'agissait d'un vrai caprice.

Heureusement, elle le retrouva sur le trottoir, un verre à la main, au milieu d'un groupe d'amis. Elle se fraya un chemin jusqu'à lui et le regarda.

Il fondit instantanément.

– Je voudrais travailler avec vous, annonça Maryam Nassiri. Que vous créiez des meubles pour moi.

Tout en elle disait autre chose et il le sentit.

– Bien sûr, dit-il, nous pouvons nous revoir.

– Je n'habite pas loin, précisa Maryam Nassiri. De l'autre côté du canal. Je voudrais vous montrer ce que je fais.

– Maintenant ?

– Si vous n'avez pas mieux à faire…

Il sourit.

– Il faut que je m'éclipse discrètement, je devais dîner avec des amis.

– Vous reviendrez, promit-elle. Donnez leur rendez-vous.

Cinq minutes plus tard, ils étaient dans la Mini rouge. Tout en conduisant, Maryam Nassiri tourna la tête vers le peintre qui s'appelait Hans.

– On vous a déjà dit que vous êtes beau, Hans ? dit-elle. Vous ressemblez au Christ, avec vos longs cheveux.

À peine dans l'appartement, Maryam se tourna vers lui et, sans un mot, elle l'embrassa. De tout son corps, avec une violence incroyable. En très peu de temps, le beau Hans fut comme un cerf en rut.

Maryam Nassiri plaqua aussitôt une main sur la grosse bosse du jean. Avec ses longs ongles, elle fit glisser le zip et dégagea un sexe, raide comme un bout de fer. Elle leva un regard gourmand vers le jeune peintre et murmura :

– Je ne me suis pas trompée sur toi.

En même temps, elle s'agenouilla et le prit dans sa bouche.

Elle n'avait plus qu'une idée : se le mettre dans le ventre.

Lorsqu'il commença à gémir, Maryam Nassiri se redressa et tranquillement défit le zip de son pantalon de cuir. Elle gagna ensuite le canapé, puis fit glisser le pantalon de cuir jusqu'à ses genoux, dégageant ses fesses, et se retourna.

– Viens.

Dans un état second, Hans s'approcha, plaqua son sexe contre celui de la jeune femme et s'enfonça brutalement dans son ventre ;

Maryam Nassiri gémit de bonheur.

– Comme tu es gros ! fit-elle.

Défoncée, folle de bonheur, la cocaïne décuplant ses sensations, la jeune Iranienne se dit que la vie était belle.

***

Je suis rentrée ! lança Maryam Nassiri, si vous voulez passer…

Malko était déjà dans sa voiture…

Lorsqu'il sonna, la jeune femme lui ouvrit, une cigarette à la main. Son regard était encore brillant, mais ses traits étaient reposés, à l'exception de longs cernes bistre sous les yeux.

Elle venait de faire l'amour et Malko en fut presque soulagé.

Maryam Nassiri alla jusqu'au canapé et prit dans son sac un petit carnet qu'elle ouvrit.

– Voilà ce que m'a dit ma copine, dit-elle. Il n'y a qu'un seul endroit à Vienne où on pratique ce genre d'opération : l'*Allgemeine Kranken Hospital*. Dans le service d'hématologie du professeur Ulrich Jäeger.

« C'est une opération très lourde : il faut d'abord faire une chimio, puis une radiothérapie. Mais cela, on doit savoir le faire en Iran. Quand le patient arrive en état d'aplasie, on procède à la greffe, s'il s'agit d'un donneur compatible. Ou alors à une homogreffe, avec la moelle du patient. Il faut deux mois d'hospitalisation après la greffe et le patient est fragile plusieurs semaines après.

« C'est ce que tu voulais ?

Malko hocha la tête. C'était dans le service du professeur Zepner que les Israéliens avaient frappé. Si les informations de Maryam Nassiri étaient exactes, Ardechir Nassanpour devait se trouver dans celui du professeur Jäeger, sous un faux nom bien entendu. Dans le même hôpital que l'homme qui avait été tué à sa place.

Il ne restait plus qu'à le trouver.

– Tu me rends un grand service, dit-il, qui va me faire gagner beaucoup de temps.

Maryam Nassiri bâilla.

– Alors, je vais dormir tranquille. Demain, je me lève tôt.

***

Le bâtiment 6 se trouvait derrière celui de l'accueil. Immense. Malko monta d'abord un escalier roulant, suivit un couloir interminable, puis prit un ascenseur jusqu'au troisième. Découvrant un large couloir peint en orange comme le sol. Il le suivit et aperçut, sur sa droite, une plaque : s.19.31.Univ Prof Dr Ulrich Jäeger.

En dessous, un sigle rouge et une seconde inscription :

[Ulrich Jäeger EHA President]

Le couloir était désert, se terminant par une double porte dont un des battants était ouvert. Il alla y jeter un œil.

La porte desservait un couloir des deux côtés, également peint en orange. Là, il y avait un peu plus d'animation : des infirmières, des chariots de soins.

En regardant vers la gauche, il eut un choc.

Deux policiers en uniforme bleu étaient assis sur des chaises de plastique, encadrant une des chambres de malade.

Dans un hôpital, c'était une vision inhabituelle : seuls les criminels hospitalisés étaient gardés ainsi.

Malko comprit immédiatement. Les Iraniens avaient bien joué. Il avait retrouvé le scientifique iranien, mais il était intouchable. Sous la protection de l'État autrichien. Même les Américains ne pouvaient pas lever cet obstacle-là.

CHAPITRE XXII

– Vous croyez que c'est Ardechir Nassanpour ? demanda anxieusement Brett Dakin.

Malko venait de lui relater son expédition à l'AKH et la découverte qu'il avait faite dans le service du professeur Ulrich Jäeger.

– Tout concorde, précisa Malko. C'est le meilleur endroit à Vienne pour une greffe de moelle osseuse. Ce dont doit souffrir Ardechir Nassanpour. Après l'attaque des Israéliens, les Iraniens se méfient. Il y a des chances pour qu'il s'agisse de notre homme.

– Donc, conclut l'Américain, Ardechir Nassanpour se trouve toujours à Vienne.

– Si j'arrive à retrouver l'ambulance qui l'a amené à l'AKH, dit Malko, on pourrait avoir la confirmation directe. Il faudrait savoir aussi sous quel nom il est hospitalisé, pour être absolument sûr de sa présence.

– Et ensuite, qu'est-ce qu'on fait ? demanda anxieusement l'Américain. Si je dis à Langley que Nassanpour est toujours ici, ils vont devenir fous.

– À moins de déclarer la guerre à l'Autriche, je ne vois pas le moyen de le récupérer de force, fit Malko, avec un sourire ironique. Nous ne sommes plus dans l'action clandestine. Désormais, Ardechir Nassanpour dispose d'une protection officielle. Cela exclut toute action de force…

– Quelle solution reste-t-il ?

– Peut-être au moment de son départ, dit Malko, à condition que l'escorte des Autrichiens ne se prolonge pas jusqu'à la coupée de l'avion.

« En dehors de ce cas, à part détourner l'avion, entre ici et l'Iran, je ne vois pas. Seulement, c'est une solution beaucoup plus lourde…

– Ne faites pas d'humour ! lâcha de mauvaise humeur Brett Dakin. Si vous trouvez un moyen de récupérer Ardechir Nassanpour, l'Agence vous en sera éternellement reconnaissante.

Enfin, pour quelques mois.

– Je vais réfléchir, promit Malko, mais c'est encore une mission impossible.

***

Elko Krisantem rayonnait. De retrouver l'action, le rendait euphorique. Il n'était pas né pour être maître d'hôtel…

– *Eure Hoheit*, annonça-t-il, mon copain m'a téléphoné. Je vais à Schwechat tout à l'heure, il a une information pour moi.

– Pourvu que ce soit la bonne ! soupira Malko.

De nouveau, il se trouvait cloué à Vienne, avec Alexandra qui trépignait à Liezen, le soupçonnant de nouvelles turpitudes. Pour une fois, à tort.

***

Mahmoud Artesh écoutait le rapport des hommes chargés de surveiller Malko Linge.

– Il a revu Maryam Nassiri et a été à l'hôpital, annonça Iradj Lak.

Le chef du *Daftari Vigie* étouffa une exclamation furieuse. Les Américains avaient compris que leur « cible » se trouvait toujours à Vienne et allaient tout faire pour damer le pion aux Israéliens, ceux-ci étant désormais hors-jeu.

L'existence de Malko Linge représentait un danger, même si, à première vue, il ne pouvait rien faire. Ardechir Nassanpour serait sous la protection de la police autrichienne jusqu'à son départ. L'ambassadeur d'Iran avait fait une démarche dans ce sens auprès du Ministère des Affaires Étrangères autrichien. Le chef de cabinet du ministre avait juré que personne ne toucherait un cheveu du scientifique iranien.

En plus, s'il lui arrivait quelque chose, cela ferait une très mauvaise publicité à l'Autriche, qui accueillait de riches malades du Golfe dans ses hôpitaux.

Ce qui rapportait beaucoup d'argent…

Cependant, Mahmoud Artesh se méfiait des Américains. Et surtout de Malko Linge.

Problème, ce dernier était *aussi* un sujet autrichien. Donc, il fallait être prudent.

Pourtant, il ne voulait courir aucun risque.

– Il faut trouver un moyen de le neutraliser, dit-il à Iradj Lak.

– Définitivement ?

– Ce serait mieux.

***

Elko Krisantem écoutait Mehmet, son copain turc, lui expliquer comment on sélectionnait les ambulanciers venant chercher un malade à Schwechat. C'était un service spécial de l'aéroport qui les choisissait. Deux compagnies monopolisaient le marché : « Samariter Bund » et « Die Johanniter ».

Les deux hommes bavardaient à la caféteria du Fret, devant des bières. Elko Krisantem bouillait intérieurement, attendant une information précise.

– Tu as appris quelque chose ? demanda-t-il enfin à Mehmet.

– Oui, répondit ce dernier. Il y a deux mois, une ambulance est venue chercher un malade à l'arrivée du vol Iranair de six heures dix du matin. Un homme qui voyageait en civière. Il était accompagné de deux Iraniens, qui sont montés dans l'ambulance avec lui.

– Ils allaient où ?

Mehmet tira un papier de sa poche et le tendit à Elko Krisantem.

– Ils gardent tous les doubles des ordres de transfert. Mon copain a pu se le procurer. Il y a le nom du patient et l'adresse où il a été transporté.

Elko Krisantem l'aurait embrassé. Il donna à son copain deux billets verts de cent euros. Il les avait bien gagnés.

***

Brett Dakin déchiffra l'ordre de transfert. La date d'abord ! Le nom de la personne transportée : Mohsein Husseini. La destination : Hôpital AKH, service du professeur Ulrich Jäeger. Le service d'ambulances : Samariter Bund.

Il leva les yeux vers Malko.

– Ils nous ont bien baisés ! Il y avait *deux* Iraniens à l'AKH ! Celui qui a été tué par les Israéliens, qui servait d'appât et le bon, auquel personne ne s'est intéressé. Comme beaucoup de malades sont des étrangers, cela n'a attiré l'attention de personne.

– D'après la date d'arrivée, observa Malko, il ne devrait pas rester encore longtemps. Cela ne nous laisse pas beaucoup de temps pour agir. Si on peut faire quelque chose…

– Vous avez une idée ?

– Pas encore, avoua Malko, mais c'est du côté de l'ambulance qu'il faut voir. Si les Autrichiens ne l'escortent pas jusqu'à l'avion. Dans ce cas, il nous restera nos yeux pour pleurer…

« Jusqu'où êtes-vous prêt à aller pour récupérer cet homme ?

– Langley m'a dit qu'il avait un « executive order » du Président. Nous pouvons le kidnapper, à condition qu'il n'y ait pas de dégâts collatéraux…

– Pour le mettre où ? demanda Malko.

– Je ne suis pas autorisé à utiliser l'ambassade, précisa Brett Dakin. C'est la ligne rouge. Et d'ailleurs, ce serait une mauvaise solution. On risquerait d'être coincés par un temps très long, avec les Iraniens et les Autrichiens sur le dos.

Ce qui laissait peu de solutions.

L'Américain jeta un coup d'œil à Malko.

– On peut poser un hélicoptère autour de votre château…

– Liezen est aussi « off limits », protesta Malko. Je suis sujet autrichien. Si je suis inculpé dans un kidnapping, je vais me retrouver en prison…

– Il faudrait agir très vite, insista l'Américain. L'exfiltrer avant que les autres ne puissent réagir.

– À mon avis, cela ne va pas être facile, souligna Malko. Les Iraniens ne vont pas le lâcher d'une semelle. En plus, s'il y a une voiture de la police autrichienne derrière l'ambulance, on n'a aucune chance.

– Ne soyez pas pessimiste, supplia le chef de Station. Je vais voir comment je peux m'organiser avec la Station de Francfort. Nous avons une base aérienne là-bas à Ramstein. Là, on peut faire tout ce qu'on veut.

– Il faut y arriver ! remarqua Malko, avec un grand bon sens.

Il se retrouvait de nouveau en première ligne. Il n'aimait pas ça. L'Autriche était son jardin secret. À de rares exceptions près, il n'avait jamais opéré à Vienne. Il voulait y être tranquille, mener sa vie « officielle » d'aristocrate respecté.

Pas de barbouze avec du sang sur les mains.

Pourtant, pas à pas, il échafaudait une solution, ou, au moins, une esquisse de solution. Car il y avait encore beaucoup de si…

***

Elko Krisantem, au volant de la Jaguar, tourna le coin de Nottendorfer strasse, au sud de Vienne, un quartier résidentiel près du Donaukanal. Une demi-douzaine d'ambulances garées en épi stationnaient devant un petit bâtiment de briques rouges, isolé au milieu d'une cour, un bandeau encadré de deux croix rouges sur la façade : SAMARITER BUND.

Des ambulanciers en T-shirt blanc et pantalon rouge attendaient autour des véhicules, ou dans leur cabine.

Elko Krisantem s'arrêta à côté d'eux.

– Je vais les voir, dit Malko.

Dans sa poche, il avait le nom de l'ambulancier qui avait transporté Ardechir Nassanpour de Schwechat à l'AKH : Horst Kaas.

Malko sortit de la Jaguar et gagna le siège du Samariter Bund. Une accorte blonde aux cheveux courts le salua d'un sourire et d'un « Grüss Gott » chaleureux.

– Voilà, expliqua Malko, j'aurais besoin de faire transporter une patiente qui se trouve chez moi, dans le Burgerland, jusqu'à l'AKH.

– *Keine problem* ! assura la réceptionniste. À quelle date ?

– Je ne sais pas encore. Cela dépend de son état.

– Dans ce cas, je vais vous donner ma carte et vous me téléphonez. Il vaut mieux prévoir vingt-quatre heures à l'avance, nous avons beaucoup de travail.

Malko prit la carte, y jeta un coup d'œil et enchaîna.

– Des amis qui ont eu affaire à vous m'ont recommandé un de vos ambulanciers. Il paraît qu'il est très gentil. Je crois qu'il s'appelle Horst Kaas.

Le visage de la jeune femme s'éclaira.

– Oui, c'est vrai, il est très gentil, mais je ne sais pas s'il sera libre. Il travaille beaucoup avec Schwechat parce qu'il parle un peu anglais… Aujourd'hui, par exemple, il est là-bas pour accueillir un malade qui arrive du Qatar.

– J'espère que cela collera, dit Malko, avant de ressortir.

Son plan commençait à s'esquisser, mais il ne disposait pas de beaucoup de temps et avait encore beaucoup de choses à faire. Retourné dans la voiture, il reçut un appel de Maryam Nassiri. Elle semblait stressée.

– J'ai quelque chose à te dire, annonça-t-elle. Tu es à Vienne ?

– Oui.

– Je peux passer au Sacher à six heures, proposa-t-elle.

***

Ardechir Nassanpour se remettait lentement de la greffe de moelle osseuse et était encore très faible. Les deux mois de chimio et de radiothérapie qu'il avait subie à Téhéran, avant de venir à Vienne, l'avaient épuisé.

C'était cependant indispensable pour le mettre en état d'aplasie, afin de permettre la greffe.

Il tourna la tête : le professeur Ulrich Jäeger venait d'entrer dans sa chambre. Il adressa un sourire chaleureux à l'Iranien.

– Herr Husseini, dit-il, votre séjour touche à sa fin. Il n'y a pas eu d'infection, la greffe a bien pris, mais vous allez être extrêmement fatigué encore de longues semaines. Il ne faudra pas reprendre vos occupations immédiatement.

« Je devrais vous garder encore un peu, mais je pense que vous pourriez sortir à la fin de la semaine. Vous pouvez donc prendre vos dispositions pour samedi. Je crois que les vols pour Téhéran partent le soir.

– Oui, vers vingt heures, confirma Ardechir Nassanpour, que le Professeur Jäeger connaissait sous le nom de Mohsein Husseini.

Le professeur autrichien lui serra longuement la main.

– Je vous souhaite bonne chance. Soyez prudent.

***

Malko tendit à Maryam Nassiri une carte avec le nom de Mohsein Husseini et le numéro de sa chambre.

– Je voudrais que votre amie Grete essaie de savoir si le départ de ce patient du professeur Jäeger est prévu prochainement, demanda-t-il.

– Je vais le lui demander. Je la vois ce soir, répondit Maryam Nassiri. Cependant, j'ignore si elle pourra obtenir ce renseignement, à cause du secret professionnel.

– Qu'elle fasse au mieux, insista Malko.

– Elle fera de son mieux, assura Maryam Nassiri, mais ce n'est pas facile. Je voulais aussi te voir pour autre chose.

– Quoi ?

– Te dire adieu.

CHAPITRE XXIII

– Pourquoi ? demanda Malko, surpris.

La jeune femme était totalement calme.

– Mon contact de l'*Etta'alat* m'a menacée, expliqua Maryam Nassiri, m'expliquant que je devais obéir à leur demande de quitter Vienne. Que je devais beaucoup à la République Islamique d'Iran. Il m'a laissé entendre que, si je refusais, je ne vivrai plus tranquille. Un jour, un camion me renverserait ou je serai poignardée.

« La fin de ma vie normale.

– Tu pourrais prévenir la police de cette menace, objecta Malko.

Maryam Nassiri lui adressa un sourire de commisération.

– Tu connais la police autrichienne : ils ne bougeront pas. Je n'ai rien de précis à leur dire ; juste la menace voilée d'un homme qui a sûrement le statut de diplomate.

« Ils m'ont retenu une place sur le vol de Téhéran de samedi soir. D'après eux, dans quelques mois, je reviendrai.

Malko secoua la tête.

– Ils te mentent, tu ne reviendras *jamais* en Autriche.

Maryam Nassiri eut un geste fataliste.

– On verra. Je n'ai pas le choix. Si je leur dis « non », ils me liquideraient un jour ici. Je ne veux pas vivre comme ça, la peur au ventre.

Malko la fixa, surpris.

– Tu leur as dit « oui » ?

Elle inclina la tête affirmativement.

– Pourquoi m'en parles-tu ? demanda-t-il.

Maryam Nassiri le fixa droit dans les yeux.

– Contrairement à ce que tu crois, je ne suis pas une criminelle. J'ai tué Oswald Fisk pour une raison bien précise. Je n'ai jamais été vraiment amoureuse de lui. Toi, c'est différent, tu as essayé de me comprendre…

« Je ne voulais pas disparaître sans avoir pu te le dire.

– Réfléchis, insista Malko, tu vas à une mort certaine.

***

– Qu'est-ce que je dois dire à Maryam Nassiri ? demanda Malko à Brett Dakin, chez qui il venait d'arriver.

Le chef de Station de la CIA semblait perplexe.

– C'est un gros problème, reconnut-il. S'il n'y avait pas le meurtre d'Oswald, je lui aurais assuré une protection. Là, c'est impossible. Langley n'acceptera jamais.

– Autrement dit, conclut Malko, vous la laissez tomber.

Un ange passa, la tête basse.

Malko ne se sentait pas vraiment fier de lui.

– Vous savez bien, insista-t-il, qu'il n'y a qu'un moyen de la mettre vraiment à l'abri : l'accueillir aux États-Unis, lui donner une fausse identité et une carte de séjour. Qu'elle puisse refaire sa vie à l'abri des Iraniens.

– Impossible, trancha l'Américain. Langley refusera et je les comprends. C'est une criminelle.

– Donc, elle est foutue.

Brett Dakin ne répondit pas, changeant de conversation.

– Il nous reste trois jours pour organiser le kidnapping d'Ardechir Nassanpour. Vous avez un plan ?

Malko faillit lui dire qu'il échangeait le kidnapping contre la vie de Maryam Nassiri, mais s'abstint. L'Américain n'aurait pas cédé. Esclave de l'Administration. Et lui, y aurait laissé sa réputation à la CIA.

La fin de la vie de château.

– J'étudie quelque chose, dit-il. Je vous tiens au courant.

Les deux hommes se séparèrent froidement.

***

– Le malade de la chambre 217 quitte l'*Allgemeine Kranken Hospital* samedi prochain, dans l'après-midi, annonça Maryam Nassiri. Il sera conduit directement à l'aéroport en ambulance.

– Qui choisit l'ambulance ? demanda Malko.

– L'administration de l'AKH, ils travaillent toujours avec les mêmes ; certaines ambulances sont spécialisées dans les transports jusqu'à Schwechat.

– Je te remercie, dit Malko avant de raccrocher.

Tout collait. Grâce à l'Iranienne, il avait eu confirmation du départ d'Ardechir Nassanpour. Il restait à trouver une façon d'escamoter le scientifique iranien sous le nez de l'*Etta'alat* et des Autrichiens.

Pour cela, il avait besoin d'Elko Krisantem.

Ce dernier attendait au volant de la Jaguar en face du Sacher. Malko alla le retrouver.

– Où allons-nous, *Eure Hoheit* ? demanda le Turc.

– Nulle part, pour le moment, répondit Malko. Êtes-vous prêt à prendre quelques risques ?

Lorsqu'il lui eut expliqué de quoi il s'agissait, Elko Krisantem n'hésita pas une seconde.

– Bien entendu, *Eure Hoheit*.

– Alors, au travail, dit Malko. Nous allons aux ambulances Samariter Bund.

***

La réceptionniste des ambulances Samariter Bund était toujours aussi souriante et reconnut Malko.

– Nous avons décidé d'une date pour le transfert de ma sœur à l'AKH, annonça celui-ci. Ce sera samedi. Il faut compter toute la journée. Si nous pouvions avoir comme ambulancier Horst Haas, ce serait parfait.

La jeune femme se plongea dans ses registres et releva la tête, dépitée.

– Je crains que cela soit impossible, Herr Linge. Horst Haas est pris samedi. Il doit transporter un malade à Schwechat et attendre d'être sûr que l'avion a décollé pour repartir.

– C'est certain ? insista Malko.

– Je vais l'appeler, proposa la jeune femme. Je sais qu'il est là.

Elle empoigna un petit micro et appela l'ambulancier.

Quelques instants plus tard, un homme corpulent, aux cheveux gris en brosse, débarqua dans le bureau. La secrétaire le questionna sur son emploi du temps et il confirma qu'il devait se trouver à l'AKH à 5 heures et qu'il serait bloqué jusqu'à 9 heures.

– Est-ce qu'il serait libre lundi ? demanda Malko, lorsque Horst Haas fut parti.

– Oui, lundi c'est parfait, approuva la dispatcheuse. Le matin, l'après-midi ?

– L'après-midi, plutôt, corrigea Malko. Ma sœur se lève tard.

– *Keine problem*. Donnez-moi votre adresse et une empreinte de carte de crédit.

Malko s'exécuta. Certes, il prenait un risque. Cependant, les chances que les Iraniens apprennent sa démarche étaient pratiquement nulles. Ils n'avaient aucun contact avec les ambulanciers commandés par l'hôpital.

Les formalités accomplies, il ressortit du bureau, plutôt satisfait. Avant de remonter dans la Jaguar, il examina une des ambulances garées en épi. Elles étaient toutes semblables. Chaque « équipage » comportait deux personnes. À l'arrière, l'espace était occupé par l'emplacement de la civière et une place assise pour un médecin ou un accompagnateur.

Donc, au pire, il ne pouvait y avoir avec Ardechir Nassanpour qu'un seul membre de l'*Etta'alat*.

– On va Boltzmann Strasse, lança Malko.

Désormais, il avait un plan en tête ; certes, avec encore beaucoup de « si ». Mais avec une toute petite chance de réussite.

*
* *

Brett Dakin buvait les paroles de Malko. Lorsque ce dernier eut terminé, il demanda simplement :

– Combien de chances de réussite ?

– Je dirais deux sur dix. Sans évènement imprévu.

L'Américain demanda aussitôt.

– Et si la police autrichienne reste jusqu'à l'embarquement d'Ardechir Nassanpour dans l'avion d'Iranair ?

Malko eut un geste fataliste.

– Dans ce cas, il sera impossible d'agir. Les Iraniens doivent se dire qu'ils ont gagné. Ils ont peut-être relâché leur surveillance. Moi, je vois un autre problème : ils risquent d'accompagner l'ambulance avec une de leurs voitures.

« De toutes façons, il faut tout préparer, comme si.

– Ce sera fait, promit le chef de station de la CIA.

CHAPITRE XXIV

Malko pénétra au volant de la Jaguar dans l'AKH, par la rampe partant du Währinger Gürtel et continua tout droit à l'intérieur de l'hôpital, passant devant le bâtiment principal. Ensuite, l'allée tournait à droite, longeant le bâtiment 6, puis descendait, passant sous une partie couverte, pour rejoindre la rampe de sortie, également sur Währinger Gürtel.

Il ralentit.

À sa gauche, il y avait un embranchement montant vers un niveau supérieur avec deux inscriptions : UNFALLE NOTFALLE.

Il l'emprunta et déboucha sur une plate-forme couverte où ne stationnaient que des ambulances.

Il y avait de la place et il se gara loin d'elles, observant les lieux. Au bout de dix minutes, un haut-parleur annonça un numéro et, presque aussitôt, une des ambulances démarra et repartit au niveau inférieur. Il la vit contourner le bâtiment et disparaître.

Une autre arrivait et vint se garer devant lui. Son chauffeur alla se présenter à un guichet au fond de la plate-forme, puis revint à son véhicule. C'était un centre de dispatching. Les ambulances devant venir chercher un malade attendaient leur tour à cet endroit. Il n'y avait aucune surveillance, car personne n'était venu demander quoi que ce soit à Malko. Celui-ci attendit encore un petit peu, puis, lorsqu'une seconde ambulance quitta la plate-forme pour redescendre, il la suivit.

Ils aboutirent au bâtiment 4 A. Le véhicule se gara dans la zone réservée et ses deux occupants entrèrent dans le bâtiment avec une civière, laissant l'endroit sans surveillance.

Ressortissant vingt minutes plus tard : cette fois, il y avait un malade sur le brancard. Ils ouvrirent les portes arrière et y installèrent le patient. Ensuite, ils revinrent tous les deux dans la cabine et l'ambulance s'éloigna vers la rampe de sortie.

Malko la suivit et se mêla à la circulation dans la Währinger Gürtel.

Il savait désormais comment procéder.

***

– Vous avez pris le cas de figure le plus facile, objecta Brett Dakin. Celui où il n'y a que les deux ambulanciers. Il pourra très bien s'y trouver un agent de l'*Etta'alat*. Sans parler d'une voiture suiveuse.

– C'est vrai, reconnut Malko, mais je ne peux pas garantir l'opération à 100 %. D'abord, la voiture suiveuse. Je pense que les Iraniens s'en passeront. Il y a la police autrichienne. Le tout est de savoir à quel moment elle prendra l'ambulance en charge.

« Pour ma part, je pense que ce sera à la sortie de l'hôpital, au début de la rampe de sortie.

« Quant à la présence d'un Iranien dans l'ambulance, on ne peut pas l'écarter. Il sera possible de le neutraliser s'il reste dans l'ambulance, grâce à de faux ambulanciers. Il reste le principal : comment s'emparer du véhicule ? Il est essentiel, pour la suite de l'opération, que la police autrichienne ne se doute de rien lorsque l'ambulance sortira de l'AKH, avec, à son bord, Ardechir Nassanpour et nos hommes.

Il expliqua alors au chef de Station de la CIA comment il voyait les choses.

– Cela peut marcher, reconnut l'Américain, mais il reste le « hard core ». Comment s'emparer de l'ambulance sans ameuter tout l'AKH ?

– Je vais vous l'expliquer, dit Malko.

Lorsqu'il eut terminé, Brett Dakin semblait un peu moins stressé.

– Ça peut marcher ! reconnut-il. Mais on est à la merci du moindre impondérable.

– Dans ce cas, on démontera, trancha Malko. Je dirigerai l'opération de bout en bout. De votre côté, vous pouvez fournir les éléments dont j'aurai besoin ?

– Sans problème, asura l'Américain. Tout sera positionné en temps et en heure.

– Il n'y a plus qu'à prier, conclut Malko. Moi, je vais repartir ce soir ou cette nuit pour Liezen, afin de rompre toute filature possible. Je reviendrai demain, avec une voiture neutre. On peut se voir pour un dernier briefing demain au déjeuner, ici.

– *No problem*, assura le chef de Station de la CIA. Ce serait tellement formidable si nous réussissions.

Ils se serrèrent longuement la main. Malko pensa à évoquer le sort de Maryam Nassiri qui leur avait quand même donné un sacré coup de main, grâce à son amie Grete. Sans elle, le plan échafaudé par Malko n'aurait pas pu fonctionner. Il se dit finalement que c'était inutile : quels que soient les services qu'elle rendait à la CIA, Maryam Nassiri était la meurtrière d'un agent de la CIA.

Péché inexpiable.

Quand il eut regagné sa Jaguar, il se dit que le moins qu'il puisse faire était de tenter de dissuader une dernière fois Maryam Nassiri d'aller se jeter dans la gueule du loup en Iran.

Il l'appela.

Miracle, elle n'était pas sur répondeur.

– Je repars à Liezen cette nuit, dit-il, nous pouvons dîner ensemble, avant.

À sa grande surprise, elle accepta aussitôt.

– Alors, à neuf heures, au *Rote Bar*, proposa Malko.

C'était encore ce qu'il y avait de mieux à Vienne, depuis la disparition du Schwartzenberg et du « Drei Husaren ».

*
* *

Malko était déjà installé sur un des canapés rouges du Rote Bar, bercé par les notes mélancoliques du pianiste, lorsque Maryam Nassiri fit son entrée.

Éblouissante.

Elle portait presque la même tenue qu'à leur première rencontre : la veste de tailleur découvrant son soutien-gorge, l'étroite jupe droite fendue derrière, des bas noirs et des escarpins aux talons vertigineux. Elle n'avait lésiné ni sur le mascara de ses yeux, ni le rouge agrandissant ses lèvres plutôt minces. Elle se glissa sur la banquette à côté de Malko, et celui-ci distingua sous le tissu de la jupe, les serpents des jarretelles.

Les prunelles de Maryam Nassiri ne mentaient pas non plus, pleines de coke.

Elle tourna son regard vers Malko.

– Je voulais te voir pour te dire au revoir, annonça-t-elle. Je pars pour Téhéran demain soir, à 20 h 10.

– Tu es folle, s'insurgea Malko, tu vas à une mort certaine ! Ou à un sort encore pire. Tu ne pourras jamais revenir ici.

– Je voudrais un peu de champagne, dit Maryam Nassiri. Ce soir, je veux faire une parenthèse.

Il commanda une bouteille de Cristal Roederer. Le pianiste égrenait ses notes : l'ambiance était feutrée, luxueuse. On était loin de la mort et du danger..

Malko posa la main sur la cuisse de Maryam Nassiri.

– Ne pars pas, dit-il. Ce serait trop bête.

Le maître d'hôtel débouchait la bouteille. Ils trinquèrent.

– Tu ne peux rien pour moi, dit la jeune Iranienne. D'ailleurs, ce n'est pas de ta faute. Je ne te connaissais pas quand j'ai tué Oswald. Je ne veux pas vivre dans l'angoisse. Peut-être que tu te trompes, que l'*Etta'alat* me laissera tranquille. Sinon, Inch Allah…

*
* *

À peine la porte de son appartement refermée, Maryam Nassiri se retourna vers Malko. Vibrante de sensualité.

– Ce soir, dit-elle, tu peux tout me faire. Je veux garder un beau souvenir de toi. Et t'en laisser un.

L'éclair de la cocaïne brillait dans ses yeux sombres. Elle ouvrit la veste de son tailleur, révélant sa magnifique poitrine.

C'est Malko qui bougea le premier, posant ses mains sur ses hanches. Ils échangèrent un baiser profond, long, presque solennel. Tandis qu'il faisait glisser le zip de sa jupe qui tomba silencieusement sur le tapis.

Ils demeurèrent un long moment debout, à s'explorer. Malko avait fait sauter le soutien-gorge et jouait avec les seins lourds. Maryam le caressait, tout en le déshabillant de l'autre main. Ensuite, elle s'agenouilla et le prit dans sa bouche. Lorsqu'elle se releva, elle le fixa droit dans les yeux.

– Je voudrais que tu m'attaches.

Ce qu'il fit. Ainsi, à plat-ventre, uniquement vêtue de ses bas et de ses escarpins, Maryam Nassiri était magique. Lorsque Malko envahit son ventre, elle eut un léger sursaut, puis se cambra pour qu'il la prenne encore plus profondément. Sa peau était douce et parfumée. Il aurait voulu que cela ne s'arrête jamais.

Pourtant, il se retourna et vint se poser sur l'ouverture de ses reins.

Maryam Nassiri tourna légèrement la tête et dit simplement :

– Viole-moi.

Il força le sphincter, puis s'engouffra au plus profond de la jeune femme. Elle était souple et ouverte. Bientôt, il alterna les deux ouvertures, se répandant finalement dans son ventre.

Plus tard, il allait détacher Maryam Nassiri quand elle demanda :

– Enlève juste une des menottes. Je veux rester encore un peu comme ça. Maintenant, va-t-en. Quand je reviendrai de Téhéran, je t'appellerai.

Il obéit. Castellez Gasse était silencieuse et vide. Il reprit sa Jaguar mal garée et mit le cap sur Liezen. Avec une impression bizarre. Cette séance d'adieux érotiques lui laissait un goût doux amer. Il regrettait de n'avoir pu dissuader la jeune Iranienne de repartir à Téhéran.

Tandis qu'il filait sur l'A 4 en direction de Liezen, il se dit qu'il n'était plus loin de l'heure de vérité.

Le lendemain, à cette heure, Ardechir Nassanpour serait soit entre les mains des Américains, soit en route pour Téhéran.

***

Au volant de la vieille Golf d'Ilse, la cuisinière du château de Liezen, garée dans Nottendorfer Gasse, Malko surveillait à l'aide de jumelles, les ambulances de *Samariter Bund,* garées en épi en face du siège de la société.

Les équipages se trouvaient près de leurs véhicules. De temps en temps, un haut-parleur, situé dans la cour, en appelait un pour qu'il aille chercher sa feuille de route.

À cinquante mètres, grâce aux jumelles, Malko pouvait parfaitement distinguer les visages des ambulanciers. Il se focalisait sur une seule personne : Horst Haas, qui devait conduire dans les heures qui suivaient Ardechir Nassanpour à l'aéroport de Schwechat.

Soudain, il le vit jeter sa cigarette et se diriger rapidement vers le centre de dispatching.

Quelques instants plus tard, il revenait et montait dans son ambulance qui démarra, passant devant Malko. Celui-ci parlait déjà dans son portable.

– Il vient de partir, dit-il. Plaque V 59327 S.

À son tour, il démarra derrière l'ambulance, qui venait de tourner dans Baum Gasse, une grande voie rectiligne remontant vers le nord, bordée de locaux industriels.

L'ambulance ralentit cent mètres plus loin. Il y avait un feu au coin de Henneb Gasse avec un fourgon blanc arrêté. Le feu était au rouge. Lorsqu'il passa au vert, le fourgon blanc ne bougea pas.

Horst Haas donna un léger coup de klaxon, sans résultat. Il s'apprêtait à contourner le véhicule arrêté, lorsqu'un second fourgon, blanc lui aussi, arriva par-derrière et percuta très légèrement l'ambulance.

Une voiture passa sur l'autre voie, le feu étant au vert.

Furieux, Horst Haas descendit de l'ambulance pour constater les dégâts.

Le conducteur du fourgon blanc descendit à son tour, accompagné de deux autres hommes.

Avec un sourire confus, il lança :

– Je suis désolé. J'ai freiné trop tard. Je crois qu'il n'y a pas grand-chose.

Horst Haas le suivit à l'arrière. Effectivement, les dégâts étaient insignifiants. Les trois hommes discutaient amicalement avec l'ambulancier.

– Venez faire le constat à l'intérieur, proposa le chauffeur.

L'ambulancier accepta et monta dans la cabine du fourgon blanc. À peine était-il assis, qu'il ressentit une piqûre au bras gauche. En quelques secondes, il se sentit perdre conscience. Il n'était pas encore complètement endormi, lorsque les deux hommes le tirèrent à l'intérieur du fourgon.

Au même moment, les portes arrière du fourgon blanc s'ouvrirent sur deux hommes vêtus comme les ambulanciers : T-shirt blanc et pantalon de toile rouge avec des bandes réfléchissantes.

Ils se dirigèrent vers l'ambulance et l'un d'eux, un homme de grande taille, un peu voûté, avec une moustache grise, se mit au volant.

Le deuxième ambulancier n'eut pas le temps de se poser de questions. La portière de son côté venait de s'ouvrir. Trois hommes entouraient l'ambulance, sortis du premier fourgon.

Tout se passa très vite.

L'ambulancier sentit une piqûre au bras droit. Il essaya de se débattre, mais les trois hommes, groupés autour de lui, l'empêchaient de bouger. Puis, la tête lui tourna et il perdit connaissance. Ceux qui l'entouraient le portèrent littéralement jusqu'au premier fourgon où il fut enfourné rapidement. Un homme resta avec lui à l'arrière et les deux autres remontèrent dans la cabine du véhicule qui s'éloigna aussitôt, le feu étant au vert.

Le second infirmier, venu du fourgon blanc, monta alors dans l'ambulance à son tour. Elle démarra et franchit le feu.

***

– *Eure Hoheit*, tout est en ordre, annonça Elko Krisantem, qui conduisait désormais l'ambulance. Nous nous dirigeons vers l'AKH.

– Bravo, fit Malko. À tout à l'heure.

De sa vieille Golf, il avait assisté à toute la scène, qui n'avait pas duré plus de trois minutes. La circulation sur Baum Gasse était presque inexistante, personne ne s'était aperçu de rien.

Malko, restant à bonne distance de l'ambulance, remontait à son tour vers le centre. Il appela sur son portable crypté le chef de Station de la CIA et annonça :

– La première partie de l'opération a réussi. Mais le plus dur reste à faire.

***

Elko Krisantem gara son ambulance en retrait d'un véhicule de DIE JOHANNITER, qui se trouvait déjà là et gagna le guichet du dispatcher de l'hôpital.

Il tendit son « ordre de mission ». L'employé l'enregistra et l'avertit qu'il serait prévenu dès que le patient qu'il devait transporter à Schwechat serait prêt à partir. Il lui suffisait d'appeler l'ambulance par le numéro de sa plaque.

Le Turc retourna dans son ambulance et se retourna vers son voisin.

– Il n'y a plus qu'à attendre…

– OK, fit l'autre, sans commentaire.

Il avait dit à Elko Krisantem s'appeler Tom et faisait partie des gens de la Division des Opérations, amenés par Fred. Il parlait parfaitement allemand.

Presque une heure s'écoula. Des ambulances arrivaient et repartaient. Elko Krisantem commençait à se sentir nerveux. Soudain, il entendit le haut-parleur annoncer :

– 59327 S. Bâtiment 6 A. Entrée du Service Hématologie.

Elko Krisantem démarrait déjà.

*
* *

Malko était garé en face du bâtiment principal de l'AKH, parmi les rares voitures mêlées aux taxis. La voix d'Elko Krisantem lui envoya une sacrée giclée d'adrénaline dans les artères.

– *Wir gehen* ! [1]

Quelques instants plus tard, il vit l'ambulance conduite par Elko Krisantem descendre la rampe, passer devant l'endroit où il se trouvait et disparaître sur la gauche, à l'entrée du bâtiment 6 A.

*
* *

Elko Krisantem n'eut pas à se poser de questions. À peine arrivait-il à l'entrée du 6 A, qu'il aperçut une voiture de police bleue stationnée devant l'entrée.

Dès qu'il fut arrêté, un policier en uniforme portant par dessus sa tenue un gilet pare-balles GK renforcé de plaques de céramiques en descendit et vint vers lui.

– C'est vous qui devez transporter Herr Mohsein Husseini jusqu'à Schechat ?

– Absolument, confirma le Turc.

– Très bien, fit le policier. Je vais vous accompagner jusqu'à sa chambre, avec votre collègue.

1. On y va !

Ensuite, je vous escorterai jusqu'à Schwechat. Venez avec moi.

Elko Krisantem et « Tom » abandonnèrent le véhicule et entrèrent dans le 6 A en poussant leur civière vide.

*
* *

Malko s'était déplacé, venant se garer devant le service de neurologie, d'où il pouvait surveiller l'entrée du bâtiment 6 A.

Il vit descendre l'ambulance, qui alla se garer devant l'entrée du bâtiment 6 A. Derrière, une voiture de police.

Ce qu'il avait redouté arrivait : les Autrichiens allaient veiller sur Ardechir Nassanpour jusqu'au bout.

Dix minutes plus tard, la civière réapparut, poussée par Elko Krisantem. Cette fois, il y avait un homme dessus, avec un bonnet de laine, sous des couvertures.

Le pouls de Malko s'accéléra.

Derrière la civière, apparut un homme en costume, sans cravate, une grosse serviette noire à la main ! Un petit bouc, les oreilles décollées. L'Iranien qu'il avait vu avec Maryam Nassiri.

Il attendit que la civière soit enfournée dans l'ambulance pour y monter à son tour.

Les portes se refermèrent. Les deux ambulanciers remontèrent dans leur véhicule et l'ambulance démarra, contournant les bâtiments pour gagner la rampe menant au Währinger Gürtel. Suivie par la voiture de police.

C'était le cas de figure le plus difficile.

Malko attendit un peu, puis prit à son tour le chemin de la sortie.

À partir de là, il ne contrôlait plus l'opération. Tout allait dépendre de l'attitude des policiers viennois.

***

Elko Krisantem et « Tom » n'avaient pas échangé un mot depuis le départ de l'hôpital.

Derrière eux, ils entendaient Ardechir Nassanpour et l'homme qui l'escortait bavarder en persan. La circulation était fluide et ils n'avaient pas mis longtemps à sortir de la ville par Rennwag Gasse, traversant ensuite le bourg de Simmeringer. Maintenant, ils longeaient la grande raffinerie juste avant l'aéroport.

De temps en temps, Elko Krisantem jetait un coup d'œil dans le rétroviseur : la voiture de police était toujours là.

Ils approchaient.

Elko, en arrivant dans la zone aéroportuaire, prit à droite, la direction des départs. Il était tellement tendu qu'il serrait son volant à le briser. À côté de lui, « Tom » regardait la route.

Un panneau apparut sur la droite : VIP TERMINAL. C'était là qu'on embarquait les passagers des vols privés. Elko Krisantem prit l'embranchement. Cinq cents mètres plus loin, l'ambulance s'arrêta devant une grille donnant accès au tarmac.

La voiture de police s'arrêta derrière. Il en sortit un policier qui s'approcha de l'ambulance et lança à Elko :

– Vous passez par là ?

– *Ja wohl*, fit Elko Krisantem. Nous allons directement à la coupée de l'avion. C'est plus facile.

– Vous voulez qu'on vous accompagne ? demanda le policier.

Elko Krisantem se retourna et lança à l'accompagnateur d'Ardechir Nassanpour :

– *Mein Herr*, voulez-vous que les policiers viennent jusqu'à l'avion ?

– Non, ce n'est pas la peine, fit l'Iranien.

Il se sentait en parfaite sécurité.

Le policier salua, demanda au vigile d'ouvrir la grille et remonta dans sa voiture, qui fit demi-tour et s'éloigna.

Elko Krisantem avait du mal à respirer. Du coin de l'œil, il vit « Tom » sortir un gros pistolet noir de son blouson et le poser sur le sol de l'ambulance.

Ils parcoururent environ cinq cents mètres, longeant les bâtiments de l'aérogare. Les deux

Iraniens continuaient à bavarder. Ils parlaient encore lorsque l'ambulance stoppa devant un jet d'affaires, un Grunman tri-réacteurs. À cause des verres dépolis de l'ambulance, l'accompagnateur iranien ne pouvait rien voir de l'extérieur.

Il était encore assis lorsque les portes arrière de l'ambulance furent ouvertes par Elko Krisantem, et la civière descendue.

Plusieurs hommes qui se trouvaient autour du Grunman s'approchèrent, encadrant la civière qu'on faisait rouler jusqu'au jet.

À son tour, l'homme de l'*Etta'alat* sortit de l'ambulance. Il regarda autour de lui et ne vit pas l'Airbus d'Iranair. Surpris, il lança aux ambulanciers :

– Où sommes-nous ? Où est notre avion ?

– Ici, fit Elko Krisantem, désignant le Grunman…

Trois hommes étaient déjà en train de le faire passer par la porte avant de l'appareil.

L'Iranien ouvrit la bouche pour protester. Il n'eut pas le temps de parler. Un homme lui ramena le bras derrière le dos, un autre ramassa sa serviette tombée à terre et un troisième lui enfonça une seringue dans le bras, à travers ses vêtements.

Il résista moins d'une minute, puis s'effondra. Les deux ambulanciers ramenaient la civière vide. On y étendit l'Iranien et on l'y sangla. Avant de le remettre dans l'ambulance.

Celle-ci, Elko Krisantem et « Tom » à bord, reprit aussitôt le chemin de la sortie.

Déjà, on refermait les portes du Grunman et ses réacteurs commençaient à tourner. « Fred » qui se trouvait à l'intérieur de l'appareil, lança au pilote :

– On y va !

– Nous avons un créneau de décollage dans dix minutes, répondit celui-ci. Nous serons à Ramstein dans une heure dix.

Ramstein, la plus grande base aérienne américaine d'Europe.

« Fred » s'approcha d'Ardechir Nassanpour qui semblait nerveux. Celui-ci demanda quelque chose en persan, mais personne ne parlait persan à bord.

« Fred » s'assit à côté de lui et lui annonça calmement :

– Sir, vous êtes sur le territoire des États-Unis d'Amérique. Nous discuterons de votre statut un peu plus tard. En attendant, relax.

Sanglé sur sa civière par sécurité, le scientifique iranien n'avait guère le choix.

Le Grunman commença à rouler.

Doucement, le médecin qui accompagnait le commando s'approcha d'Ardechir Nassanpour et lui administra un calmant. Ensuite, il se plongea dans son protocole de soins, rédigé, heureusement, en anglais.

Le Grunman était arrivé au bout de la bretelle conduisant à la piste. Il y avait encore deux avions avant lui : un Turkish Airlines et un British Airways. Lorsque son tour arriva, il vira à gauche et se lança sur le runway de toute la puissance de ses trois réacteurs.

***

Malko attendait, garé devant le VIP Terminal. Impossible de savoir ce qui s'était passé. Lorsque son portable sécurisé sonna, il enclencha aussitôt la communication.

Brett Dakin avait des larmes dans la voix.

– *We did it!* lança-t-il. *We did it* ! [1]

1. On y est arrivés !

Impression réalisée par

CPI
BRODARD & TAUPIN

à La Flèche (Sarthe), le 14-12-2012

Édition : Anne Martinetti
Mise en pages : Firmin-Didot

N° d'impression : 71307
Dépôt légal : janvier 2013
Imprimé en France